KB142267

적의 벗
의 꽃

MY ENEMY'S CHERRY TREE(敵人的櫻花)

Copyright ⓒ 2015 by Wang Ting-Kuo
All rights reserved.
Published in agreement with
INK Literary Monthly Publishing Co., Ltd. c/o
The Grayhawk Agency, through Danny Hong Agency
Korean translation copyright ⓒ 2018 by Sam & Parkers, co., Ltd.

이 책의 한국어판 저작권은 대니홍 에이전시를 통한
저작권사와의 독점 계약으로 (주)쌤앤파커스에 있습니다.
신저작권법에 의해 한국 내에서 보호를 받는 저작물이므로
무단 전재와 복제를 금합니다.

적의 벚꽃

왕딩궈 지음

허유영 옮김

敵 人 的 櫻 花

박하

일러두기 ―――――――――――――――――――――――――――――――――――――――

• 본문의 괄호 속 주는 모두 옮긴이의 것이다.
• 본문 속 화폐 단위 '위안(圓)'은 중국의 화폐 단위 위안(元)과는 다른 대만의 화폐
  단위이다.

차례

[프롤로그] 슬픔을 쓰려고 한 것은 아니었다 ·7

●

슬픔을 쓰려고 한 것은 아니었다……

　나는 소리에 예민하다. 가끔은 소리 자체가 듣기 싫을 만
큼 예민해지기도 한다.
　어릴 적부터 그런 조짐이 있었다. 내가 처음 배운 것은 침
묵이었다. 하루 종일 한마디도 하지 않을 수도 있었다. 귀를
파고드는 것은 모두 남들의 소음일 뿐 내 목소리는 없었다.
참다못한 아버지가 이상한 놈이라며 따귀를 후려칠 듯 팔을
번쩍 들고 성난 목소리로 외쳤다.
　"말을 하라고! 말을!"
　나는 말없이 아버지를 올려다보았다. 손으로 얼굴을 감싸
려 하지도 않고 허공에 멈추어 있는 아버지의 손을 바라보기
만 했다. 아버지의 손이 허공을 가르며 내리꽂히기도 전에 어
머니의 가슴속에 억눌려 있는 흐느낌이 귀에 들리는 것 같았

다. 어머니는 어쩔 줄 모르고 옆에 서서 나를 재촉했다.

"어서 말해. 말 좀 해."

대개는 아버지가 갑작스럽게 던진 질문에 내가 대답하지 못하는 상황이었다.

아버지는 아들이 어째서 이 모양인지 알고 싶어 했다. 한번은 아버지가 일을 마치고 루강(鹿港) 초등학교 운동장에 왔다. 마침 반 전체가 운동회 연습을 하고 있었다. 행진을 하고 있는 아이들 속에서 같은 쪽 팔다리가 함께 나가는 내 어리바리한 모습을 아버지가 모두 보고 말았다. 그날 아버지는 집에 돌아가 양손을 허리춤에 얹고 벽에 기대어 선 채 절망적인 표정으로 중얼거렸다.

"다 끝났어……."

10년 뒤 하늘가에 별이 듬성듬성 남아 있는 어느 추운 새벽, 나는 초록색 군복을 입고 광장 앞 사령대로 천천히 올라가 수백 명의 사병들 앞에 혼자 섰다. 타오를 듯한 눈빛으로 가슴을 편 뒤 경례를 하고 차가운 침을 삼켰다. 목구멍을 타고 내려가는 침이 체온에 데워지는 걸 느꼈다.

광장을 가득 채운 사람들이 일시에 숨을 죽이고 고요해졌다. 그 순간 온 세상이 나를 기다리고 있었다. 나는 겨드랑이에 끼고 있던 장제스(蔣介石) 유훈집을 꺼내 펼쳤다. 책장 팔락이는 소리가 희푸른 새벽하늘로 피어올랐다.

유훈을 읽기 시작했다. 눈에 졸음기가 걸린 사람도 하나 없이 형형한 안광이 광장을 채우고 있었다. 우렁찬 목소리로 또박또박 읽어 내려갔다. 한 글자 한 글자가 사람들의 폐부를 울리고 단락이 끝날 때마다 메아리가 허공을 휘감았다. 불쑥 튀어나오는 장황한 미사여구마저 좋았다. 귀여운 쉼표들이 계속 이어져 벅차오르는 감정을 억누를 필요도 없었다. 격앙된 어조와 완곡한 어조를 번갈아가며 유훈을 읽었다. 전쟁터로 나가기 전 병사들의 사기를 돋우는 장군의 외침 같기도 하고, 하늘로 솟아오를 듯 흥분한 연설가의 웅변 같기도 했다.

그 순간 나는 침묵의 몸을 잠깐 떠나 있었다…….

얼마 후 이등병인 내가 부대 전체의 유명인사가 되었다. 촌에서 올라온 왕 아무개가 장기자랑 프로그램을 짜고 전체를 지휘했다. 원래는 연대행사 때 재미로 했던 것인데 대회에 나갈 때마다 1등상을 받더니 얼마 후 여단 전체에서 1등을 차지했다. 두 달 후에는 육군본부 전체에서 1등상을 받아 텔레비전에도 몇 번 출연했다.

눈 깜짝할 사이 몇십 년이 흘러 결혼하고 아이도 생겼지만 누구에게도 그 일을 말하지 않았다. 친구들은 물론이고 어릴 적 나 때문에 탄식했던 부모님도 반벙어리였던 내가 2년 간의 짧은 군대 생활 동안 가슴속에 쌓여 있던 답답함을 한 꺼번에 토해냈다는 사실을 모르고 있다.

무엇이 나를 갑자기 변화시켰는지 줄곧 고민했다. 한 몸 안에 두 가지 감정이 동시에 들어갈 수 있을까? 강약이 대치 하고 뜨거움과 차가움이 충돌하다가 한쪽이 완전히 힘을 잃 자 다른 한쪽이 승리해 내 몸 전체를 가졌던 걸까?

그 무서운 침묵은 어디서 왔을까? 내가 기억하는 짧은 유 년기를 가득 채운 건 수없이 다녔던 이사다. 내가 기억하는 것만 여덟 번이다. 매번 도망치듯 떠나 완전히 낯선 곳으로 옮겼다. 따뜻한 이불 속에서 자다가 한밤중에 잠이 깨면 깊이 잠드는 게 무서워 차가운 바닥으로 옮기곤 했다.

나중에야 그것들이 모두 슬픔이라는 것을 알았다. 슬픔에 는 정해진 형식이 없다. 꼭 눈물을 흘리며 울어야만 슬픔인 것은 아니다. 슬픔이 침묵의 형태로 나타날 수도 있다. 오랫 동안 나를 가두고 있던 고집, 두려움, 외로움이 군대에서 한 꺼번에 나를 놓아주었던 것 같다.

하지만 내겐 아직 슬픔이 남아 있다. 털어놓지 않은 말이 너무 많기 때문이다.

한 몸속에 두 가지 상반된 감정이 존재한다.

또박또박 유훈을 낭독하던 그 청년은 쾌감을 맛본 뒤 사회로 나가서도 기개를 잃지 않았다. 인생이 상상했던 것만큼 힘들지 않다는 것을 알았고, 부득이한 상황에서는 침묵을 잠시 접어두고 소리 내어 말해야 한다는 것을 알았다. 용기를 내면 가슴속에 담아둔 말을 할 수 있다는 것도 배웠다.

밑바닥 영업사원부터 시작했다. 손님 앞에서 허둥대고 얼굴이 달아오르기도 했지만 이직할 엄두도 내지 못하고 억지로 참아가며 일했다. 중년이 된 지금 동료들은 하나둘씩 떠났지만 예전의 그 청년은 아직도 길 위에 있다.

그것과 공존하는 또 다른 감정은 불쌍한 아이다. 침묵 속에 살았던 나는 열일곱 살에 책에 매료되었다. 헌책이 빽빽하게 꽂혀 있는 어스름한 구석에 혼자 서서 한 글자씩 곱씹어 읽으며 문학의 정수를 만끽했다. 서양 문학과 각종 사조를 섭렵하고 어설픈 글을 종이에 끼적이며 그 외로운 세월을 누렇게 바랜 종이 위에 남겼다.

그런데 40년이 흐른 지금 이 두 가지 감정이 합쳐진 온전한 내가 책상 앞으로 돌아왔다.

작년 겨울 《적의 벗꽃》을 쓰기 시작했다.

처음에는 3인칭 시점으로 썼다. 첫 장을 완성할 때만 해도 자신감이 넘치고 리듬도 빨랐다. 인물에 대한 복선을 깔아놓고 타인의 고통을 위에서 내려다보며 배후에 숨어 인물들의 인생을 조종하는 초연한 시선을 만들어냈다.

하지만 그건 이 소설을 쓰게 된 동기에 어울리지 않는 것이었다.

한 달 뒤 첫 글자부터 다시 쓰기 시작했다. 남의 이야기인 것은 마찬가지지만 모두 내 슬픔으로 바꾸었다.

나는 이야기 속에서 이름이 없다. 내 이름은 그저 '나'다. 낟알이 껍질을 벗고 쌀알이 된 것처럼 나도 '껍데기'를 벗고 상상의 자유를 되찾았다. 또 40년 전의 그 외로운 아이를 보았다. 물에 빨아 줄어든 교복을 입고 루강 초등학교 옆문을 천천히 걸어 나오던 그 아이를 말이다. 그 아이는 힘없이 휘청대는 걸음걸이에 입가에는 가을이 남기고 간 콧물자국을 매단 채 노을 속에서 외롭고 축축한 빛무리를 밟으며 걸었다.

학교가 파했으니 집에 가자. 내 무릎을 꿇고 앉아 그 아이를 안아 올렸다.

타인의 비극을 내 것으로 삼아 속죄와 희망의 여정을 시작했다.

겉으로는 진정한 사랑을 잃고 사랑을 찾아 헤매는 남자의 이야기지만, 사실은 녹록치 않은 인생에서 사랑을 빼앗기고 이상이 무너지고 미래가 박탈당한 순간의 이야기다. 이 비루하고 순수한 이야기를 인생의 은유로 삼아, 피할 수 없는 그 길에서 더 이상 빼앗기고 무너지고 박탈당하지 않길 바라는 마음으로 썼다.

짧게 말하자면, 내가 쓰려고 한 것은 슬픔이 아니었다.

아직 준비가 되지 않았으면 기다릴게요

1

오전 시간에는 카페에 손님이 없었다. 첫 손님이었다. 쓰고 들어온 황토색 버킷해트도 벗지 않은 채 그 자리에 우뚝 멈추어 섰다. 그는 이곳이 혼자 운영하는 카페인 줄 몰랐다. 카페에는 아르바이트생도 없이 오직 나 혼자였다.

그는 조금 허둥대며 입구 옆 제일 먼저 손에 닿은 의자에 앉았다. 모자를 눌러쓴 얼굴로 막 타고 온 자전거를 초점 없이 응시했다. 모든 것이 환영 같았다. 별안간 불어온 바람이 유리창에 가로막혀 부서지며 땅이 미세하게 흔들리는 듯한 소리를 냈다.

침묵 속에서 그 어떤 응대도 주문의 절차도 생략되었다. 나는 기계적으로 쟁반을 꺼냈다. 원두분쇄기가 왱왱 돌아가는 순간 작은 카페는 더 기이한 정적으로 빠져들었다.

커피를 마신 지 30분도 안 되어 그가 몸을 일으켰다.

커피 값을 받을 생각도 없었고 그의 말을 듣고 싶지도 않았으므로 그보다 먼저 밖으로 나가 카페 바깥문 앞에서 그를 기다렸다. 한참 기다렸지만 그는 나오지 않았다. 고개를 돌려보니 그가 유리문 밖 회랑 아래 화단에서 담배를 힘껏 빨고 있었다. 담뱃불이 필터까지 타들어갔지만 그는 담배를 꼭 문 채 놓지 않고 두 볼이 움푹 파이도록 연기를 빨아들였다. 빈털터리가 되고도 마지막 패를 놓지 못하는 노름꾼처럼 그렇게.

ㅣ

뤄이밍(羅毅明)은 담배 한 개비를 다 피운 뒤 그 길로 집에 돌아가 앓아누웠다고 했다.

그가 옥상으로 올라갔다. 옥상에 철제 의자가 놓여 있었다. 평소 그는 그곳에 앉아 책을 읽곤 했다. 거기 앉아 고개를 들면 강기슭을 따라 이어진 위안산(遠山)을 볼 수 있었다. 해가 중천에서 기울기 시작한 지 얼마 안 된 때였을 것이다. 하지만 노을이 딱 맞게 물들어 있었다고 한다. 근처에 사는 한 부인이 빨래를 걷으러 발코니로 나왔다가 뤄 선생이 의자에서 불쑥 일어나는 것을 보았다. 그는 신비한 지령을 받은 사람처럼 곧장 난간을 넘었다.

부인이 새된 비명을 질렀다. 이웃들이 하나둘씩 뛰어나오고 이장은 직접 구급대원을 데리고 달려왔다. 밖에서 돌아 들어온 경찰차는 골목 어귀에 멈춘 채 지켜보고 있어야 했다. 뤄 선생을 부축해 일으켰을 때 그의 얼굴은 창백했고 두 다리는 여전히 떨리고 있었다. 그는 어떤 물음에도 대답하지 않았다. 무겁게 가라앉은 현장에는 부인의 흐느낌밖에 들리지 않았다. 그녀는 경찰에게 당시의 상황을 되풀이해 진술했다. 처음에 그녀가 본 것은 비둘기 떼였다. 이사 온 지 5년이 되도록 그렇게 많은 비둘기가 한꺼번에 날아오르는 것은 본 적이 없다고 했다…….

며칠 뒤 장을 보러 갔다. 평소 살갑게 맞이했던 가게 주인의 태도가 냉랭하게 변해 있었다. 길가에 앉아 있는 노점상들도 장사는 계속했지만 고개를 들어 쳐다보지 않았다. 내가 장보기를 마치고 그들의 시야를 벗어난 뒤에야 그들은 고개를 외로 꼬고 자기들끼리 수군거렸다. 동네 전체가 한 목소리로 조용한 분노를 게워내고 있는 것 같았다. 나는 죄인처럼 고개를 숙이고 현장을 빠져나와야 했다.

내게 먼저 말을 걸어오는 사람들도 있었다. 그들이 누구인지는 몰라도 그들이 공통적으로 표출해내는 감정을 읽을 수는 있었다. 모두들 뤄이밍 선생의 일에 관심을 보이며 그를 선하고 친절하고 자상한 사람이라고 칭찬했다. 그의 집 담장

밖에는 항상 노숙자들이 모였다고 했다. 뤄 선생이 종종 먹을 것을 가지고 나와 나누어주었기 때문이다.

뤄이밍의 선행은 뜬소문이 아니었다. 한 자원봉사단체 관계자에게 직접 이야기를 듣기도 했다. 그가 월말이 되면 신용조합에서 돈을 인출해 봉투에 나누어 넣은 뒤 먼 곳에 있는 공익단체에는 등기우편으로 부치고 나머지는 자전거 바구니에 넣고 산타클로스처럼 나누어주러 다녔다는 것이다. 그럴 때마다 이 바닷가 마을이 명절처럼 한껏 들뜬 분위기였다고 했다.

따뜻한 미담도 있었다. 새로 온 우편배달부가 뤄 선생의 집에 편지를 배달하러 갔는데 마침 뤄이밍이 결혼식에 참석하러 가고 없었다. 우편배달부가 그의 집 밖에서 낯선 이름을 크게 외치자 이웃들이 소리를 듣고 하나둘씩 나왔다. 편지 봉투를 보니 주소는 뤄 선생의 집이 맞는데 수신인은 처음 보는 이름이었다. 알고 보니 그 편지는 기부금 영수증이었다. 뤄이밍이 가명으로 남몰래 선행을 했던 것이다. 새로 온 우편배달부로 인해 그의 선행이 또 한 번 사람들에게 알려지게 되었다.

뤄이밍이 병이 난 뒤 그를 향한 찬사와 추억이 지난밤 먹고 남은 음식을 다시 데우듯 여기저기서 터져 나왔다. 온갖

찬미가 모여 만든 한 곡의 선율이 밤낮으로 이 작은 마을의 골목을 따라 흘렀다. 몇 번을 들어도 감동적인 이야기들이었다. 비록 내게는 그 선율이 완전히 다른 슬픔이었지만.

하지만 뤄이밍을 처음 만났을 때 나 역시 그에게 똑같은 경의를 느꼈음을 부인할 수 없다. 심지어 나는 이 사회에 그가 없다면 우리가 한 인간으로서 완전해질 수 없다고 믿었다. 오직 그만이 우리에게 진정한 온정이 무엇인지 보여줄 수 있을 것 같았다.

나중에 일어난 그 사건이 막 걸음마를 시작한 나를 완전히 파멸시켰을 때도 나는 사람들에게 그 사실을 말하지 않았다. 바깥세상은 화기애애한 곳이어야 했다. 작은 마을은 여전히 한 영웅이 발산해낸 영광의 빛에 취해 있었다. 나도 그들처럼 그가 죽지 않기를 바랄 수밖에 없었다. 그가 온전히 살아남아 이따금씩 그 갈채 뒤에 숨겨진 조롱을 느끼고 이따금씩 타인의 고통이 가져다주는 괴로움을 경험해야만 이 세상에 영원히 그를 용서할 수 없는 누군가가 살고 있음을 기억할 테니 말이다.

그래서 나는 그가 급작스럽게 병이 났다는 소식을 듣는 순간 가슴을 옭죄는 통증이 골수까지 파고드는 것을 느꼈다. 엄밀히 말하면 나는 몹시 상심했다.

2

내가 가본 뤄이밍의 집은 근래 보기 드문 오래된 가옥이었다. 벽돌 없이 쇠와 목재, 이란(宜蘭)석(대만 이란 현에서 나는 천연 해석海石)을 섞어 쌓은 네 면의 벽이 검은 기와를 이고 있는 구조였다. 수많은 짧은 기둥으로 기단을 떠받쳐 이층집이 지면에서 1미터 정도 떠 있고 문 앞 뜰에 길게 이어진 회랑은 걸을 때마다 나무 바닥에서 삐걱삐걱 소리가 났다.

5년 전 처음 만났을 때 뤄이밍이 했던 말을 지금도 기억하고 있다.

"조상 대대로 물려받은 유산이에요. 내 것이 아니랍니다. 나는 그저 관리하는 사람일 뿐이에요. 어서 은퇴하는 게 내 바람이에요. 이곳저곳 은행으로 발령받아 떠돌아다니는 바람에 이 집에서 살 기회가 없었어요."

그는 겸손했지만 나는 그의 재산과 배경이 부러웠다. 그는 금융업계를 거의 독점하고 있는 대형 은행의 요직에서 대만 중부 전체의 대출 업무를 책임지고 있었다. 은행의 고위 임원인 그는 주로 은행에서 제공한 사택에 살았고 휴일에만 고향의 옛집에 내려와 잠시 머물다 가곤 했다.

뤄이밍에게는 집에 오는 것이 휴가였던 셈이다. 매주 하루씩 머물렀는데 보통은 짧은 오전 시간을 이용해 잡초를 뽑고 뜰을 청소했다. 나와 추쯔(秋子)가 그의 집을 방문했을 때 그는 낙엽을 한쪽에 모아놓고 바닥을 쓸고 있었다. 그는 연못 옆에 쪼그리고 앉아서 급하게 손을 씻은 뒤 우리를 데리고 회랑을 거쳐 집 안으로 들어갔다.

그가 이마를 닦았다. 그의 스트라이프 셔츠는 속살이 비칠 만큼 땀에 젖고 발에는 목이 짧은 노란 장화를 신고 있었다. 집 안으로 들어간 뒤 그가 잠깐 보이지 않았다. 다시 나온 그는 흰 셔츠에 검은 바지로 갈아입은 모습이었다. 단추를 울대뼈까지 꼭 맞게 잠가 말을 할 때마다 목주름이 셔츠 깃과 교차되며 비틀어졌다.

그는 고상하지만 수수한 인상이었다. 첫눈에도 매우 깨끗한 사람이었다. 처음에는 그의 집에서 풍기는 분위기에 매료되었지만 사실 그보다 더 감격스러운 것은 그의 진심 어린 환대였다. 어떤 사람들이 그런 곳에 들어갈 자격이 있는지는 모르지만 적어도 나와 추쯔는 아니었다. 심지어 나는 그를 두 번 만났을 때 문득 그가 내 아버지였으면 좋겠다는 졸렬한 생각마저 했다. 불현듯 떠오른 그 황당한 생각을 어떻게 해석해야 할지 나조차도 알 수 없었다. 내가 말할 수 있는 건 어릴 적 나는 꿈의 파멸을 경험했고 당시 아버지는 내게 그 꿈을 되돌려주지 않았다는 것뿐이다.

뤄이밍의 집에 가는 날을 나보다 추쯔가 더 기다리는 것 같았다. 추쯔는 한 사진 교실에서 그가 자원봉사로 강의를 한다는 사실을 알았다. 우리가 그 저택 같은 집에 초청받을 수 있었던 것도 그 떳떳한 핑계 덕분이었다. 추쯔는 모든 면에서 남에게 호감을 주는 여자는 아니지만 어떤 것을 배우는 일에는 남다른 끈기를 발휘했다. 아직 초보인 사진 촬영도 그랬다. 그녀는 전문가 앞에서 어린아이처럼 즐거워했고 수업을 들을 때마다 눈동자에서 빛이 났다. 그 깊고 어스름한 렌즈가 때로는 인생의 난제를 간과한다는 사실을 그녀는 전혀 모르고 있었다. 나는 추쯔의 그런 순수함 때문에 뤄이밍이 그녀를 딸처럼 여긴다고 생각했다. 그게 아니라면 누구도 그런 저택에 자연스럽게 드나들 수 없을 것 같았기 때문이다.

추쯔는 뤄이밍에게 사진 기술 배우는 것을 좋아했고 나도 내 무지함을 들키지 않도록 기꺼이 그녀를 도왔다. 뤄이밍의 집에 초대받은 날에는 아무리 바빠도 먼 타이베이(臺北)에 있는 공사 현장에서 타이중(臺中)까지 달려가 추쯔를 데리고 바닷가에 있는 그의 집으로 향했다. 가는 동안 우리는 바람을 맞으며 달뜬 목소리로 소리를 질렀다. 우리 목소리가 오토바이 엔진 소리보다 더 컸다. 추쯔는 두 팔로 내 허리를 감쌌다.

우리는 신혼의 사랑으로 질주하는 바람 속을 용감하게 뚫고 달렸다.

추쯔는 버릇처럼 거실 왼쪽에 있는 전화기 옆자리에 앉았다. 오른쪽에는 뤄이밍의 일인용 소파가 있었다. 둘은 사진첩 속 사진들을 보며 열심히 손을 놀렸다. 솥 안에서 끓고 있는 두 마리 물고기처럼 뜨거운 열정으로 수업을 했다. 뤄이밍은 오래전 사진을 처음 배울 때의 일들을 들려주며 자신의 작품들을 꺼내다가 자랑하기도 했다. 테이블 위에서 작은 사진전이 열렸다. 옆에 놓인 신문과 재떨이는 빈 곳으로 밀려났다. 가끔씩 자리를 내어주고 멀찌감치 떨어진 빈자리에 앉는 나처럼 그렇게.

그는 추쯔를 열성적으로 가르쳤다. 사진 촬영의 개념과 기술을 설명하고 가끔 햇빛이 비껴 들어오는 유리창에 필름을 비추어 보여줄 때면 자상한 어른의 모습 그대로였다. 그가 빛을 안은 채 창가에 서서 수업에 심취해 있을 때면 희끗희끗한 머리카락과 사진에 몰두한 모습이 가슴 설레게 매력적이었다.

나는, 그때의 나는, 열정이 있어야만 성과물을 내놓을 수 있는 사진이라는 예술 앞에서 그저 문외한의 시선에서 기웃거릴 수밖에 없었다. 집은 아주 넓었다. 그동안 꾸었던 그 어떤 꿈보다 더 넓고 컸다. 일본식 가옥에서 풍기는 관사의 분위기와 오래된 목재에서 나는 은은한 향기가 간간히 실려와 코끝에 감돌았다. 보통 사람들은 그런 광경을 어떻게 바라볼지 모르겠다. 아마도 절망적인 느낌일 것이다. 어쩌면 자신의 무능함이 부끄러울 것이다. 하지만 나는 그렇지 않았다. 물론 작은 질투심은 있었지만 나의 상상력으로 다독였다. 그때의 나는 마흔 살도 되지 않고 그가 그 자리에 멈추어 서서 나를 기다린다면 내게는 그를 따라잡을 수 있는 시간이 최소한 20년은 있다고 생각했다.

이런 공상을 하며 추쯔를 기다렸다. 그녀는 가끔 이상한 질문을 하곤 했다. 암실에 들어갈 때 어두운 색 옷을 입어야 하나요? 운 좋게 오색조를 찍었는데 하필 흑백필름이라면 어떻게 하죠? 추쯔의 학구열에는 약점이 많았지만 그 약점이 오히려 그녀의 천진함이 되었다. 그녀의 단발머리는 청순했고 얼굴은 깨끗한 백지였으며 눈썹을 살짝 추어올릴 때는 어쩌다 어른 세상의 더러운 먼지에 닿은 어린아이 같았다.

나는 그런 추쯔가 좋았다. 작은 어수룩함이 영리함보다 좋았다. 언제든 남의 가르침을 받아들일 수 있고 영리한 이들처럼 자기 계산을 고집하지 않기 때문이다. 그렇다고 아둔한 것은 아니었다. 그저 약간의 어수룩함일 뿐이었다. 그 점이 오히려 내가 그녀를 사랑하는 이유였다. 내게는 이미 그런 순진함이 없었기 때문이다. 그녀가 내 우울한 그림자를 밝게 비추고 인생의 묵직한 무게를 덜어주고 있었다.

그래서 내겐 추쯔가 있어야 했다. 그녀가 미소를 지으면 나도 행복했고 그녀가 칭찬받으면 나도 으쓱해졌다. 여름날의 뜨거운 차를 두 손으로 받치고 앉아 선생님의 말을 들으며 눈을 깜박일 때마다 그녀의 얼굴에 희열의 빛이 일렁였다. 그녀는 수시로 잔을 내려놓고 펜으로 열심히 받아 적으며 "선생님, 천천히 말씀해주세요. 하나도 빼놓지 않고 적을래요"라고 말했다.

나는 뤄이밍도 그녀에게 끌렸을 것이라고 믿는다. 차분하고 보수적인 사람이지만 즐거울 때는 점잖은 미소 사이로 치아가 살짝 드러나고 가늘게 쉰 목구멍 사이로 희열의 탄성이 조용히 비어져 나왔다. 그는 첫 만남에서 정오가 가까워지자 우리에게 점심을 먹고 가라고 청했다. 나와 추쯔는 서로를 힐 긋 쳐다보았다. 우리는 그가 혼자 산다는 것을 알고 있었다. 모든 것이 그날 끝났더라면 그것은 그리운 추억의 순간이었을 것이다. 하지만 얼마 안 가서 우리는 또 그의 집을 방문했다. 아직 꽃이 피는 계절이 아니었다. 창밖의 커다란 벚나무는 초록 잎으로 뒤덮여 있고 엷은 그늘이 드리운 뜰 안에서 암자주색 줄기가 신비스러운 빛을 내고 있었다.

추쯔가 나를 떠났을 때도 벚꽃이 피기 전이었다. 우리는 함께 그해의 봄을 잃어버렸다.

3

뤄이밍의 갑작스러운 사고는 이 작은 마을의 커다란 사건 이었다.

경찰 두 사람이 찾아왔다. 한 명은 이곳 사투리를 쓰고 다른 한 명은 갓 발령받은 신입인 것 같았다. 그들은 들어오자 마자 사방을 둘러보다가 낮은 천장에 매달아놓은 블라인드 를 발견하고는 마약 소굴을 발견하기라도 한 것처럼 괴상한 탄성을 내뱉었다. 그들의 얼굴 위로 당장 총을 뽑아들 것 같 은 긴장감이 흘렀다.

그들이 시키는 대로 사다리를 가져다놓자 신입 경찰이 가 벼운 몸놀림으로 사다리를 타고 올라갔다. 천장 위 다락은 어 둡고 낮았다. 그는 더 올라갈까 말까 망설이는 것 같더니 몸 이 근질거렸는지 구멍 양쪽의 천장 나무판을 양손으로 딛고 이단 평행봉을 하듯 몸을 흔들다가 힘껏 솟구쳐 올라갔다. 쿵 하는 둔탁한 소리가 어두운 천장을 울렸다.

사다리가 기우뚱해지며 그의 상반신은 천장 위로 올라가고 두 다리는 밖으로 늘어져 버둥거렸다. 사투리 경찰이 동료가 내려올 수 있도록 사다리를 붙잡아 지탱했다. 고통의 비명이 신음으로 바뀌었다. 그가 머리를 문지르며 노여운 시선을 내게로 던졌다. 조금 우스꽝스러운 상황이 되고 말았다. 나는 물 두 잔을 가져다가 테이블에 내려놓으며 그들이 다가와 심문하기를 기다렸다.

신입 경찰이 부아가 풀리지 않는 표정으로 머리를 감싼 채 물었다.

"저 위에 뭐가 있어요?"

"침대, 베개, 라디오 한 대요."

"선생이 복수를 하러 왔다는 소문이 파다해요. 보아하니 사실인 것 같군요."

사투리 경찰도 고개를 끄덕였다.

"커피 파는 건 눈속임이라고 하던데 내 생각도 그렇소. 이런 데 커피 마시러 오는 사람이 어디 있어? 여름인데 칭차오차(靑草茶, 허브차의 일종. 몸의 열기를 내리는 효과가 있다)는 왜 안 파는 거요?"

그는 머리 다친 동료를 위로한 뒤 내 신분증의 정보를 어떤 기계에 입력하고 결과가 나오기를 기다리며 내 정보를 수

첩에 적었다.

기계에서 결과가 나오자 *그가* 김빠진 표정으로 내 귀에 대고 말했다.

"전과는 없군. 그런데 여긴 왜 왔소? 뭘 하려고?"

"커피를 팔려고 왔습니다."

"유동인구가 많은 곳에도 빈 가게가 많을 텐데."

"여기가 바닷가에서 가까워서요."

"흥! 여기서 털게 코빼기라도 본 적 있소? 내 눈은 못 속이지. 어쨌든 뭐 선생과 관련된 건 전부 다 조사할 거요. 뭐 선생에게 무슨 원한이 있소? 아, 다시 묻읍시다. 복수를 하러 온 거요? 까놓고 말해서 난 여기서 빌어먹을 강력 사건이 발생하길 오매불망 바라고 있는 사람이오. 경찰 체면에 좀도둑이나 잡으러 다니다 끝날 순 없잖소? 하고 싶은 대로 하시지. 마을을 발칵 뒤집어놔도 괜찮으니까. 하지만 뭐 선생은 털끝 하나 건들지 마쇼. 이 동네에서 절대로 죽어서는 안 되는 사람은 뭐 선생밖에 없어. 그분 살릴 방법을 생각해내면 더 좋고. 그래야 나도 한숨을 돌리지 원……."

손님 두 명이 들어왔다가 경찰들을 보고 머뭇거리자 사투리 경찰이 모자를 쓴 뒤 동료를 데리고 나갔다. *그가* 문 앞에서 배웅하는 내게 고개를 돌려 속삭이듯 말했다.

"문제가 생기면 다시 오리다."

손님이 주문한 음료를 만들어 가져다준 뒤 조용히 밖으로 나와 벤치에서 담배를 피웠다. 조금 실의에 빠진 건 사실이지만 나는 그저 작은 가게를 열고 커피를 팔고 있을 뿐이다. 이 세상에서 갑자기 커피가 사라진다고 해도 가게 문을 닫지는 않을 것이다. 다른 목적이 있어서 이곳에 가게를 연 것은 아니다. 그저 나의 추쯔가 찾아오길 기다리고 있을 뿐이다.

뤄이밍의 갑작스런 방문은 정말로 예상치 못한 일이었다. 멀리서 자전거 한 대가 천천히 길을 건너왔다. 평범한 시골 노인이라고 생각했다. 그가 갑자기 자전거를 세우고 카페로 들어올 줄 누가 알았을까. 그가 문을 열고 들어서는 순간, 나는 슬픔, 공포, 절망 속으로 내팽개쳐졌다. 새로운 불행이 닥친 건지, 아니면 단지 환영인지 분간할 수 없었다.

그는 건강해 보였다. 은퇴한 지 얼마 되지 않은 꼿꼿한 몸에 힘이 넘쳐 보였다. 그렇지 않으면 그렇게 먼 길을 자전거를 타고 왔을 리 없었다. 그에게 그건 한가한 산책 같은 일이었다. 그는 평소에도 그렇게 돌아다니다가 예전에는 무심코 지나쳤던 어느 모퉁이에 멈추어 서서 꿈처럼 아름다운 풍경을 사진 찍었을 것이다. 그는 누구보다도 행복하게 은퇴 후에 찾아온 여유를 즐기고 있었다.

커피를 마시는 것도 그에게는 평범한 일상이었다. 그는 사향 향기가 감도는 블랙커피를 좋아했다. 검은 액체 자체가 어떤 심오한 상상을 품고 있는 것처럼 보였다. 그때 우리는 뤄이밍의 거실에 앉아 그 쓰디쓴 커피를 마셨다. 추쯔는 커피의 그윽한 매력을 발견하지 못했고, 나와도 거리가 먼 이야기였다. 아무 말도 못하고 움츠린 어깨 사이로 금색 찻잔받침을 받쳐들고 있으려니 커피의 고귀함에 내 당황한 기색이 더 도드라져 보이지는 않을까 더럭 겁이 났다. 하지만 우리가 지금 당장 그 커피의 가치를 발견해야 한다는 걸 알고 있었다. 가벼운 감탄으로 눙칠 수 있는 것이 아니었다. 인생의 쓸쓸함을 아는 사람만이 커피의 묵직한 향기를 폐부로 받아들여 가슴속에 웅크리고 있는 고독한 영혼을 깨워낸 뒤, 터져 나오려는 신비로운 탄식을 욱여 삼켜 비루한 식도와 목구멍 사이에서 수줍게 맴돌게 할 수 있었다.

그러니까 그 운이 나빴던 오전에도 그는 순전히 커피를 마시기 위해 찾아왔을 것이다. 외지에서 온 어느 얼간이가 이 바닷가 마을의 황량한 변두리에 카페를 열었다는 소문을 그도 들었을 것이다. 불길한 예감 따위 전혀 없이 평소처럼 자전거를 타고 산책하다가 점심 먹을 때까지 시간이 조금 남아 있으니 커피나 한잔 마시자 하는 생각이었을 것이다.

만일 그렇게 경솔한 결정을 내리지 않았다면 그는 아무렇지 않게 살고 있을 것이다. 나처럼 슬픔, 두려움, 절망에 내팽개쳐지는 일도 없었을 것이다. 자신의 어둠 속에서 편안히 지내면 그만일 뿐. 어둠 속에 머물러 있으면 근심거리도 없고 그 어둠이 남을 해치지도 않는다. 어둠이 유일하게 문제가 되는 건 상대와 대치하고 있을 때다. 어둠 속에 숨어 있는 상대를 볼 수 없다는 두려움이 엄습한다. 오직 그때만이 어둠이 공포의 색깔을 띠고 양쪽 모두를 보이지 않는 심연으로 밀어넣는다.

　허나 불행하게도 그는 출발하고 말았다. 강둑 아랫길을 따라 자전거를 타고 왔을 것이다. 그 좁은 길이 크게 꺾어지는 지점에서 다리와 연결되어 있다. 그 다리를 건넌 뒤 아래로 내려가 마을 한가운데 있는 성당까지 가면 그 근처에 공원이 하나 있는데 공원 풀밭에서 그의 일본식 가옥을 볼 수 있다. 담장 안 벚나무에 벚꽃이 흐드러지게 피어 있을 것이다.

　그가 강둑 아래 선선한 그늘을 따라 천천히 자전거를 타고 올 때 나는 무엇을 하고 있었을까? 재료를 준비하거나 아무도 없는 바테이블을 닦고 있었을 것이다. 하늘도 미리 경고해주지 않았고 내 눈꺼풀도 떨리지 않았으므로 두 사람이 곧 난감한 상황에서 재회하게 될 줄은 예감하지 못했다.

강둑 아랫길은 조금 구불구불하다. 아마도 그 길에서 그가 즐겨 부는 휘파람의 음정이 흔들렸을 것이다. 그때 그가 문득 불길한 예감이 들어 자전거 핸들을 돌렸더라면, 그 근처의 다른 어떤 곳이 그의 발길을 잡아끌었더라면, 그가 다른 골목으로 접어들어 시내로 향했을 수도 있고, 목재공장 앞 큰길을 따라 북적이는 청과물시장으로 행선지를 바꿨을 수도 있다.

하지만 유감스럽게도 그러지 않았다. 예전 그때 노년의 절개를 지킬 수 있는 기회를 놓쳐버렸던 것처럼.

4

경찰이 다녀간 지 얼마 되지 않아서 알 수 없는 사건들이 연달아 일어났다. 소나기가 퍼붓던 오후 택시 한 대가 돌아들어와 멈추었다. 택시운전수가 우산을 받쳐들고 뒷문을 열어주러 가는데 그사이를 기다리지 못하고 뒷문이 홱 밀치듯 열렸다. 열린 문 틈으로 롱스커트 자락이 불쑥 튀어나오더니 가림막 하나 없이 폭우 속으로 뛰어들듯 차에서 내렸다.

서른 살쯤 되어 보이는 여자였다. 그녀가 카페 문 앞 회랑을 향해 성큼성큼 걸어왔다. 하이힐 뒷굽이 돌 틈에 끼자 힘껏 뽑아냈지만 금세 또 붙들렸다. 회랑 아래 도착하자 아예

구두를 벗어 들고는 문 앞 벤치에 종아리를 세우고 앉아서 하이힐 밑창에 낀 진흙을 툭툭 털어냈다.

낯선 여자이기도 했지만 그보다 더 의외인 건 한껏 치장한 그녀의 차림새였다. 무척 진한 화장에 이마 옆에 보라색 머리핀을 꽂고 있었으며 기이하게 생긴 선글라스는 빗물에 미끄러져 금세 떨어질 듯 코끝에 걸려 있었다.

그녀가 타지에서 온 관광객이라면 납득할 수 있는 차림새였다. 하지만 그렇다면 적어도 버스 한 대 또는 친구 두세 명이 함께 있어야 했다. 그녀가 현지인일 거라는 추리도 설득력이 없었다. 이 마을에는 커피를 마시는 사람이 거의 없는 데다가 장대비를 뚫고 커피를 마시러 올 사람은 더더욱 없다. 게다가 이렇게 이상한 치장을 하고 말이다. 현지인이라면 훨씬 일상적인 옷차림이었을 것이다.

카운터 옆에 멍하니 서 있는데 그녀가 들어와 창가 자리에 앉았다. 미끄러진 선글라스는 제대로 올려 썼지만 눈썹 끝에 매달린 냉랭한 빛이 검은 선글라스에 비쳤다. 물 한 잔을 가져다주며 인사를 하자 그녀의 콧구멍에서 차가운 콧김이 비어져 나왔다.

"여기 사람 아니죠? 그러니까 이런 곳에 카페를 열었겠죠."

그녀의 냉소에 나도 주위를 둘러보았다. 확실히 카페를 열기에 좋은 입지조건은 아니었다. 근처에 버려진 벽돌가마가 있고 좁은 길 너머에는 강둑이 있었다. 줘수이(濁水) 강은 상류에서부터 쓸고 내려온 진흙이 섞여 누리끼리한 빛이 돌았다. 어느 날 강물보다 더 거센 홍수가 닥쳐야 진흙을 바다로 실어다 줄 것이다. 그마저도 밤이 되면 소리 없는 물결만 남아 내 머릿속을 맴돌았다. 어쨌든 바다와는 상관이 없었다. 바다는 2킬로미터 떨어져 있었다.

나는 난처한 웃음을 지었다. 그녀가 이상해서가 아니었다. 솔직히 말하면 그녀는 추레해 보였다. 머리를 적신 빗물이 양쪽 머리카락을 타고 흘러내리고 얼굴은 화장이 지워져 촌스러웠다.

그녀가 물었다.

"여기 혼자 사세요?"

내가 말없이 바테이블 위쪽 천장을 가리키자 그녀가 미심쩍은 듯 "아" 하고는 차갑게 웃었다. 천장 위에서 사람이 산다는 걸 믿지 못하는 것 같았다. 층고를 높이지 않고 다락방을 만드는 게 가능할까 싶겠지만 정말로 그랬다. 천장을 최대한 낮추었지만 다락 높이는 1.3미터밖에 되지 않았다. 바테이블에 올라가 수납장 위에 있는 물건을 꺼내다가 천장에 손이 닿으면 매일 밤 그곳에 누워 자는 내 뒷모습을 건드린 것 같은 착각이 들었다.

역시 그녀의 얼굴에 무시하는 표정이 걸렸다. 그녀가 일어나 카페 구석까지 가서 위를 쳐다보고는 다시 자리로 돌아왔다. 벌집을 발견하고 입구를 드나드는 말벌을 관찰하며 공격에 대비하는 사람 같았다.

"잘 때는 날아서 올라가나요?"

"사다리를 놓고 올라가죠. 아침에 카페 문을 열기 전에 사다리를 치우고요."

그녀는 내 대답에 만족하지 못한 듯 몸을 돌려 카페에서 그리 멀지 않은 곳에 있는 버려진 빈집으로 시선을 옮겼다. 그사이 비는 그쳤지만 그녀는 돌아가지 않았다. 솔직히 말하면 몹시 궁상맞은 카페 안을 둘러보던 그녀의 얼굴 위로 분노가 왈칵 차올랐다. 얼굴이 새빨갛게 달아오르고 뾰족한 턱이 의지와 상관없이 파르르 떨렸다.

"도대체 왜죠? 왜 여길 온 거예요?"

음, 도대체 왜냐고?

그녀가 성난 얼굴로 돌아간 뒤 나는 평소와 다름없이 테이블을 말끔히 치웠다. 카페 정리를 마친 후 사다리를 가져다놓고 다락으로 올라갈 준비를 했다. 다락은 돗자리 두 장을 깔 수 있을 만한 크기지만 내 몸 하나 누이는 데는 아무 문제

없었다. 불편한 게 있다면 상체를 숙이고 엎드려 다녀야 한다는 것뿐이었다. 고개를 들면 이마가 다락 천장에 부딪혔다. 높이가 아이 키 정도밖에는 안 되지만 매트리스에 비스듬히 앉아 바지를 입을 수 있었다. 사실 40대 남자의 체구로 그 틈새에서 움직인다는 건 숨 막히게 답답하고 불편한 일이었다. 굼벵이처럼 꿈틀대며 기어 다니고 몸을 굴리는 것을 특별히 연습하려는 것이 아니라면 말이다.

매일 반복하는 동작인데도 오늘 밤은 왠지 이상했다. 사다리를 절반쯤 올라갔을 때 뭔가 빠뜨린 것 같아서 허공에 선 채 카페를 둘러보았다. 작은 카페 안의 모든 것이 제자리에 있었다. 머릿속으로 더듬었다. 오후의 그 짧은 소나기와 성난 롱스커트, 고귀한 코로 말하던 그녀의 도도한 목소리까지
…….

다락으로 올라가 누운 뒤에야 천천히 생각이 났다.

이미 몸을 눕혔지만 망설이고 있을 수가 없었다. 다시 깜깜한 다락을 더듬어 내려갔다. 등을 아래로 하고 누운 채 두 다리를 구멍으로 내밀어 사다리를 온전히 디딘 후에 골반을 조금씩 움직여 아래로 내려갔다. 양손은 뒤에서 다락 바닥을 짚고 지탱했다. 이 느린 동작조차 박자가 엉켜버려 하마터면 발밑에 있는 사다리를 넘어뜨릴 뻔 했다.

빨리 확인하고 싶어 마음이 급했다. 바로 그해에 뤄이밍을 만났던 날 쓴 일기가 있었다. 그 일기장을 끝까지 쓰지는 않았지만 다행히 버리지 않고 가지고 있었다. 일기장은 카페의 잠가놓은 서랍 속에 있었다. 내 기억이 틀리지 않다면 그 여자도 그 안에 있을 것이다. 자세히 써놓지는 않았더라도 적어도 뤄이밍 집의 분위기는 써놓았을 것이다. 세월이 흘렀지만 일기는 거짓말을 하지 않는다. 나를 한참동안 혼돈에 빠뜨린 그녀의 과한 치장과는 다르게 말이다.

휴가에 타이베이에서 돌아와 계단에 숨어 있던 그 여자잖아?

서랍을 열어 그해 7월의 일기를 찾았다. 7월 23일이었다.

아쉽게도 그날 일기의 첫 시작은 이 짧은 한 줄이었다.

'뤄이밍 선생의 집에 다녀왔다. 무덥고 바람이 없는 날이었다.'

이유는 모르겠지만 그때 나는 우울했던 것 같다. 글씨체도 힘없이 흔들렸다. 추쯔를 태워 뤄이밍의 집에 갔다가 돌아온 직후였을까? 아, 그때의 나는 이미 가슴속에 또 다른 나를 감추고 있었을 것이다. 남들에게 보여주지 않는 어두운 나를. 겉으로는 웃었지만 밤이 되면 아무 대답 없는 일기 속으로 숨어들었다. 그렇지 않았다면 그날 보았던 뤄이밍의 집, 문

앞의 긴 회랑, 정원의 벚나무, 집 안의 고상한 인테리어 등이 모두 일기의 소재가 되었을 것이다. 이렇게 아무런 소감조차 남겨놓지 않았을 리 없다. 아니, 그보다 더 중요한 건 오늘 왔던 여자가 그날 계단에 숨어 있던 그 여자일 거라는 사실이었다. 그녀는 2층으로 올라가는 나무계단 중간에 웅크려 앉아 우리를 훔쳐보고 있었다. 그러다가 내게 들킨 걸 알고 맨발로 쪼르르 달려 고양이처럼 소리 없이 올라가버렸다.

쉽게 흐르는 게 세월이라지만 특별한 어떤 날은 사라지지 않기도 한다. 그날이 일단 글씨로 각인되면 아무리 소리 없이 묻혀 있다가도 어느 순간 신비한 감응처럼 깨어난다. 그녀는 이미 성숙한 여인이 되었지만 그 사뿐거리던 그림자는 그날의 내 기억 속에 남아 있었다. 딱 한 번 보았을 뿐이지만 또렷한 인상으로 기억 속에 각인되어 있었다.

그날의 일기는 몇 줄 되지 않았지만 이상하게 그 아래 여백에 동그라미 여러 개가 그려져 있고 그 안에 '물'이라고 쓰여 있었다. 왜 물일까? 그날 밤 무언가 흘러가버리는 기분이 들었을까? 그 작은 글씨에서 번져 나온 잉크 자국이 소리 없이 배어나온 슬픔의 흔적처럼 보였다.

아, 무서운 연결고리가, 마침내 생각났다. 계단을 뛰어 올라갈 때 그녀는 물 잔을 들고 있었다. 투명한 물 잔 위로 희미한 창문이 거꾸로 비쳤다. 갑작스런 움직임에 물 잔이 흔들리며 넘친 물이 그녀의 종아리에 몇 방울 떨어졌다.

그 두 종아리가 오늘 나를 향해 걸어올 줄은 예상하지 못했다.

분노를 지르밟으며 왔을 것이다. 그녀는 회랑 아래에서 연신 구두를 두들기고 있었다.

5

일기에서 걸어 나온 여자는 다음날 오전 다시 내 앞에 나타났다.

그녀는 유리문을 두드린 뒤 천천히 걸어 들어왔다. 그녀를 휘감고 있던 분노가 어제 내린 소낙비에 씻긴 듯 얼굴선이 부드럽게 변해 있었다. 좀 더 솔직히 말하면 그녀의 아름다운 얼굴로 돌아와 있었다. 검고 반짝이는 눈동자가 흰 얼굴 위에서 깜박일 때면 그날 우아하게 계단을 내려오던 그녀로 돌아간 것 같았다. 분노에 겨워 아래턱을 떨던 어제의 그녀가 아니었다.

그녀가 먼저 명함을 건넸다. 내 짐작대로 명함 한가운데 뤄바이슈(羅白琇)라는 세 글자가 또렷하게 찍혀 있었다. 일부러 휴가를 내고 왔을 그녀가 안쓰러웠다. 아버지의 병세가 걱정스러운데다가 급기야 실망스러운 증상까지 나타나자 하룻밤을 꼬박 새운 뒤 어제의 어리석었던 행동을 거두고 완곡한 표정으로 나를 찾아온 것이다.

그녀가 목소리를 낮추고 고개 숙여 사과했다. 리본으로 묶은 머리칼이 목 뒤로 쏟아져 내렸다. 그녀는 내가 모든 것을 알고 있다고 생각한 듯 테이블에 앉자마자 곧장 본론으로 들어갔다.

"어젯밤에 또 아빠를 병원에 모시고 갔어요. 여러 사람이 붙어 아빠의 팔다리를 누른 채로 간신히 진료를 했어요. 집에 와서 약을 드시고 억지로 잠이 들었는데 금세 깨어나더니 허겁지겁 옷을 입으면서 어딜 가시려는 거예요. 그 뒤엔 뜬눈으로 밤을 새웠어요."

그 얘기를 하는 동안 그녀의 시선은 내 얼굴이 아닌 내 손가락 위에서 맴돌았다. 마치 내 손이 그녀의 아버지를 절벽으로 밀어버리기라도 한 것처럼. 내 손가락은 물론 나처럼 우둔하지 않고 나를 대신해 소리를 낼 수도 있었다. 손가락 끝이 테이블을 가볍게 두드리며 익숙한 박자 소리를 냈다. 태연하게 보였겠지만 사실 갑자기 닥친 난처한 상황에서 내가 할 수 있는 게 그런 시시한 소리를 내는 것밖에는 없었다.

"아빠가 커피 한 잔을 마시고 간 게 전부라고요?"

"지나가다가 우연히 들어오셨을 거예요."

"무슨 얘기를 했죠?"

"아무 얘기도 하지 않았어요."

"바로 그거예요. 왜 아무 말도 하지 않았죠? 그것 때문에 아빠가 충격을 받으신 거예요."

바이슈가 내 손가락 사이에서 단서를 발견한 듯 입을 힘주어 오므렸다.

"우리 아빠의 인품은 들어서 알고 있겠죠. 누구보다 정직하신 분이에요. 자신의 작은 실수조차 용납하지 못하세요."

그녀가 유리창에 비친 그림자를 향해 말했다.

"대학 입학 전에는 매일 아빠 셔츠를 빨아드렸어요. 그런데 이상하게도 아빠 옷에는 구겨진 주름이 하나도 없었어요. 그게 아빠의 고단한 생활을 의미한다는 걸 나중에 알았죠. 회사에서 항상 긴장한 채 꼿꼿이 앉아 있었으니까……. 갑자기 이런 일이 닥쳤는데 아빠를 어떻게 도와야 할지 모르겠어요."

"정말 정직한 분이시죠."

그녀가 눈가에 눈물을 매단 채 자랑스럽게 말했다.

"게다가……, 엄마는 저를 낳다가 난산으로 돌아가셨어요. 다른 사람 같으면 벌써 몇 번도 더 재혼했겠지만 아빠는 아니었어요. 몇십 년을 묵묵히 버티셨어요. 언제나 혼자였지만 푸념 한마디 하시는 걸 못 봤어요. 집에 왔다 갈 때마다 기차역까지 배웅하겠다는 아빠와 실랑이를 벌였어요. 나는 아빠가 배웅하는 게 싫었어요. 상상할 수 있어요? 군인처럼 플랫폼에 서서 허공에 올린 손을 내리지 못하는 모습을요. 그게 얼마나 외로울지. 남들이 보면 딸이 영영 돌아오지 못할 곳으로 떠나는 줄 알았을 거예요."

"음."

나는 낮은 탄식처럼 숨을 내쉬어 그녀에게 호응했다. 그녀의 말을 끊지는 않았지만 사실 듣고 싶지 않았다. 창밖으로 날아가는 새를 바라보고, 그보다 더 먼 하늘에서 비를 머금고 떠 있는 먹구름으로 시선을 옮겼다. 그녀도 하늘을 쳐다보고 있는 내 얼굴을 살피는 것 같았다. 내가 고개를 돌리자 그녀가 눈을 깜박이며 재빨리 시선을 떨구었다. 그녀의 불안한 시선이 다시 내 손가락에서 멈추었다.

그녀는 나를 죄인으로 여기고 있을 것이다. 이렇게 흥분하고 예민해진 것도 그 때문일 것이다. 그녀가 털어놓는 얘기를 다 들어주기로 했다. 어쨌든 이 마을에 떠들썩하게 퍼진 소문을 듣는 것보다는 훨씬 나았다. 뤄이밍이 이걸 안다면 다행스럽게 여길 것이다. 병이 나버리는 바람에 그의 딸이 아버지에게 선량한 인격자라는 망토를 씌우고 정직, 자애, 고독의 화신 같은 아버지의 모습을 깨끗한 화선지에 그리고 있으니 말이다.

뤼바이슈의 시선이 내 손 언저리를 맴돌고 있는 사이 나는 그녀의 옆얼굴을 살폈다. 그리 도톰한 입술은 아니지만 반쯤 감추고 반쯤 드러낸 근심을 입술 끝으로 받치고 있었다. 어두운 그림자의 유려한 실루엣이 마음을 흔들었다. 조금 아쉬운 점이 있다면 어제의 그 롱스커트를 입고 있다는 사실이었다. 상체가 워낙 아름다워 그저 평범한 스커트를 받쳐 입고 작은 무릎을 살짝 드러내기만 했어도 충분했을 것이다. 뤼이밍이 셔츠의 맨 윗단추를 풀고 싶어 했던 것처럼. 한 사람의 솔직한 감정은 스커트 자락이나 단추 하나로 묶어둘 수 있는 것이 아니다.

"절에서 전화가 왔어요. 아빠가 큰돈을 기부했는데 영수증을 들고 선 채로 가지 않더래요. 평소에는 손을 흔들며 서둘러 돌아가셨던 분이 말이죠. 알고 보니 기부자 명단에 서명을 하려고 기다리고 계셨던 거예요. 선행을 한 번도 남에게 알리지 않으셨던 분이 그렇게 변했어요. 아빠가 펜을 들고 한참을 생각하다가 '쓰(四)'자를 써놓고는 손이 떨리기 시작했대요. '쓰(四)' 아래 '웨이(維)'를 쓰면 '뤄(羅)'가 되잖아요. 그런데 아빠가 손을 떨다가 갑자기 '쓰' 아래 '페이(非)'자를 휘갈겨 쓰셨대요. 아빠 이름이 들어가야 할 칸에 '죄(罪)'자 하나만 덩그러니 남게 된 거죠."

그녀가 계속 말했다.

"침묵하지 마세요. 침묵은 아빠에 대한 복수예요. 그날 아빠에게 말을 걸었더라면 아무 일도 없었을 거예요. 일부러 그랬죠? 그게 아니라면 무슨 생각을 한 거예요? 설마 아빠를 위협하려고 여기까지 와서 카페를 차렸나요? 매일 밤 이 깜깜한 곳에서 뭘 해요? 바다를 그렇게 좋아해요? 여기서는 파도 소리도 들리지 않잖아요. 경치 좋은 곳을 찾으려면 여기 말고도 많아요. 나도 여긴 어릴 적에 딱 한 번 와봤어요. 그것도 차를 타고 지나가면서. 차가 단 1초도 멈추지 않고 빠르게 지나갔다고요."

추쯔가 나를 떠날 때 지금 그녀 나이쯤 되었을 것이다. 추쯔의 얼굴에도 청춘의 해사한 생기가 남아 있었다. 다만 추쯔는 말할 때 높낮이가 별로 없이 참새 소리 같은 단음이어서 매끄럽게 들리기는 하지만 어눌한 순진함이 있었다. 그에 반해 바이슈에게는 세상에 단련된 조숙함이 있었다. 가슴을 누르고 있는 짐이 많아서인지 차분히 얘기하려고 해도 말투가 점점 조급해졌다.

"현립 병원 정신과 의사에게 물어보니 자학증이래요. 자기 자신을 못살게 구는 거죠. 뭘 언제까지 못살게 굴어야 하나요? 아빠가 무슨 죄라도 지었어요? 혹시 아빠가 무슨 죄를 지었다면, 아니, 아빠가 죄를 지었다고 생각한다면 속 시원히 말을 하세요."

"바이슈 씨, 아버지가 그렇게 되실 줄은 정말 몰랐어요."

"누군 알았겠어요? 아빠가 어제 한밤중에 일어나서 밥을 달라고 하셨어요. 절반쯤 드시다가 갑자기 젓가락을 내려놓으시길래 드디어 무슨 말씀을 하시려나 보다 했죠. 하지만 아니었어요. 목구멍을 가리키면서 아무 말도 못하셨어요. 알고 보니 생선 가시가 걸린 거였어요. 입을 크게 벌리게 하고 손전등으로 들여다보는데 생선 가시를 찾기도 전에 아빠 눈에서 눈물 두 줄기가 흘러내렸어요."

나도 모르게 물었다.

"생선 가시는 어떻게 됐나요……?"

"지금 생선 가시가 중요해요? 내가 이렇게 많은 얘기를 했는데도?"

그녀의 눈가에 고였던 눈물이 후드득 굴러 떨어졌다. 그녀는 아까부터 흰 손수건을 손에 꼭 쥐고 있었다. 가늘게 떨리는 슬픈 주먹에서 절망감이 스며 나왔지만 그녀는 꼭 쥔 주먹을 풀지 않았다.

그녀는 고해성사를 하러 온 사람 같았다. 속죄, 자학, 생선 가시. 더 말하면 그녀가 더 울 것 같아서 하는 수 없이 일어 나 바테이블 뒤로 돌아 들어갔다. 햇볕에 잘 말려놓은 행주 를 다시 빨고 원두분쇄기 코드를 뽑은 뒤 괜스레 문 밖으로 나갔다가 다시 들어왔다. 출납기 안에 있던 동전을 꺼내 천 천히 센 뒤 도로 하나씩 집어넣었다. 무의미한 동작을 반복 하고 있는 동안 뤄바이슈는 눈으로 계속 나를 좇았다. 그녀 의 눈동자에 기대감이 충만했다. 그녀의 고해성사에 내가 마 음을 고쳐먹길, 이 세상에서 내 인생만 처량한 건 아니라고 느끼게 되길 기다리고 있었다. 누군가 찾아와 잘못을 사과한 다는 건 좋은 일이다. 하지만 그녀는 솔직해야 했다. 그해에 그녀가 몰래 보았던 진실을 다 털어놓고 아버지의 비밀을 말 했어야 했다.

하지만 그녀는 그러지 못했다. 그녀가 카페를 나서다가 마 침 지나가는 사람을 마주쳤다. 아버지의 오랜 친구인 것 같았 다. 두 사람이 길에 서서 대화를 나누는가 싶더니 그녀가 코 를 감싸고 울기 시작했다. 아버지 친구가 그녀 아버지의 병세 를 걱정하며 그녀를 위로했을 것이다. 흐느끼던 그녀가 별안 간 고개를 홱 돌려 카페 간판을 노려보았다.

최근 며칠 동안 나는 거의 밖에 나가지 않았다. 식재료가 다 떨어지면 날이 밝기 전 새벽 시장에 장을 보러 갔다. 남들의 흘끔거리는 시선은 피할 수 있었지만 나날이 줄어들고 있는 매상 감소는 돌이킬 수 없었다. 뤄바이슈가 수시로 찾아와 카페 앞에서 흐느낀다면 아무리 손님이 많아도 결국에는 그녀의 눈물처럼 흘러 사라질 것이다.

물론 카페만으로는 내 생계조차 유지할 수 없었다. 하루 종일 음료수 두 잔밖에 팔지 못한 적도 있고 태풍이 오면 적어도 사흘은 문을 닫아야 했다. 그러나 내게는 특별한 것이 있었다. 만약 어느 날 갑자기 내 숨이 멎는다면 의사는 내 사인을 밝혀내지 못할 것이다. 나의 모든 장기가 멀쩡하고, 강인한 세포들이 고집스럽게 혈관 속을 질주하며 떠나지 않으려는 것을 보고 의사도 놀랄 것이다. 나처럼 추쯔를 찾지 못해 그녀의 부재에 당황한 세포들이 내 육신을 지키기 위해 사투를 벌일 것이므로.

나는 그렇게 버텼다. 불심이 깊은 고승도 날마다 물은 마셔야 살 수 있지만, 나는 추쯔를 기다리고 있는 한 아무것도 없어도 살 수 있다고 믿는다.

말하자면 뤄바이슈는 티 없이 순수했던 나이에 자기 아버지의 비밀스러운 뒷모습을 보았다. 뤄이밍이 병이 난 뒤 그녀가 다급하게 내게 도움을 청한 것도 그 때문이었다. 슬프게도 그때의 추쯔와 나는 미래에 대해 아무것도 모르고 있었다. 뤄이밍의 집을 나올 때마다 우리는 그 작은 마을의 골목들을 한 바퀴 돌며 새우완자와 굴전을 사 먹었다. 그땐 우리가 한창 행복했던 시절이고 외출할 기회가 거의 없는 추쯔는 일찍 집에 가지 않으려고 했다.

그녀가 배낭에 든 카메라를 두드리며 달뜬 얼굴로 말했다.

"우리 바닷가 가자."

"실망할 것 같아서 미리 말해두는데 이곳 바다에는 백사장이 없고 갯벌만 있어. 그래서 예전에 계엄령이 내렸을 때 제방을 쌓아서 막아놓았대."

"너무해. 파도가 숨이 찰 텐데."

"왜 숨이 차? 멈추면 되지."

"바보. 백사장이 없는데 어떻게 멈춰?"

오토바이가 바다 쪽으로 방향을 틀었다. 무더운 방풍림에서 눅진한 비린내가 날아왔다. 가는 길은 울퉁불퉁한 황톳길이었지만 우리는 마냥 신이 났다. 나는 추쯔가 가고 싶어 하는 곳이라면 천국이든 지옥이든 무조건 따라갈 수 있었다. 게다가 추쯔는 뤄이밍을 만나러 갈 때를 제외하면 집 안에만 틀어박혀 있었다. 매주 밤차를 타고 집에 오면 추쯔는 이미 소파에서 꾸벅꾸벅 졸고 있었다.

추쯔는 그저 바닷가에 가고 싶다고 했지만, 그녀가 뤄이밍에게 사진을 배운 뒤로 그럴듯한 사진을 찍어 칭찬받고 싶어한다는 걸 물론 나는 알고 있었다. 추쯔는 달리는 오토바이에서 미리 카메라를 꺼내 가슴에 걸고 애완동물처럼 어루만지며 말을 걸었다.

"거긴 백사장이 없대. 가서 보고 놀라지 마."

나는 그녀가 렌즈 덮개를 조심스럽게 벗기고 길가의 땅콩밭에 초점을 맞출 수 있도록 속도를 늦추고 천천히 달렸다. 서쪽에서 쏟아진 역광이 주근깨가 듬성듬성 난 그녀의 얼굴 위로 비쳤다. 고개를 돌리자 그녀의 앙증맞은 보조개가 물결치고 있었다. 나와 눈이 마주치자 추쯔는 쏸메이(酸梅, 신맛이 나는 매실절임)를 입에 문 듯 얼굴을 찡그리며 장난스럽게 웃었다.

추쯔는 왜소한 편이었다. 키는 작지 않지만 골격이 가늘고 등에서 아래로 미끄러지는 곡선은 세계에서 제일 아름다웠다. 그녀의 결점은 옷을 벗었을 때만 볼 수 있었다. 바로 왼쪽 젖가슴 옆에 있는 어릴 적 흉터였다. 우리 사랑이 부부의 형태로 맺어진 뒤에도 그녀는 그 흉터에서 자유로워지지 못했다. 침대에서 그녀는 언제나 다양한 자세로 몸을 돌리며 팔이나 겨드랑이의 움푹 파인 은밀한 곳으로 흉터를 눌러 감추었다. 내 손이 닿는 것은 물론이고 곁눈질로 보는 것조차 허락하지 않았다.

추쯔는 오른쪽 젖가슴에만 애무를 허락했다. 물론 나도 남편으로서 왼쪽 젖가슴에 대한 그녀의 콤플렉스가 가슴 아팠다. 심지어 평소에 떨어져 있을 때도 추쯔를 생각할 때마다 그녀의 얼굴보다 겨드랑이 속에 감춘 작은 젖가슴이 먼저 떠올랐다. 그것이 처연한 눈동자처럼 나를 그리워하고 있는 것 같았다.

추쯔는 뤄이밍에게도 그걸 숨겼을까? 아니면 잊어버리면 그만인 남자라는 이유로 순간의 일탈을 누리며 오랫동안 그녀를 속박하고 난처하게 했던 비밀을 내려놓은 뒤 내가 보지 못한 침대 위에서 해방된 자세로 누워 잠들었을까?

그때 뤄이밍은 뭐라고 했을까? 어떻게 생긴 흉터인지, 아프지는 않은지 물었을까?

깊이 사랑하는 사람을 잃는다는 건 인생을 송두리째 잃는 것이다. 요즘은 추쯔의 은밀한 부위에 대한 애틋함은 점점 옅어지고 있지만 카메라를 들고 사진 찍고 있는 사람을 보면 나도 모르게 슬픔이 차오른다. 얼굴을 비스듬히 기울여 피사체에 초점을 맞추고 있는 모습에 혐오감마저 든다. 그녀의 젖가슴이 나를 배신했는지에 대한 의심보다는 그 시커먼 카메라에 대한 두려움이 더 크다. 그것이 나와 아무 상관없는 낯선 이를 향하고 있을 때도 그 검은 렌즈가 내 슬픔을 응시하고 있는 듯한 착각이 든다.

특히 둔중한 수동 카메라가 불쑥 시야 속으로 뛰어들어 나를 제멋대로 휘저어놓곤 한다. 추쯔가 그 모든 카메라의 뒤에서 한쪽 눈을 찡그리고 서 있는 것 같다. 물론 그녀 옆에는 뤄이밍이 서 있다. 그는 렌즈를 조절해주고 컬러 세상을 갑자기 흩뜨리는 아지랑이를 가리키며 렌즈를 다시 조절해준다. 그의 몸이 그녀에게 점점 밀착된다. 추쯔의 서 있는 몸, 손가락, 가는 숨소리, 갑자기 불어온 바람에 흩날리는 머리카락까지.

물론 우리가 처음 뤄이밍의 집과 해변으로 가던 길에는 아무 일도 일어나지 않았다. 그곳으로 향하는 길은 예상치 못하게 갑자기 나타난 갈림길이었다. 그 길이 어두운 숲으로 향하고 있다는 사실을 아무도 알지 못했다. 게다가 그 길을 따라 눈부시게 아름다운 경치가 펼쳐졌고, 우리는 그 길을 달리며 충만한 희열을 느꼈다.

그렇게 달려 우리가 탄 오토바이가 지금 이 카페가 있는 자리에 도착했다.

강을 따라 긴 둑이 이어져 있고 우리 말고는 아무도 없었다. 이 마을에서 오랫동안 잊히고 버려진 곳 같았다. 강둑 위에 외롭게 서 있는 갈대만 바람에 나부끼고 있었다. 추쯔가 오토바이를 세워달라며 내 어깨를 두드렸다.

"저기 좀 봐. 갈대가 손을 흔들고 있어. 헤어지는 연인들 같아."

셔터를 누르는 추쯔의 얼굴 위로 소녀 같은 애잔함이 스치더니 또 금세 히죽 웃었다.

"당신이 날 떠나면 날마다 여기서 기다릴 거야. 기억해둬. 진심이니까."

운명이 찾아와 문을 두드릴 때, 종종 오래전 농담이 말로 표현할 수 없는 비극이 되곤 한다.

물론 추쯔의 말은 틀렸다. 떠난 사람은 그녀 자신이었다. 나무판에 카페 이름을 새길 때 혹시 그녀가 보지 못하고 지나칠까 봐 흰색 페인트로 크게 썼다.

'집을 떠나다'

7

진(鎭, 대만의 행정구역은 6직할시, 3성할시 13현으로 나뉘며 그 밑으로 진, 향, 촌, 린 등으로 구분된다) 사무소 앞이 시끌벅적해졌다. 뤄이밍이 선행상을 받게 되었다고 했다. 길모퉁이를 돌 때부터 폭죽 소리가 들렸다. 요란한 폭죽 소리가 거리 전체를 떠들썩하게 깨웠다. 폭죽 파편이 연기 속으로 날아오르고, 터지지 못한 폭죽은 빗길을 밟았던 차 바퀴에 딸려 들어갔다가 어젯밤 버려진 담배꽁초처럼 길 위에 널브러졌다.

게시판에 그의 선행상 수상을 알리는 붉은 공지문과 함께 지금까지 그가 했던 선행을 열거하고 그를 축복하는 감성적인 축사가 붙어 있었다. 여자 필체인 듯한 반듯한 글씨에서 그를 향한 무한한 존경심이 묻어나왔다. 이 작은 마을이 신문에 나는 것은 흔한 일이 아니었으므로 스크랩한 사진과 기사가 곳곳에 나붙었다. 사진 속 그는 자선 활동을 하며 환하게 웃고 있었다. 그가 몇 년 뒤 갑자기 쓰러질 거라고 예상한 사람은 아무도 없었다.

요즘 세상에는 좋은 사람이 되기도 어렵고, 좋은 일을 하기도 뜻대로 되지 않을 때가 많다. 뤄이밍처럼 좋은 사람이 좋은 일을 하기는 더욱 쉽지가 않다. 진 사무소가 직접 나서서 노점상 관리규정과 전기절약 캠페인도 잠시 제쳐둔 채 대형 전광판을 만들어 이 영광을 널리 알렸다.

8월로 접어들자 이글대는 태양이 아스팔트를 녹일 듯이 내리쬐고 카페 앞뜰 자갈길에 반사된 빛이 따갑게 눈을 찔렀다. 손님이 없을 때는 자갈 몇 개를 주워다가 회랑에 앉아 자갈길을 향해 던졌다. 매일 몇 번씩 천천히 던졌다. 자갈 하나 던질 때마다 10초씩 시간을 보낼 수 있었다. 그것들이 밭으로 뛰어드는 작은 개구리라고 상상했다. 시간이 지나면 개구리들이 일제히 울어대며 아직 곤히 잠들어 있는 갈대를 깨울지도 모른다는 상상을 했다.

작은 카페가 한여름 햇빛에 속절없이 갇혔다. 다행히 요며칠은 선선한 편이었다. 간간히 뤄이밍의 소문을 들었지만 더 나빠졌다는 소식은 없었다. 이 여름만 버티고 나면 가을이 얼굴을 내밀고 강둑 위 갈대도 이삭을 토해낼 것이다. 갈대가 노을을 향해 느긋한 손짓을 할 때쯤 누군가 조용히 찾아올지도 모른다. 흰 파도가 일으키는 바닷바람을 안고 헝클어진 머리에 스커트자락을 너울대며 찾아올지도 모른다. 막 깨어난 꿈처럼 또렷하게 그렇게.

8월이 거의 끝나감에 위안을 얻고 있을 때 며칠 동안 이유 없이 시간이 느려진 것 같았다. 기묘한 감응이었다고 믿을 수밖에 없다. 누군가 멀리서 내게 편지를 쓰고 있었던 것이다. 외로운 스탠드 아래에서 펜이 사각거리며 움직일 때마다 슬픔이 탄식처럼 번졌다. 계절 전체가 멈추어 서서 그녀를 기다리는 것 같았다. 그녀가 다 쓴 편지를 조심스럽게 우체통에 넣자 그제야 가을 어귀의 바람이 불어오고 새빨갛게 타오르던 불꽃나무도 듬성듬성 꽃을 떨구기 시작했다.

세 장짜리 편지였다. 마지막에 뤼바이슈의 서명이 있었다.

아무 기대 없이 편지를 펼쳤다. 그녀가 이런 말을 써놓았을 줄은 예상하지 못했으므로.

아빠의 선행상을 대리수상 하기로 했던 날 참석하지 않았어요. 대신 선생님께 편지를 쓰는 게 나을 것 같았어요. 아빠가 어떻게 해야 하는지 알고 있는 사람은 선생님뿐일 테니까요. 아빠를 구할 수 있는 건 선생님뿐이에요. 하지만 그게 불가능하다는 걸 알아요. 제가 선생님이라도 그 사람이 좋아지길 기대하지 않을 거예요.

하지만 난 선생님이 아니고, 그 사람은 우리 아빠라서 편지를 쓸 수밖에 없었어요.

예쁜 필체였지만 너무 힘이 들어가고 잉크의 농도도 균일

하지 않았다. 중간에 펜을 바꾸려고 했는지 한 줄 써놓고 생각에 잠겼는지는 모르지만 한참 동안 고민한 흔적을 볼 수 있었다. 편지지 가득 우련한 슬픔이 낮게 깔려 있었다. 예상치 못한 다음 단락에 가슴이 덜컥 내려앉았다.

아빠가 집에 계신 날에는 늘 손님이 찾아왔어요. 아빠 친구분도 있었지만 대부분은 여러 업종의 사업가들이었죠. 결국 손님들의 시달림에 지친 아빠가 모든 방문을 거절했어요. 유일하게 선생님 부부에게만 특혜를 주었어요. 아빠는 두 분이 도착하기 전부터 정원을 서성이며 기다렸어요. 사실 그 언니가 그리워요. 예쁜 언니였어요. 거실에 그 언니밖에 없는 것처럼 환하게 빛이 났어요. 우리 집에 웃음소리를 채워준 언니에게 고마웠어요. 우리 집엔 원래 웃음이 없었어요. 아빠가 언니를 좋아했던 것도 당연해요. 아빠의 인생이 그 일로 인해 바뀌었다면 아마도 시작은 그 웃음소리였을 거예요.

아, 바이슈, 지난 두 달 동안 뭘 깨달은 걸까? 그녀의 마음속으로 들어가고 싶었다. 그 비밀스러운 단서가 그녀에 의해 풀리려는 순간이었다. 그녀는 더 이상 숨기고 싶지 않은 것이다. 그래서 묻지도 않은 아빠의 이야기를 꺼냈을 것이다.

하지만 과거 이야기는 여기서 멈추었다. 그녀는 화제를 돌려 아버지의 여동생 이야기를 했다. 지금까지는 고모가 아버지를 돌보고 있었지만 고모도 바쁜 일이 생겨 자신이 교대로 아버지를 돌보기로 했다는 것이었다.

매주 아빠를 보러 내려갈 거예요. 그때 제게 기회를 주세요. 카페에 차분히 앉아 있을 수 있게 해주세요. 다시는 무례하게 굴지 않을게요. 제 어리석은 질문에 대답하지 않으셔도 좋아요. 예전에 정말 어떤 일이 있었다면 그건 그때의 제가 돌이킬 수 없는 일이었어요. 아무 힘도 없었던 저를 봐서 용서해주세요. 제가 인질이 되어 선생님 앞에 앉아 있을 수 있도록 허락해주세요.

8

초가을부터 주말 오후마다 바이슈의 차가 천천히 카페 앞 자갈길로 미끄러져 들어왔다. 그녀는 카페 담장 옆 공터에 차를 세웠다. 하지만 카페에 손님이 있으면 앞유리에 대나무 그늘이 내려앉은 운전석에 앉아 얼마 되지 않는 테이블의 마지막 손님이 떠날 때까지 기다렸다.

처음 왔던 날은 카페 안을 살피지 않고 들어왔다가 손님이 있는 것을 보고 기둥 옆자리에 앉아 천천히 책을 뒤적였다. 가끔씩 머리칼이 쏟아져 내린 어깨를 비틀어 카페 앞 나뭇잎의 흔들림을 보고 바닷바람의 방향을 확인했다. 9월의 계절풍은 세지 않아서 2킬로미터 떨어진 바다에서 동쪽으로 불어온 바람이 강둑 언저리에 다다르면 희미한 끝자락만 남았다. 하지만 바이슈는 바람 소리를 들으러 온 것이 아니었다. 손에 든 책에 집중하고 있는 것도 아니었다. 혼자 앉아서 가끔씩 물을 마셨다. 고양이가 혀로 물을 핥듯 작게 한 모금 입에 머금고 근심을 삼키는 사람처럼 천천히 목구멍으로 넘겼다.

두 달 동안 카페에 손님이 제일 적은 시간을 찾기 위해 처음에는 점심밥을 먹고 졸음이 찾아올 때쯤 왔다가 다음번에는 오후 3시로 늦추고, 또 그다음에는 오후 5시로 미루었다. 최근 몇 주에는 저녁 식사 전, 카페가 곧 문을 닫으려는 해질녘에 찾아왔다.

그녀도 녹록치 않았을 것이다. 매주 금요일 밤 타이베이에서 얼마 전 개통된 고속철도 막차를 타고 중부 우르(烏日)역에서 내려 마지막 셔틀버스를 탔다. 집에 오는 동안 그녀가 무슨 생각을 하는지는 모르지만 흔들리는 기차에 몸을 싣고 돌아오는 길이 무척 피곤하리라는 건 짐작할 수 있었다. 게다가 다음날 나와의 만남을 준비해야 했다. 그녀는 그 만남을 인질이 되어 내 앞에 앉아 있는 것이라고 표현했다.

주말마다 말없이 앉아 있기만 하는 것은 젊은 여자에게 가혹한 형벌과도 같은 일이다. 혹시 그녀가 이 무의미한 자학의 대가로 아버지를 구해달라고 신에게 기도한 건 아닐까 의구심이 들기도 했다. 그녀는 늘 오는 시간이 되면 어김없이 찾아왔지만 돌아갈 때는 늦도록 자리를 뜨지 않았다. 무례하게 굴지 않겠다던 편지의 서약처럼 조용히 앉아 있기만 했다. 정기적으로 찾아와 얼굴을 보여주며 도망치지 않고 과거의 잘못을 속죄하기 위해 열심히 살고 있음을 확인시켜주는 선량한 채무자처럼.

물론 바이슈는 채무자도 아니고 내게 빚진 것도 없다. 다만 삶에서 나와 같은 곤경에 처했기에 이런 소극적인 방법으로 해결하려는 것이리라. 게다가 그녀는 무언의 고행임을 표출하기 위해 카페의 커피를 마시지 않았다. 자신이 낭만을 찾아온 것이 아님을 증명하려는 것 같았다. 하지만 그녀의 그런 행동이 남들의 시선을 끌 수 있었다. 그녀도 그걸 알기에 카페에 손님이 있을 때는 나무 아래 차를 세워두고 차에 앉아서 기다렸고 가끔은 피곤한 머리를 기댄 채 잠이 들기도 했다.

직접 구운 쿠키를 가져올 때도 있었다. 그녀는 직접 바테이블에서 접시를 가져다가 쿠키를 종류별로 담아놓고 배가 고프면 조금씩 먹었다. 물 두 모금을 곁들여 누군가에게 버림받은 사람처럼 천천히 씹어 삼켰다. 매번 쿠키를 가지고 올 때마다 다 먹지 못하고 남겼다. 사실 먹은 것보다 남긴 것이 더 많았지만 그대로 테이블에 두고 갔다. 누군가 그걸 버리지 못하고 그녀가 떠난 뒤 조용히 가져다가 저녁 끼니를 때우며 긴 밤을 버틴다는 걸 안다는 듯이.

그녀는 내가 슬픔에 침잠된 채 살고 있다고 생각하는 것 같았다.

지난 주말에는 찻잎과 다기를 꺼내 테이블 위에 펼쳐놓고 밖에서 대나무 가지를 잘라다가 간단한 찻상을 차렸다. 저녁 어스름이 차츰 내려앉고 있었다. 그녀가 원하는 건 아마도 그렇게 혼자 있는 시간이었을 것이다. 작은 바닷가 마을의 고요한 카페에 그녀와 나 둘뿐이었다. 두 사람의 시선이 버너 위 주전자에서 모락모락 피어오르는 수증기에서 멈추었다.

그녀가 말했다.

"이렇게 하면 우리 둘 다 냉정해질 수 있을 거예요."

"바이슈 씨, 이렇게까지 하지 않아도 돼요."

"오늘은 제가 말이 많았네요." 그녀가 차를 따라 내 앞으로 내밀며 처연한 눈빛을 내 얼굴로 던졌다. "그냥 바이슈라고 부르세요."

바이슈 씨……, 나는 긴 생각에 잠겼다.

"가족 모두 인품이 훌륭하군요. 편하게 부를게요."

그녀는 아무 대답도 하지 않았지만 눈가에 눈물이 가득 차올랐다가 고개를 돌리자 후드득 쏟아졌다.

나는 창밖으로 서서히 내려앉는 노을을 응시했다. 댓잎이 바람에 나부끼며 유리창을 긁어대고 둥지로 돌아가는 새들의 지저귐이 나를 울적하게 했다. 평소 같으면 카페 문을 닫았을 시간이지만 그녀는 지금 자신의 밤을 시작하려 하고 있었다. 바람소리가 잦아들었을 때 그녀의 목소리가 들렸다.

"음악을 틀어주시겠어요?"

음악을 틀고 바테이블 뒤로 들어가 접시 몇 개를 닦았다. 스피커에서 음악이 흘러나오기 시작했다. 바이슈는 나를 등진 채 차를 따르고 있었다. 그녀의 동작은 섬세하고 우아했다. 주전자를 들어 올린 높이도 일정하고 찻잎을 넣는 손동작도 가벼웠다. 마치 우연히 지나가다가 목적 없이 들린 손님 같았다. 정말로 그렇다면 감미로운 해변의 밤일 것이다.

하지만 유감스럽게도 그녀에겐 나를 찾아온 목적이 있었고 일부러 완곡한 분위기를 만들고 있었다. 나는 그녀의 편지 속 복선을 떠올리며 경계심을 풀 수 없었다. 그녀는 추쯔의 이야기를 하다가 멈추었다. 왜 그랬을까? 내 입으로 진실이 무엇이냐고 묻길 바라는 거라면, 사실 나는 이제 진실을 알고 싶지 않다. 나의 일이든 추쯔의 일이든 타인이 함부로 우리 이야기를 하는 걸 원치 않았다.

심지어 나는 그녀가 사랑이라고 부를 수 없는 우정을 쌓아가며 그것으로 나와의 관계를 풀어보려는 건 아닌지 의심스러웠다. 죽을 만치 때려놓고 돌변해 부드러운 손을 내미는 것처럼 말이다. 그녀의 태연함이 내 우울함을 더 무겁게 짓눌렀다. 그녀가 이대로 자기 자신을 낮추기만 할 수는 없을 것이다. 언젠가는 그녀의 인내심이 한계에 다다를 것이고 그때가 되면 툭툭 털고 일어나 상처 받은 표정으로 눈물을 매단 채 내게 말할 것이다.

"인질로서 내가 할 일은 다 했어요. 여기서 뭘 더 해야 카페를 그만두고 여길 떠나겠어요?"

세상에 공짜 쿠키는 없고, 공짜로 마시는 차도 없다.

오늘밤 티타임이 거의 끝나갈 때 그녀가 이상한 질문을 했다.

"종교가 있나요?"

나는 고개를 저으며 말했다. 누군가를 믿어본 적은 있다고
…….

"아……." 그녀가 애석한 탄식을 내뱉었다. "그래서 극복
하지 못하는군요."

"난 아주 잘 지내고 있어요. 그러니까 이제 안 와도 돼요."

"아뇨. 선생님의 영혼을 불러낼 방법을 찾을 거예요."

9

내 영혼을 불러내러 온 바이슈가 차에서 잠들어 있었다.

하루 종일 따로 온 손님 둘뿐이었는데 저녁에 갑자기 습
지 탐사를 왔던 젊은이들이 우르르 들어와 테이블을 가득 채
웠다. 손님 중 몇 명은 젊은 교사였고 모두 카메라를 들고 있
었다. 그 안에 제비갈매기, 물오리, 농게의 사진이 가득 차 있
을 것이다. 그들의 웃음소리에 흥분을 넘어선 무례함이 다분
히 섞여 있었다. 그들은 이 카페의 존재를 무척 신기해했다.
하루에 몇 잔이나 팔려요? 밤에도 사람이 다니나요? 이런 곳
에 카페가 있을 줄은 몰랐어요. 기타 등등…….

그들이 음료를 마시고 돌아간 뒤 셔터를 절반쯤 내리다가

바이슈가 오는 날이라는 생각이 났다. 밖을 둘러보니 역시 나무 아래로 흰색 차의 꽁무니가 어렴풋이 보였다. 셔터 내리는 소리에 놀라 차에서 내린 그녀가 급하게 자갈길을 가로질러 뛰어와 셔터 틈으로 재빨리 파고들었다.

카페로 뛰어든 그녀 앞에서 멍해졌다. 미니스커트 아래로 드러난 허벅지가 눈 속으로 와락 달려들었다. 새하얀 무릎이 내게 말을 걸고 있는 것 같았다. 감히 그녀의 다리를 자세히 볼 수는 없었고 오늘따라 그녀의 스커트가 너무 짧다는 것만 알았다. 혹시 스커트 자락을 들고 있는 건 아닐까 했지만 그녀의 두 손은 추위에 떨 듯 가슴을 감싸고 있었다.

시선을 둘 곳은 그녀의 얼굴뿐이었다. 급하게 졸음기를 쫓아낸 얼굴에 홍조가 채 가시지 않았지만 이마가 유난히 환해 보였다. 머리도 잘랐던 것이다. 조금 자른 정도가 아니라 길었던 머리가 귀밑에서 찰랑일 정도로 짧아져 있었다. 항상 머리카락에 덮여 있던 목덜미가 새하얀 피부를 드러내고 있었다.

그녀를 이해할 수가 없었다.

물론 머리를 자르는 건 그녀의 자유이고, 나의 심미관이 그리 정확한 것도 아니다. 아름다움과 추함을 나누는 내 기준은 감정에 따라 수시로 바뀌었다. 너무 요염한 아름다움은 추함의 다른 이름이고 때로는 위대한 추함이 미의 화신이 된다고 나는 생각했다. 바이슈가 아름답든 추하든 나와는 상관없는 일이고 그녀의 옷차림이 과하다고 생각하지도 않았다. 팬티가 보일 만큼 짧은 스커트를 입은 사람들이 거리를 활보하고, 그녀가 예전에 입었던, 바닥에 끌리는 롱스커트가 꼭 우아한 것도 아니다. 뭐든 적당해야 아름답다. 사실 오늘밤 그녀가 입은 미니스커트가 야한 생각을 불러일으킬 만큼 짧거나 눈에 거슬리는 것은 아니었다. 내가 의아한 것은 그녀가 지금까지 한 번도 이런 적이 없기 때문이었다. 롱스커트를 입었던 여자가 갑자기 허벅지를 드러내고 나타나는 것이 신선하기는 하지만 그녀와 나 사이에 어울리는 일은 아니었다.

그녀가 싱크대 옆으로 가서 손을 씻기 시작했다. 그 이상한 뒷모습에 잔소리를 하고 싶은 충동이 들었다.

미니스커트를 입고 에어컨 앞에서 다리를 움츠린 채 떨고 있는 여자들이 적지 않다. 그건 아름다움을 오해한 것이다. 옷을 벗고 자기 몸을 학대할 거라면 예전처럼 온몸을 꽁꽁 싸매고 다니는 것이 낫다. 단발도 그렇다. 모든 여자에게 단발이 어울리는 것은 아니다. 어떤 사람은 화사한 햇빛을 닮고 싶어서, 어떤 사람은 실연당한 슬픔에서 벗어나기 위해, 바이슈처럼 이렇게 뜬금없이 머리를 자른다. 하지만 나는 그녀가 나를 조롱하려는 것이 아니라면 왜 이렇게 자신을 힘들게 하는지 이해할 수 없었다.

추쯔의 단발은 자연스러웠다. 적어도 내가 그녀를 처음 알게 되었을 때부터 그녀는 단발이었다. 제일 길었을 때도 턱선 아래로 내려오지 않았다. 머리끝이 뾰족하게 되도록 잘라 마치 작은 여우가 그녀의 목덜미 아래 순백의 눈밭을 내려다보고 있는 것 같았다. 추쯔는 작은 얼굴에 마른 체구였으며 말할 때는 노래하는 아기 새 같았다.

물론 이런 생각이 그저 나의 착각이길 바랐다. 바이슈는 자신의 변화에 무척 만족하는 듯 보였고 그녀의 눈도 함께 웃고 있었다. 싱크대에서 손을 닦고 내게 걸어오는 그녀의 입가가 살짝 말려 올라가 있었다. 수줍게 내 눈을 피하던 예전의 그녀가 아니었다.

오늘의 바이슈는 정말로 머리끝부터 발끝까지 완전히 바뀌어 있었다.

그녀의 변신이 도리어 내 반감을 불렀다. 왜 추쯔처럼 단발로 잘랐을까?

바이슈가 말했다.

"기대하세요."

그녀가 내 옆으로 다가와 앞뒤 테이블을 치운 뒤 한 걸음

물러나 살펴보더니 다시 다가와 빈 공간을 만들고는 감색 빈 티지 천을 꺼내 허공에서 툭툭 털었다. 우측 상단 모서리의 염색 문양이 도드라져 보였다. 회색 얼룩이 있는 흰점 몇 군데가 매화처럼 보였다.

이 천으로 비둘기를 만들어 내 영혼을 불러내려는 걸까?

나는 속으로 웃었다. 처음 카페에 왔던 날 빗속을 뚫고 뛰어오던 그녀가 생각났다. 나의 인질이 되겠다며 편지를 보낸 그녀였다. 그런데 지금, 이 작은 마을에 온 지 반년이 더 지난 오늘 밤, 그녀는 사라진 내 영혼을 불러내겠다며 천을 펄럭이고 있었다.

그녀는 테이블 위에 천을 깔아놓고 절반만 닫혀 있는 셔터를 가리켰다. 셔터를 완전히 닫아달라는 뜻이었다. 날도 다 저문 뒤였다. 동쪽 하늘에는 어스름한 달이 떠오르고 있지만 바닷가는 깜깜하고 을씨년스러웠다. 셔터를 바닥까지 내리자 오렌지색 불빛이 카페 안을 그윽하게 채웠다. 바닷가 소음도 사라져 고요했다.

"창문 닫고 커튼도 내려주세요."

그녀가 하라는 대로 하며 음악도 틀어놓아야 하는지 물었다.

"아뇨. 괜찮아요."

"어떤 마술을 부리려는 거면 미리 말해줘요. 양초가 없으니까."

그녀는 내 말에 대꾸하지 않고 눈을 두 번 깜박이며 내가 앉기를 기다렸다.

계속 그녀만 쳐다보고 있을 수가 없어서 방금 닫고 들어온 셔터, 다락방, 초여름 개업할 때 놓아둔 작은 화분으로 시선을 옮겼다. 그 터무니없는 물건들이 다시 내 눈에 들어오자 갑자기 평소처럼 우울해졌다.

다행히 바이슈는 자상하고 부드러웠다. 그녀가 상체를 앞으로 숙이며 나를 향해 엷은 미소를 지었다.

"괜찮아요. 아직 준비가 되지 않았으면 기다릴게요."

내 잠꼬대라고 생각해도 괜찮아요

캐딜락, 내 꿈속 검은 기함, 거대한 몸집의 고급 밴이 배처럼 나를 싣고 순항했다. 운전석 뒤 흰 실크커튼을 닫자 뒷좌석이 은밀해졌다. 사방이 고요했다. 유일하게 쿵쿵대는 소음은 내 가슴이 들썩이는 소리였다. 나는 방금 전 금고 문을 따는 데 성공한 도둑 같았다.

차창의 커튼을 걷어보려 했다. 보닛 양쪽에서 오렌지색 깃발이 나부끼고 따뜻한 햇볕을 실은 봄바람이 차창에 운김을 불고 지나갔다. 이 모든 게 꿈처럼 믿기지 않았다. 이런 순간마다 아버지가 떠올랐다. 아버지는 내 안의 가장 어두운 어느 구석에 묶여 빠져나오지 못하고 있었다. 그렇지 않았다면 나는 아버지가 그 장화를 잠시 벗어던지고 내 옆에 앉아 이마에 맺힌 땀방울이 음악이 되어 흐르는 기분을 누리길 진심으로 바랐을 것이다. 운전수에게 차를 천천히 몰아달라고 할 것이다. 서두를 필요 없다. 어차피 아버지에겐 시간이 별로 없으니까. 그날 밤 아버지가 무슨 생각을 했는지, 어째서 그 자전거를 타고 깊은 연못을 찾아 돌아다녔는지 나는 알지 못한다. 2월을 앞둔 연못은 아낙들이 빨래를 하지 않을 만큼 물이 차가웠지만 아버지는 몸을 녹이러 물속으로 들어갔다. 혼자 어머니를 끌어안고 울부짖는 나를 남겨둔 채.

1

아, 바이슈 씨, 사람의 의식은 갓난아기 때부터 시작되죠. 첫 행복이 첫 축구화에서 시작되듯 우리의 꿈도 종종 한 사람을 사랑하는 것부터 시작된답니다. 인생의 다양한 경험은 누구나 거쳐야 하는 과정이에요. 누구도 예외일 수 없어요.

그런데 영혼은 또 뭐죠? 내 영혼을 어떻게 불러낼 건가요? 당신이 여덟 살 내 유년의 날을 옆에서 보았다면 모르지만. 그날 아침 신발을 신고 있던 나를 불러내봐요. 나는 집을 나서려고 하고 있었어요. 곧 희비가 교차하는 인생 경험을 하게 될 줄 까맣게 모르고 있었죠.

신발 끈도 내가 매고 책가방도 내가 목에 걸었어요. 입학 날을 얼마나 기다렸는지 몰라요. 햇빛이 벌써 처마까지 기어 올라가 있었죠. 서둘러 아버지를 끌고 밖으로 나왔어요. 아버지는 반쯤 먹이다 남은 밥공기를 내려놓고 집을 나섰어요. 어머니 혼자 흙바닥에 남겨둔 채.

가는 길에 아버지가 내 손을 놓고 말했어요.

"여기서부터 뛰어가자."

학교에 빨리 가고 싶긴 하지만 새로 산 옷이 땀에 젖는 건 싫었어요.

"그럼 뛰어가다가 교문에 도착하면 걸어가자."

아버지의 말에 힘껏 달리기 시작했어요. 아버지는 한참 뒤에서 나를 따라왔죠.

지금 생각해보면 사실 아버지도 서두르고 있었어요. 아버지는 내가 다닐 학교에서 일하고 있었죠. 학교 가는 길에 나는 다른 아이들처럼 쭈뼛거리지도 않고 가기 싫다고 떼를 쓰지도 않았어요. 어서 빨리 내 교실에 앉고 싶다는 생각뿐이었요. 마음대로 학교에 출입할 수 있는 아버지가 자랑스러웠죠.

교문 앞에 학부모들이 서 있고 교무직원들이 친절하게 길을 안내해주고 있었어요. 우리가 막 교문을 들어서는데 고학년 학생이 괴상한 소리로 외치더군요.

"장(張) 씨! 오늘 지각이야!"

아버지는 허허 웃으며 대꾸하지 않았지만 나는 마냥 신이 났어요. 남들이 알아본다는 건 그만큼 유명한 사람이라는 뜻이니까. 매일 자전거를 타고 다니며 편지를 배달하는 우편배달부도 사람들은 그가 장 씨인지 황(黃) 씨인지 모르잖아요.

아버지는 나를 선생님에게 데려다주자마자 어디론가 사라졌어요. 1교시 끝나는 종이 울린 후 복도에 나가서 아버지를 기다렸죠. 2교시가 끝날 때까지도 아버지는 오지 않았어요. 조금 실망했지만 개학날은 아버지도 바쁠 거라고 생각했어요. 교무실에서 일을 하고 있거나 아니면 그것보다 더 중요한 일이 생겼을 거라고 그게 아니면 아무 말도 없이 나를 내버려두고 갔을 리 없다고 생각했어요.

마지막 교시가 시작되었지만 나는 교실에 들어가지 않았어요. 어른들에게 들킬까 봐 벽에 붙어서 걸었죠. 어느 건물 창문 밖에서 까치발을 세워 들여다보았지만 아버지는 보이지 않았어요. 그렇게 돌아다니다 보니 어느새 교장실 문 앞이더군요. 교장실 문패를 보자마자 온몸에 소름이 끼쳤어요. 드디어 아버지를 찾았구나. 하지만 내가 감당하기에는 너무 벅찬 숭고한 상상이었어요. 심장이 터질 듯 뛰었죠.

교장은 나이든 여자였어요. 손을 움직일 때마다 안경줄에 매달린 안경이 가슴께에서 흔들렸어요.

그다음엔 위아래로 시커먼 고무옷에 투박한 장화를 신고 양철집 부뚜막 아래 꿇어앉아 더러운 바닥을 닦고 있는 아버지가 시야에 들어왔어요. 그 옆에 벽난로가 있고 타일을 붙인 받침대 위에 기름병과 식초병, 채소가 가득 놓여 있었죠. 주방문에서 빠져나온 열기가 내 얼굴을 훅 덮치고 제일 안쪽에 있는 하얀 구멍 두 개에서 쉴 새 없이 돌아가는 환풍기 소리가 귓속으로 빨려 들어왔어요. 아버지는 붉은 플라스틱 솔 위에 두 손을 겹쳐놓고 힘껏 바닥을 문질렀어요. 문지르다가 물을 뿌리고 물을 뿌린 후에 또 문질렀죠. 솔과 바닥의 마찰음은 환풍기로 빨려 들어가고. 시선은 붉은 솔에 닦여 뭉개졌어요. 아버지는 내가 등 뒤에서 처음부터 끝까지 다 보았다는 걸 알지 못했죠.

아버지를 부르지 않고 양철집 앞을 조용히 벗어났어요. 하교종이 울린 뒤에 사람들 틈에 끼어 집으로 돌아왔어요. 어머니는 혼자 힘으로 집 안에 들어가 있었어요. 여전히 바닥에 앉아 있었지만. 침이 흥건한 턱을 닦아주었지만 어머니는 나를 보고 반가워 침을 더 많이 흘렸어요.

학교에서 돌아온 아버지가 학교 수업은 어땠는지 물었어요. 적응은 했느냐? 새 친구는 사귀었어? 나는 몇 명의 이름을 말했어요. 태어나서 처음으로 한 거짓말이었죠. 골목에서 함께 노는 친구들의 이름이었어요. 아버지는 내 거짓말을 알아채지 못한 것 같았지만 아무 대답도 하지 않았어요.

그 후 3년 동안 한 번도 아버지와 함께 등교하지 않았어요. 매일 아침 변소가 급하다거나 책가방을 정리한다는 핑계로 일부러 늦장을 부렸어요. 아버지가 먼저 집을 나서면 뒤에서 따라가다가 모퉁이를 돌아 골목으로 들어갔죠. 바둑판처럼 이어진 골목을 열심히 달려 학교 후문으로 들어갔어요.

4학년 때 집주인이 집을 빼라고 하는 바람에 학교에서 더멀리 이사했어요. 예전 집보다도 더 허름한 집이었죠. 좋은점도 있었어요. 집 앞에 좁고 긴 공터가 있고 담장을 따라 수세미 넝쿨이 자랐어요. 수세미 꽃이 피는 계절이 되면 꿀벌이 날아다니며 들판의 잠자리에게 꽃 소식을 알렸어요. 가끔은참새도 날아오고 이름 모를 벌레들이 찾아와 흙더미에 구멍을 팠어요. 낮에 혼자 있는 어머니에게 드디어 말동무가 생겼죠. 웅웅거리던 어머니의 목소리가 조금씩 가볍고 부드러워졌어요.

학교가 멀어져 아버지와 함께 등교할 수밖에 없었어요. 아버지의 중고 자전거 뒷자리에 옆으로 걸터앉았어요. 그래야논두렁을 지나 언덕배기를 올라갈 때 쉽게 뛰어내릴 수 있었으니까. 학교까지 달리는 30분 동안 우리는 거의 대화를 하지 않았어요. 교문 근처 토지신 사당 앞에 도착하면 아버지는자전거를 세우고 내려서 절을 하게 했죠. 그러고는 토지신에게 할 말이 있다며 나를 먼저 학교에 보냈어요.

반 학기가 채 지나기도 전에 아버지가 계주를 맡고 있던 계의 계원이 곗돈을 타고 야반도주를 했어요. 그 바람에 돈을 떼인 사람들이 아버지를 찾아 학교까지 들이닥쳤어요. 학교에 일러바치는 사람도 있고, 조금만 기다려달라며 바닥에 꿇어앉은 아버지를 싸늘하게 내려다보는 사람도 있었어요. 비참한 광경들을 수없이 마주쳤지만 그럴 때마다 숨어서 훔쳐볼 수밖에 없었어요. 아버지가 학교의 잡일꾼이라는 걸 처음 알았던 그때처럼.

이듬해 봄부터 낯선 사람들이 집에 오기 시작했어요. 보통 저녁 먹을 시간쯤에 한두 명씩 오기 시작해서 인원수가 다 차면 문을 닫았죠. 그들은 부뚜막 뒤에 있는 빈방에 숨어 노름을 했어요. 아버지는 내가 숙제하는 걸 봐주면서 한 시간에 한 번씩 차를 가져다주고 재떨이를 비워주고 한밤중에 나가서 간식과 음료수도 사다주었어요. 가끔씩 사탕 한 봉지를 몰래 내 이불 속에 찔러주기도 했고요.

사람들이 원탁에 둘러앉아 있는 걸 보았어요. 각자 앞에 돈이 놓여 있고 원탁 한가운데 지폐가 수북이 쌓여 있었죠. 마지막 카드를 뒤집고 나면 돈을 딴 사람이 돈 무더기를 자기 앞으로 쓸어다놓고는 그중 잔돈 몇 장을 아버지에게 던져주었어요. 내게도 처음으로 돈에 대한 개념이 생겼죠. 돈이 생기자 아버지는 변속 기어가 달린 자전거를 사고 어머니를 병원에 사흘 동안 입원시킬 수도 있었어요. 우리 집에도 텔레비전이 생겼고요. 그해 4월 학생과 교수 30여 명이 익사한 쑤아오(蘇澳) 항 사건(1977년 4월 18일 대만 쑤아오 앞 바다에서 대학생과 교수들이 탄 배가 전복되어 사망자 32명, 부상자 16명이 발생한 사건)이 발생하고 그 사건으로 장옌스(蔣彦士) 교육부장관이 사퇴했어요.

권력을 가졌던 장관은 권력을 잃고, 권력이 없는 아버지는 남들에게 도박장을 제공하며 인생 역전을 꿈꾸었죠. 그걸 보며 권력에 대한 동경심이 흔들리고 돈이 제일 중요하다는 걸 알았어요. 돈이 생기자 어머니도 약물 치료를 받고 구멍 난 내 양말을 기워줄 수 있을 만큼 회복됐어요. 돈이 일으킨 기적이었어요. 여전히 손발의 움직임이 둔하기는 했지만 양말을 꿰맨 뒤 실을 입에 물고 끊는 어머니 옆에서 펄쩍펄쩍 뛰며 감격의 눈물을 흘렸어요.

머릿속에 돈에 대한 개념이 생겼죠. 돈만 있으면 아버지는 바닥을 닦을 필요가 없고, 어머니도 온종일 바닥에만 엎드려 있지 않아도 되는구나. 며칠 고민한 끝에 나도 돈 벌 방법을 찾기로 했어요. 내가 자고 있을 때 무언가가 나를 위해 조용히 돈을 벌어준다면 얼마나 좋을까? 그러면 길고 긴 밤 시간을 낭비하지 않아도 될 텐데.

그래서 염소를 키우기로 했어요. 까맣고 목에 연회색 띠가 있는 염소였어요. 가랑거리는 소리로 매애애애 하고 울었죠. 염소도 우리 집에 빨리 적응하지 못했어요. 내가 5학년이 되어서야 겨우 학교에 적응한 것처럼.

매일 아침 눈 뜨자마자 우리로 달려가 염소가 잘 있는지 확인하고 쓰다듬어주었어요. 염소는 생각보다 훨씬 느리게 자랐지만 내 유년기의 첫 번째 꿈이었죠. 아버지에 대한 원망과 연민이 뒤섞여 있는. 염소가 빨리 자라서 아버지에게 드릴 수 있기만을 기다렸어요.

추쯔에게 그 얘기를 한 적은 있지만 나중에 염소가 어떻게 되었는지는 말해주지 못했어요. 염소뿐만 아니라 부모님에 대한 얘기도 거의 하지 않았어요. 말하지 않는 것이 그녀에 대한 사랑이라고, 너무 큰 슬픔을 그녀에게 안겨줄 필요는 없다고 생각했죠. 나중에 그게 착각이라는 걸 깨달았지만 이미 늦어버린 뒤였어요. 그때 내가 모든 걸 다 털어놓았더라면, 슬픔이 가져다주는 신비한 힘을 그녀가 적당히 감당할 수 있게 했더라면, 어쩌면 좌절이 찾아왔을 때 그녀가 그렇게 급히 떠나지 않았을지도 몰라요.

추쯔가 모르는 일이 더 있어요. 어느 날 밤 염소가 미친 듯이 울어대는 소리에 일어나 보니 경찰들이 밖에서 문을 두드리며 부수고 있었어요. 잠시 후 도박꾼들이 돈더미와 함께 경찰서로 연행되었어요. 며칠 뒤 아빠는 학교에서 해고당했고 우리 집은 다시 사지로 내몰렸죠. 점점 악화되는 엄마의 병세처럼 하루하루가 흘렀어요. 수세미 넝쿨에 노란 꽃이 피고 꿀벌이 무리 지어 날아다녔지만, 그해 겨울은 또 어김없이 찾아오더군요. 그해 겨울 어느 날 새벽 아버지가 깊은 연못에서 조용히 떠올랐어요.

2

타이베이 쑹산(松山) 로 융춘포(永春坡)에 군부대가 있다. 외도(外島, 대만 본섬에서 멀리 떨어져 있는 부속 섬) 부대에서 군 복무를 하다가 부대가 이동한 뒤 그곳에서 열 달 남은 전역을 기다리고 있었다. 물론 추쯔를 알기 전이었다. 이 세상에 추쯔라는 여자가 살고 있고 그녀가 곧 내 인생으로 들어올 것이라는 사실조차 모르고 있었다. 매주 일요일 아침 만터우(饅頭, 밀가루 반죽에 소를 넣지 않고 찐 빵)를 먹고 부대를 나와 쑹산 로에서 시먼딩(西門町, 1980년대 중반까지 타이베이 최고 번화가) 행 버스를 탔다. 거기서 처음 도시를 보았다. 사복을 입고 하루 종일 거리를 돌아다니다가 복귀 시간이 다가오는 석양 무렵이 되면 충칭난(重慶南) 로의 서점들을 구경하며 천천히 걷다가 길모퉁이의 치러우(騎樓, 보행로와 접한 건물의 1층을 안쪽으로 들어가게 지어 비를 맞지 않고 걸어 다닐 수 있는 일종의 아케이드) 아래에서 귀대 차량을 기다렸다.

그것이 내가 유일하게 아는 타이베이였다. 시끌벅적하고 기회가 충만한 곳이었다. 내 고향 같은 황량함도 스산함도 없고, 마쭈(馬祖) 섬처럼 사방이 바다로 둘러싸인 막막함도 없었다. 도시의 왁자함과 번화함이 내게 낯선 행복감을 안겨주었다. 나도 그곳 사람들처럼 될 거라고 생각했다.

하지만 그건 내 착각이었다. 전역 직후 타이베이에 있는 동기의 집에서 얹혀 지내며 이력서를 10여 통이나 보냈지만 단 한 통도 회신을 받지 못했다. 내가 원하는 건 행정사무직이었다. 철없는 전역병인 내가 품은 막연한 목표였지만 타이베이는 내게 손바닥만 한 하늘조차 내어주기 싫은 듯했다.

열흘 뒤 어느 저녁 버스를 타고 동기 집으로 돌아가고 있는데 버스가 길을 돌아 어느 길 어귀에 멈추어 섰다. 중샤오둥(忠孝東) 로가 평소와 달리 어둑어둑했다. 버스 앞을 보니 시커멓게 모인 사람들이 차로 한복판에 드러누워 있었다. 그들의 슬픔에 전염되었는지 나도 모르게 그들 틈에 들어가 함께 누웠다. 양쪽에 누운 낯선 사람들은 나보다 더 나이가 많아 보였다. 그들도 불행한 사람들일 거라고 생각했다. 나처럼 돌아갈 집이 없어 길 위에 누워 있는 것이라고.

수염을 기른 남자가 고개를 돌려 물었다.

"자넨 왜 참가했나?"

"모르겠어요…… 얼마 전에 제대했어요."

"그럼 자네도 급하겠군. 결혼을 해야 하잖아."

30분이 지나서야 그것이 그 유명한 민달팽이 운동(1980년대 대만의 부동산 가격이 급등하자 1989년 대만 민중들이 정부와 대기업에 항의하며 대규모 철야 시위를 했던 사건)이라는 것을 알았다. 사람들이 큰 소리로 구호를 외치며 정부의 말뿐인 주택 정책에 항의하고, 천정부지로 치솟는 집값이 타이베이에서 가정을 꾸리려는 젊은이들을 내쫓고 있다고 성토했다. 그제야 내가 누울 곳이 아니라는 것을 알았다. 두꺼운 구름에 가린 처량한 밤하늘을 올려다보았다. 어머니는 고향 사람들의 도움으로 요양원에 있었다. 사실 나는 돌아가봤자 집은커녕 가정이라고 부를 수 있는 것조차 없었다.

다음날 나는 타이베이를 떠났다.

전역 후 처음 어머니 얼굴을 보았지만 어머니는 얼마 되지 않아서 돌아가셨다. 마지막으로 나를 보고 떠나려고 눈을 감지 못하고 기다리고 있었던 것 같다. 내 기억 속에서 어머니의 정신이 그 순간보다 더 또렷했던 적은 없었다. 내가 손을 잡자 어머니의 비틀어진 얼굴이 감전된 듯 우뚝 멈추더니 얼굴선이 물결처럼 서서히 흩어지며 노리끼리한 얼굴색이 붉은색과 흰색으로 바뀌었다. 어머니의 일생에서 얼굴빛이 가장 아름다운 순간이었을 것이다.

얼마 후 나는 한 건설회사의 사장실로 들어갔다. 탁자 위에 백지와 다를 바 없는 내 이력서가 놓여 있었다. 사장님은 아무 경험도 없는 건설업계에 지원한 이유를 내게 물었다. 내가 착실하게 준비된 인재라는 걸 증명하기 위해 광고 기획에 관한 참고서적의 제목을 줄줄 읊었지만 사장님은 내 얘기를 귀담아 듣지 않았다. 그의 손에 시험지 한 뭉치가 들려 있었다. 그가 그중 한 장을 뽑아 내 앞으로 내밀었다.

백지 위에 짧은 문장이 쓰여 있었다.

'힐튼은 커난(克難) 가(1950년대 초 장제스를 따라 중국 본토에서 대만으로 내려온 군인의 가족들이 모여 살면서 이루어진 주거지역을 부르는 명칭. 주거 환경이 열악한 빈민촌이었으나 1970년대 대만 정부가 대규모 임대주택을 건설했다)에 있지 않다.'

힐튼이 타이베이에 있는 고급 호텔이라는 건 알고 있었다. 중샤오시(忠孝西) 로를 지날 때마다 그 화려한 간판을 보지 않으려도 보지 않을 수가 없었다. 하지만 커난 가가 어디에 있는지는 몰랐다. 내가 아는 타이베이는 쑹산 로와 시먼딩뿐이었다. 그 문제를 낸 의도는 어렴풋이 짐작할 수 있었다. 그들이 어떤 도시의 커난 가에서 아파트를 분양하려고 할 때 아파트 이름을 꼭 힐튼으로 짓지 않더라도 시설만큼은 힐튼 호텔처럼 고급으로 짓겠다는 뜻인 것 같았다.

하지만 나는 모험할 용기가 없었다. 커난 가라는 곳에 내가 모르는 오묘한 뜻이 감추어져 있을 수도 있었다.

나는 타이베이의 지리를 잘 모른다고 둘러대며 질문을 바꾸어달라고 했다. 그가 딱하다는 표정으로 나를 흘긋 쳐다보고는 시험지 뭉치를 뒤적였다. 좋은 사람이었다. 내게 유리한 제비를 뽑아주려고 퉁퉁하고 짧은 두 손으로 첨통을 뒤적거리는 것 같았다. 15년 뒤 나는 길에서 우연히 잡아 탄 택시 안에서 그를 만났다. 운전석에 앉아 있는 그는 뒤통수가 벗겨지고 목덜미 아래 보풀이 잔뜩 일어난 회색 조끼를 입고 있었다.

한참 만에 그가 내게 시험지를 건넸다. 이번에는 글이 빼곡히 적혀 있는 종이였다. 그걸 다 읽고 그에 어울리는 적당한 카피를 붙여보라고 했다.

별로 특별할 것 없는 글이었다. 어느 가족이 집을 사려고 돌아다녔지만 날림으로 지은 집들뿐이어서 실망하고 있던 어느 날……

평범한 이야기에 마음이 놓였다. 부동산 광고가 대개 이런 것이구나 생각했다. 나는 긴장한 기색 없이 느긋한 시선으로 창밖 거리에 걸려 있는 간판들을 훑으며 영감을 줄 만한 것을 찾았다.

그런데 그때, 모친상을 치르고 여드레째 되던 여름날 오전. 어떻게 된 일인지 나도 잘 모르겠다. 아마도 너무 큰 슬픔을 겪은 탓일 것이다. 영감을 찾던 내 머릿속이 별안간 아득한 심연 속으로 곤두박질쳤다. 머릿속이 미동도 없는 상태로 시간만 천천히 흘렀다. 나중에는 답을 써야 할 볼펜마저 시험지 위에 내려놓았다. 대체 어떤 슬픔이 나를 그렇게 만들었는지 모르겠다. 작은 예고조차 없이, 그날 밤 중사오동 로에 드러누워 있던 사람들이 떠오르고, 교문으로 들어가는 내 뒤를 따라 학교로 들어오던 아버지가 생각났다. 그 다음에는 지금 내가 가진 게 아무것도 없다는 사실이 새삼스럽게 다가왔다……. 이유를 알 수 없는 감상이 나를 휘감더니 시험지에 첫 글자를 쓰기도 전에 눈가에 맺혔던 눈물이 후드득 떨어졌다.

그때 내가 어떤 카피를 썼는지 기억나지 않는다. 지금 생각해보면 동정심이었던 것 같다. 사장님은 내게서 감당하기 힘든 슬픔의 에너지를 발견하고 그 때문에 내가 남다른 인재일 거라고 짐작했던 것 같다. 나도 모르게 흘린 눈물이 헛되지 않았던 셈이다. 사장님은 휘갈겨 쓴 내 시험지를 들여다보며 미간을 추어올리더니 그 자리에서 내게 석 달간 인턴으로 일할 기회를 주었다.

그렇게 해서 건설업계에 첫발을 들여놓았다. 나는 그 회사의 기획부에 배치되었다. 여직원 몇몇은 나보다 나이가 많았다. 그녀들은 디자인 실력도 훌륭하고 광고문구도 순식간에 뚝딱 써냈다. 글을 쓸 때마다 영감을 떠올리기 위해 머리를 쥐어짜야 하는 나와는 달랐다.

하지만 아이디어로만 따지면 내 것이 제일 매력적이었다. 창의적인 아이디어는 완전히 자유로운 상상의 공간에서 나오는 것이기 때문에 나처럼 빈털터리인 아웃사이더에겐 그 일이 아주 잘 어울렸다. 뿐만 아니라 그 일에는 나를 강하게 끌어당기는 매력이 있었다. 광고 세계에서 만큼은 내가 하고 싶은 말을 마음껏 할 수 있고 남들 마음속으로 비집고 들어갈 수도 있었다. 생판 모르는 사람도 불러낼 수 있고, 심지어 나 자신을 소환할 수도 있었다. 한때 나를 매료시켰던 권력에 대한 기대는 산산이 사라졌지만 이제는 펜 하나로 나의 재능을 자유롭게 펼칠 수 있을 것 같았다.

물론 하늘은 나를 위해 또 다른 것을 준비하고 있었다. 나는 이미 추쯔가 곧 출현할 도시 속으로 들어가 있었다. 어떤 예감이 있었던 것은 아니지만 영문을 알 수 없는 희열이 나를 가득 채우고 있었다. 하루하루 얼굴에서 미소가 떠나지 않았고 산고 끝에 내놓는 작품마다 좋은 평가를 받았다. 그것이 추쯔 때문이었는지는 잘 모르겠다. 사랑하는 여자가 내 앞에 나타나기 직전, 내 앞의 세상은 본연의 아름다움을 한껏 발산하고 있었고 눈길이 가 닿는 곳마다 온화하고 우아했으며 날씨도 이상하리만치 쾌적했다. 숲의 신선한 공기가 시시각각 몽환적인 꿈속으로 날아드는 것 같았다.

3

　바이슈 씨, 그때 나는 아주 잘 살고 있었어요. 혼자 집을 얻고 밥도 직접 해 먹었어요. 무엇에도 얽매이지 않았죠. 아름다운 인생이 펼쳐지려 하고 있었어요. 한 여자가 내 인생으로 들어오길 기다리고 있었어요. 그러면 내게도 첫 가족이 생길 테니까.

　내 영혼이 어디에 있는지 알아요? 찾을 수 있게 내가 도와줄게요. 적어도 그때 내 영혼은 온전히 자유로운 육신을 가지고 있었어요. 온종일 회사에 붙어 있을 필요가 없었어요. 보슬비만 내려도 그 핑계로 집에 틀어박혀 있을 수 있었죠. 밤샘을 하고 나면 대낮까지 잘 수도 있었고, 이따금씩 오후에 영화를 본 뒤 엔딩신에 흐르던 음악에 도취되어 있어도 아무도 뭐라고 하지 않았어요. 내 영혼이 갑자기 고아가 되고 집을 생각할 땐 외로웠지만 꼭 나쁜 일만은 아니었어요. 집을 그리워하지 않을 때도 외로운 사람들이 있잖아요. 내 영혼의 외로움은 조건이 있는 사치였어요. 이 세상은 너무도 아름다웠고 내 영혼에겐 허투루 보낼 시간이 없었죠.

바이슈 씨, 난 되도록 집 생각을 하지 않으려 했어요. 내게 가족이 있어도, 내가 아무리 생명을 다해 지키려 해도 영문도 모르게 떠나버릴 수 있으니까. 나중에 내 인생에 나타난 추쯔처럼. 물론 너무 성급한 생각이었을 수도 있어요. 그녀가 어디에 있는지 어떻게 생겼는지도 몰랐으니까요. 하물며 그때의 세상에는 바이슈 씨의 아버지도 없었죠. 남의 이야기라고 생각하고 가볍게 들어요. 영혼을 찾는다는 건 결코 쉬운 일이 아니에요. 내가 인생의 어떤 순간에 대해 얘기할 때 그 속에서 영혼을 발견한다면 멈추라고 말해줘요. 아니면 다 듣고 나서 결론을 내려도 좋고, 내 잠꼬대라 여겨도 괜찮아요. 멀찌감치 떨어져서 보고 있으면 돼요. 설사 내 영혼이 정말 눈에 보인다고 해도 어차피 비루한 영혼일 테니까.

그때의 내가 한가하고 자유롭기만 했을 거라고 생각하진 말아요. 난 진지했어요. 모든 게 내 인생을 내어주고 얻은 결과였으니까. 불현듯 영감이 떠오르면 신경줄을 바짝 당겨 잡았죠. 비바람이 부는 날이든, 밤을 새운 뒤 동이 트는 새벽이든 당장 오토바이를 타고 회사로 달려갔어요. 막 떠오른 영감을 가슴에 품고 회사에 도착하는 순간 내가 정말 살아 있다는 걸 느꼈죠. 늦은 밤 영화를 보다가 갑자기 영감이 떠오르면 중간에 벌떡 일어나 영화관을 뛰쳐나왔어요. 최대한 빨리 어딘가에 가야 한다는 생각뿐이었죠. 눈앞에는 어슴푸레한 달빛이 깔려 있지만 머릿속에는 푸른 하늘이 끝없이 펼쳐져 있었어요. 미친 듯이 달리고 싶고, 하늘로 날아올라 바람처럼 가로수 사이를 누비고 싶었어요.

바이슈 씨, 잘 들어요. 곧 추쯔 얘기를 할 거예요.

그날도 갑자기 엄청난 영감이 떠올랐어요. 어느 골목 모퉁이의 잼 가게에서였죠. 딸기잼 두 병을 골라 계산을 하기 직전이었어요. 바로 그때 아주 미세하지만 묵직한 느낌이 뇌리를 스치고 지나갔어요. 영감이 떠올랐다는 걸 알았어요. 조용히 잼을 내려놓은 뒤 까치발을 들고 밖으로 나왔어요. 문 앞에서는 일부러 아무 일도 없는 사람처럼 가볍게 걸었죠. 내

흥분감에 영감이 엉켜버리지 않도록. 영감이란 원래 가볍게 너풀거리며 떠다니다가 머릿속에 아주 잠깐 온기만 남긴 채 사라져버리는 것이니까.

1995년 늦여름의 어느 날 오후 3시쯤이었을 거예요. 잼 가게를 나와서 오른쪽으로 100미터쯤 떨어진 곳에 카페가 있고 카페 구석에 작은 테이블이 비어 있더군요. 마치 내가 오기를 기다리고 있던 것처럼. 물론 추쯔가 그 카페 안에 있다는 건 몰랐어요. 추쯔가 그 카페에 없었다면 내 인생에 생명이 없는 것이나 마찬가지였을 거예요. 이건 모두 나중에 깊은 깨달음을 얻은 후에 알게 된 거예요. 기쁘기도 하고 슬프기도 한 길을 혼자 걸었어요. 그렇게 몇 년이 흐른 뒤에야 잊어야 하는 기쁨과 슬픔은 무엇이고, 잊지 말아야 하는 기쁨과 슬픔은 무엇인지 알았어요.

그 카페에서 커피를 마셔본 적도 없었어요. 길가에 있는, 약간 낡고 눈에 띄지 않는 카페였어요. 문 앞에 오토바이가 잔뜩 세워져 있었죠. 잼 두 병이 아니었다면 카페에 들어가지 않고 곧바로 셋집으로 돌아왔을 거예요.

잼 두 병이 나를 그 카페로 데려다준 셈이에요.

종이와 펜을 천천히 꺼내 경건한 마음으로 머릿속에 떠오른 한 문장을 적었어요. 한 글자도 달아나지 않도록 조심스럽게. 다 적고 난 뒤에도 펜촉의 욕망이 사그라지지 않고 아름다운 문장이 줄줄 이어졌어요. 그리 오래지 않아서 거의 완벽한 광고 한 편이 완성되었어요.

겨우 한숨 내려놓고 담배를 꺼내 물었죠. 그제야 실내 정원 속 연못 위를 맴돌고 있는 감미로운 음악이 귀에 들어오고 눈에 보이는 모든 것이 아름답게 느껴졌어요. 옆 테이블의 시끄러운 웃음소리마저 감동적인 선율이 되었죠.

30분 남짓 지났을 때 대각선으로 마주 보고 있는 테이블에서 뭔가 두드리는 소리가 들렸어요. 그곳에 젊은 여자들이 앉아 있다는 것도 그때 알았어요. 여자들이 동시에 테이블을 두드리다가 열몇 개의 눈동자가 일제히 나를 향하더니 하나둘씩 일어났어요. 카페를 나가며 마지막으로 내게 던진 항의였던 거예요. 내 손에 들려 있는 담배 때문이었어요. 공기 중에 희푸른 연기가 자욱하게 떠다니고 있더군요.

여자들이 내 테이블 옆을 지나 굳은 얼굴로 카운터로 향했어요.

맨 뒤에 있는 여자가 천천히 걸어가는 것을 보고 그녀를 향해 손을 흔들자 그녀의 얼굴이 발갛게 달아올랐어요.

그녀가 말했어요.

"저는 테이블을 두드리지 않았어요."

내가 그녀들이 앉았던 소파 위에 있는 종이봉투를 가리키자 그녀가 고개를 저었어요.

"빈 봉투예요."

하지만 그녀는 다시 자리로 돌아가 그 봉투를 집어 들었죠. 그녀의 눈동자는 반짝였고 긴 속눈썹이 홑꺼풀을 덮고 있었어요. 수줍게 말려 올라간 입술 옆에서 작은 점이 항의하듯 봉긋하게 솟아올랐고요. 그녀가 자기 자신에게 짜증이 났다는 걸 알 수 있었어요. 쓸데없는 말을 두 마디나 해버렸으니까. 나는 말없이 그녀를 쳐다보았어요. 그녀가 봉투를 집어 들고 내 앞을 지나가며 화가 난 듯 턱을 들어 올렸지만 그건 담배 연기 때문이 아니었어요. 내게 진 걸 속상해하는 것 같았죠. 밖으로 나가며 그녀의 신발 밑바닥이 짜증스럽게 바닥을 몇 번 두들겼어요.

그 후에도 내가 계속 담배를 피웠거나 밖에 갑자기 비가 쏟아지지 않았다면 이번 생에서 나와 그녀는 그렇게 스쳐 지나갔을 거예요. 10분 뒤 종이와 펜을 가방에 넣고 밖으로 나가보니 방금 전 그녀들이 아직 떠나지 않고 있었어요. 작은 캐노피 아래 옹기종기 모여 비를 피하고 있더군요. 화가 났던 그녀는 제일 바깥쪽에 서서 앞가슴을 친구들 등에 붙이고 있었어요. 비에 젖은 단발머리 아래로 희고 매끈한 목덜미가 드러났어요.

캐노피 밑은 다리 하나도 더 들어갈 공간이 없었어요. 그런데 그녀가 나를 흘긋 쳐다보고 몇 초쯤 망설이다가 친구들에게 더 바짝 붙더군요. 그리고 나를 향해 손을 불쑥 뻗더니 손가락을 구부렸어요. 마치 밖에서 비를 맞고 있는 가족을 보고 어떻게 해서든 안으로 들어오게 하려는 것처럼. 그 작은 동작이 나를 당황하게 했어요. 캐노피 안으로 비집고 들어갈 수는 없었지만 그녀에 대해 더 알고 싶다는 충동이 들었죠. 그녀 생각도 나와 같은지는 알 수 없지만. 그녀에게서 전해지는 낯설지만 선량한 느낌이 오랫동안 외로웠던 내 영혼을 단숨에 사로잡았어요.

뭐라고 해야 할지 몰라 망설였어요. 머지않아 비가 그칠 텐데 여자들이 가버리면 어떻게 하지? 어쩔 줄 모르고 있다가 명함을 꺼내 그녀가 가슴에 안고 있는 종이봉투의 열린 틈 사이로 몰래 집어넣었죠.

그녀도 본 것 같았어요. 하얀 물체가 눈앞을 스치고 지나가자 그녀가 의아한 표정으로 고개를 돌려 나를 보더니 다시 고개를 숙였어요.

석 달 뒤 드디어 전화가 왔어요.

"명함 때문에 고민했어요." 그녀의 첫마디였어요. "비가 와서 그랬나 봐요. 그날 일이 똑똑히 기억나요."

"명함이 들어 있는 걸 잊고 봉투를 버린 줄 알았어요."

"명함 때문에 봉투도 버리지 못했어요."

그녀는 프렌치 레스토랑에서 웨이트리스로 일하고 있었어요. 추쯔(秋子)라는 이름은 가을에 태어나서 붙여진 이름이라고 했죠.

휴대폰이 흔하지 않던 시절이라 그녀가 자기 셋방 전화번호를 알려주었지만 통화하기가 쉽지 않았어요. 여러 사람이 세 들어 사는 곳이라 내선번호로 돌려주어야 했는데 아래층 수위가 신호가 몇 번 울리고 나면 끊어버리곤 했죠. 그러다가 어느 날 그녀가 일하는 프렌치 레스토랑에 갔어요. 바깥에 서서 유리창으로 몰래 그녀를 보았어요. 검정 벨벳 긴 바지에 흰 셔츠와 빨간 조끼를 입고 둥근 쟁반을 든 채 크리스털 샹들리에 아래 테이블 사이를 돌아다니고 있었어요. 손님들과 대화를 하며 30도쯤 몸을 구부린 그녀를 보았어요. 린넨 테이블보 위로 촛불 그림자가 어룽지고, 손님과 마주친 그녀의 두 눈이 가늘게 구부러지며 수줍은 미소가 관자놀이로 퍼졌어요.

그해 겨울 드디어 우리가 다시 만났을 때 그녀는 레스토랑의 정기 시험을 앞두고 있다며 자기가 외운 것들을 들려주었죠. 줄리아노 트러플 솔트, 자이텐바허 허브 솔트, 히말라야 암염, 말돈 훈제 소금, 게랑드 트러플 솔트, 카르멘시타 발렌시아 솔트, 플뢰르 드 셀……. 마치 그녀의 레스토랑에서 소금만 파는 것처럼.

내가 아는 추쯔는 그 소금들을 외우는 데서부터 시작되었을 거예요. 그녀는 소금을 외우는 일에 잘 어울렸죠. 괴상한 이름이지만 그리 길지는 않았어요. 그녀의 짧은 말투와 비슷했어요. 그녀는 온전한 문장을 말할 수 없는 여자처럼 짧게 끊어 말했지만 그 말투 때문에 나는 그녀가 솔직하다고 느꼈어요. 이상한 생각을 말 속에 감출 줄 몰랐죠. 간단명료했어요. 그녀를 만날 때마다 그녀가 하는 말들은 대부분 이런 거였죠. 부매니저가 되고 싶어요. 너무해요. 난터우(南投) 현에 살아요. 산골짜기예요. 책 한 권 빌려주세요. 광고 일을 하시는군요. 저기 누가 오네요.

부동산 경기가 호황인 시절이어서 영업사원들은 성과급을 두둑이 받았지만 내 고정급은 겨우 주머니를 채울 정도였어요. 부럽지는 않았지만 그들의 상기된 표정을 볼 때마다 저절로 변변치 못한 내 처지를 떠올리게 됐죠. 안 그랬다면 나도 번듯한 옷을 사 입고 그녀가 일하는 레스토랑으로 우아하게 걸어 들어갈 수 있을 텐데. 쟁반을 들고 다가와 순백의 냅

킨을 덮어주고 눈동자를 반짝이며 무슨 음식을 주문하겠느냐고 물어보는 그녀를 볼 수 있을 텐데.

다음번에 만났을 때 그녀는 또 레스토랑의 연말 시험을 앞두고 있었어요. 이번 시험 주제는 서빙이라고 했죠. 그녀는 추운 겨울날 내 위장을 데워주듯 낯선 요리 이름들을 들려주었어요. 가리비로 만든 전채요리, 그다음은 에스까르고 부르기뇽느, 사이드디시로는 이란(宜蘭) 오리예요. 오늘 새벽에 들어온 거랍니다. 참, 맹종죽순도 있어요.

"나도 맹종죽순을 캔 적이 있어요. 해가 뜨기 전 흙에 맺힌 이슬이 마르지 않았을 때 댓잎을 조심스럽게 뽑아내고 진흙 무늬를 잘 봐야 해요. 죽순 끝이 흙 위로 올라와 있으면 이미 먹을 때가 지난 거예요."

"어릴 적에 수세미도 길렀어요. 많이 달렸을 때는 조금 고민스러웠죠……."

내 말을 끝내기도 전에 그녀의 작은 동작에 깜짝 놀랐어요. 그녀가 손가락 끝으로 소매를 손바닥까지 잡아당겨 손으로 입을 가렸어요.

왜 그러느냐고 물었더니 "왜 고민했어요?"라고 묻더군요.

그래서 대답했어요.

"수세미가 갑자기 너무 많아져서 어떤 걸 먼저 먹어야 할지 몰라서요"라고.

그렇게 말했을 뿐인데 그녀가 웃더군요. 그녀의 기쁨 속에는 언제나 놀라움이 섞여 있었어요. 또 늘 내 예상보다 일찍 웃음을 터뜨렸어요. 절반까지 말했을 뿐인데 이미 입가에 웃음기를 걸고 기다리고 있었죠. 조금 맹하게 보이기는 했지만 그녀의 그런 천진함이 좋았어요.

좋아한다고 하기에는 이르고 그녀에 대해 호기심이 생겼다고 하는 편이 더 정확할 거예요. 궁금했어요. 이토록 순진하고 세상에 때 묻지 않은 여자가 앞으로 마주할 일들을 어떻게 감당할 수 있을지. 내 어두운 과거에 대해 우연히 듣게 된다면 그때도 보조개를 만들며 웃을 수 있을지.

그녀의 미소를 보면 내게 언제든 아늑함을 느끼게 해주려고 태어난 여자 같았어요.

멍하니 생각에 잠긴 내게 추쯔가 말했어요.

"방금 어디까지 얘기했죠?"

"레스토랑에서 시험을 봐야 한다고요. 방금 맹종죽순까지 얘기했어요……."

"어머, 내 정신 좀 봐."

그녀가 긴장된 표정으로 입속으로 소리 없이 외우기 시작했어요.

4

사람의 일생에 몇 번의 연애가 허락된다 해도 나는 단 한 번으로 끝날 수 있기를 바란다. 방금 전 그 길이 첫 번째 길이었다고 해도 그다음은 영영 오지 않으리라는 걸 나는 알고 있다. 이런 확고한 생각이 조금 황당할 수도 있지만 사랑이라는 길 위에서 어떤 구간이 가장 옳은지 누가 알 수 있을까? 사랑도 원래 영감처럼 아슴아슴 떠다녀 붙잡기 힘든 것이다. 영감이 찾아오지 않으면 머릿속은 죽은 바다나 다름없다. 그 바다에 거센 파도가 몰아쳐야만 외로운 세상도 뒤집힐 수 있다는 것을 알게 된다. 파도가 계속 밀려와야 하는 것은 아니다. 단 한 번뿐이라도 파도가 치는 그 순간을 담아둘 수 있다면 그걸로 충분하다. 큰 파도가 지나가면 그 여파가 오랫동안 맴돌게 내버려두고 뭍으로 올라가야 할 때 배를 잘 묶어두기만 하면 된다.

추쯔가 바로 나를 가장 기쁘게 만드는 영감이었다.

그해에 그녀는 나보다 열 살 어렸다. 50년 뒤에도 내가 그녀보다 열 살 많은 것처럼. 하지만 영감의 차이는 그렇게 계산할 수 있는 것이 아니다. 두 사람이 모두 늙었을 때는 큰 차이가 없지만 두 사람이 젊었을 때는 차이가 있다. 그녀는 너무 어렸다. 아직 흙을 뚫고 나오지도 않은 그녀 집의 맹종죽 순처럼. 너무 많은 슬픔을 물려받은 나는 쉽게 불안해졌다. 나는 서둘러 가족을 갖고 싶었지만 그녀는 이웃집 아이처럼 바닥에 쪼그려 앉아 놀고 있었다. 젊은 그녀 앞에 장애물이 나타났을 때 나는 이미 먼 종점에 도착해 그녀를 기다리고 있다면 어떻게 해야 할지 두려웠다.

그래서 그해 겨울 나는 모든 게 다 늦어버릴 것 같은 두려움에 안정적이고 자유로운 일을 그만두고 분양주택을 파는 영업사원으로 전향했다. 어둡고 무뚝뚝한 내 성격에 도전해보기로 한 것이다. 긴 세월이 흐른 뒤에도 추쯔가 소금 이름을 외워야 하는 상황이 오는 건 원치 않았다.

그 어떤 어려움도 추쯔를 갖는 것에 비하면 아무것도 아니었다.

매일 오토바이를 타고 곳곳을 돌아다녔다. 고객이 있는 곳이라면 아무리 멀고 작은 시골마을이라도 달려갔다. 제일 멀리 간 것은 무과컹(木瓜坑)이라는 곳에 갔다가 농업용 수로에 처박혔을 때였다. 몸의 상처는 시간이 지나면 아물고 영업상의 실패도 노력하면 만회할 수 있었다. 임계점에 다다라도 보통은 이를 악물고 버티면 지나갔다.

하지만 유일하게 그냥 지나갈 수 없는 상처가 있었다. 바로 우울한 감정이었다. 의기소침한 감정은 종종 더 큰 먹구름을 몰고 왔다. 먹구름은 처량한 비와 스산한 바람을 동반했다. 아버지가 수많은 환영으로 변해 나를 찾아왔다. 아버지가 하늘에 있는지 외로운 혼백이 되어 떠돌아다니는지 내게는 보이지 않았다. 내가 아는 건 내가 혼자 있을 때만 아버지가 모습을 드러낸다는 것뿐. 통통 부은 아버지의 얼굴에 핏기 한 점 없었다. 그날 아침 연못가에 있던 아주머니들이 나를 팔로 감싸 안으며 아버지를 보지 못하게 했던 이유를 알 것 같았다.

나는 원래 잘 지내고 있었다. 혼자 있는 것도 고통스럽지 않았고 아버지가 자주 나타나지도 않았다. 내가 아버지를 생각하지 않았으므로 아버지가 찾아올 기회가 별로 없었다. 하지만 추쯔를 알게 된 후 혼자 있을 때마다 울적한 기분에 시달리기 시작했다. 그녀 생각이 머릿속을 떠나지 않고 공허하고 혼란스러웠다. 그러자 아버지가 파고들 틈이 생겼다. 어떻게 보면 아버지는 나를 위로하려고 찾아온 것이었지만 실제로는 오히려 나를 더 큰 슬픔 속으로 밀어 넣었다.

나는 그걸 추쯔에게 말하지 않았다.

석 달 뒤 기다리던 성과급을 받은 날 오후, 그녀 모르게 그녀가 일하는 레스토랑으로 갔다. 크리스털 샹들리에가 환하게 밝혀져 있고 고급스러운 테이블에는 손님이 하나도 없었다. 웨이트리스들이 문 앞에서 매니저의 훈계를 듣고 있었다. 남자 매니저가 고객 응대 요령에 대해 묻고 있는 것 같았다. 유리창에 바싹 붙어 추쯔를 쳐다보았다. 그녀가 지적당할까봐 걱정스러웠다. 변기물 내리는 것을 깜박 잊은 건 아닌지, 카르멘시타 발렌시아 솔트를 빠뜨린 건 아닌지. 그녀는 늘 나를 걱정하게 했다. 마른침을 삼키며 초조하게 그녀를 지켜보았다. 내가 자축하러 그곳에 갔다는 사실도, 내 주머니에 돈이 가득 들어 있다는 사실도, 추쯔가 서빙하는 테이블에 앉아 오늘밤 그녀의 첫 손님이 될 거라는 기대감도 다 잊어버렸다.

세단이 줄지어 들어오며 나를 향해 경적을 울려댔다. 나는 창문을 옮겨 다니며 레스토랑 주차장의 구획선을 밟고 서서 안을 들여다보았다. 손님들이 계속 들어갔다. 창유리 너머에서 나긋하게 대화를 나누는 사람들 모두 근사한 차림새였다. 그제야 내가 입은 유니폼과 신발에 덕지덕지 붙은 진흙이 눈에 들어왔다. 공사 현장에 다녀오며 세수하는 것도 깜박 잊었던 것이다. 레스토랑에서 밥을 먹으려면 반드시 세수를 해야 한다고 정해져 있는 건 아니지만 내가 싫어하는 프렌치 레스토랑에는 그런 규정이 있는 것 같았다. 모두들 막 목욕을 하고 향수를 뿌리고 온 것처럼 보였다. 내 웃는 얼굴은 남들보다 지저분할 것이고 그건 추쯔를 난처하게 하는 일이었다. 추쯔는 단추 하나가 떨어져나간 내 유니폼을 발견하고 누가 볼까 봐 가슴 졸이며 냅킨을 덮어줄 것이다.

게다가 나는 그런 사람들과 같은 공간에서 추쯔를 보고 싶지 않았다.

아쉽군. 속으로 중얼거렸다. 성과급을 받자마자 그녀를 찾아간 건 달아오른 희열이 식기 전 그녀를 만나고 싶었기 때문이었다. 연애란 무언가를 함께 누리는 것이다. 좋은 일이 있을 때 연인에게 제일 먼저 알리고 기쁨을 나누면 희열이 감동으로 변한다. 나는 그녀를 깜짝 놀라게 해줄 기회를 놓치고 말았다.

근처 식당의 치러우 아래에서 주자오판(豬腳飯, 돼지족발덮밥)을 먹은 뒤 서점에 가서 그녀가 퇴근하기를 기다렸다.

그녀와 함께 나누려던 흥분은 진즉에 식어버렸다. 그녀는 부매니저 승진 시험 결과를 기다리고 있었다. 짧게 끊어지는 그녀의 말이 더 빨라졌다. 통통 튀는 그녀의 목소리가 내 고막을 두들기자 나도 덩달아 긴장되기 시작했다. 그녀가 침을 크게 삼키고는 말투를 바꾸었다. 목소리가 바닥으로 툭 떨어졌다.

"떨어졌어."

"그럴 리가. 막힘없이 술술 외웠잖아."

"실기시험이 또 있었어."

그녀의 말에 웃음이 터졌다. 눈물이 나올 만큼 웃었다. 레스토랑에서 보는 시험에 실기시험이 있다는 얘기는 들어본 적이 없었다. 알고 보니 그녀가 말한 실기시험이란 매니저를 손님 삼아 서빙 시범을 보이는 것이었다. 음식이 나올 때마다 그 음식에 대한 설명도 해주어야 했다.

"얼마나 오래 준비했는지 몰라. 한 글자도 빠뜨리지 않았어."

"어떻게 했는지 다시 해봐."

"제가 좀 서툴러요. 잘 부탁드립니다."

"그게 무슨 말이야? 레스토랑의 규정이야?"

"내가 넣은 말이야. 가산점을 받을 줄 알았는데 오히려 점수가 깎였어. 나더러 생각 없이 말한다나. 서빙을 하기도 전에 서툴다고 말하는 게 어디 있느냐면서……"

"그다음에는 잘했지?"

"음식 설명은 잘했어. 난 음식 얘기 하는 걸 제일 좋아하니까. 꼭 내가 먹을 음식처럼."

"그렇다면 합격했어야 정상인데."

"빵부스러기 치우는 걸 잊었어. 정말 너무해. 부스러기를 얼마나 많이 흘리던지."

추쯔의 얼굴에서 대략 10분 정도 웃음기가 사라졌다. 보조개도 자취를 감추었다. 보조개는 거짓말을 하지 않는다. 그녀가 울적할 때는 보조개도 나처럼 그녀를 따라 울적해졌다.

빵부스러기는 일부러 흘렸을 것이다. 그녀의 얼굴에 묻은 짜증기가 한 시간이 지나도록 가시지 않았다.

5

영업 전선에 뛰어든 지 3년째 되던 해부터 건설 현장의 모델하우스에서 숙식을 했다. 건설 현장 근처에 사당이 하나 있었다. 창문에 서서 보면 날렵하게 올라간 사당의 처마가 보이고 가끔씩 염불 소리도 바람에 실려 왔다. 모델하우스에 손님이 왔을 때 마침 염불 소리가 들리면 대부분 두말도 하지 않고 모델하우스만 휘 둘러보고 가버렸다.

다른 직원들이 꺼리는 곳이었기 때문에 오히려 내게는 실적을 올릴 수 있는 기회가 더 많았다.

나는 동이 튼 직후 대지에 가득 차오르는 생명의 기운을 좋아했다. 땅을 뚫고 나온 아파트의 싹도 직접 보았다. 지하수 층에서 물을 뽑아낸 뒤 육중한 굴삭기가 들어가 터파기 작업을 했다. 그다음 말뚝을 줄지어 박아 전체 구조의 바닥

층이 완성되면 본격적으로 콘크리트 타설 작업이 시작되었다. 기초 공사가 느린 것 같아 보여도 시시각각 생명이 자라나 잠시 신경 쓰지 못하는 사이에 금세 거푸집이 만들어졌다. 인부들이 하루도 쉬지 않고 망치질을 하고 자재를 실은 트럭들이 수시로 드나들었다. 빈랑(빈랑나무 열매. 각성 효과가 있어서 주로 육체노동자, 운송업 종사자들이 졸음을 쫓기 위해 씹는다) 파는 아가씨들도 목 짧은 장화를 신고 철근 사이를 부지런히 돌아다녔다. 기둥과 벽의 거푸집이 세워지고 수도와 전기 배관 검사가 끝나자 레미콘이 교대로 들어왔다가 떠났다. 공중으로 날아올라간 먼지가 다시 바닥에 내려앉으면 사당의 염불 소리가 다시 허공을 채웠다.

구조체가 땅을 뚫고 나온 후에도 내 판매 실적은 여전히 땅 밑에 있었다.

매주 하루씩 부동산 영업 교육반에서 수업을 들었다. 시커멓게 모여든 사람들이 기차를 가득 채웠다. 곧 경제 기적을 향해 달려갈 기차였다. 강단에 선 강사는 판매왕이라고 쓰인 붉은 어깨띠를 사선으로 메고 있었다. 호루라기만 불지 않을 뿐 군대를 진격시키는 장군의 모습 그대로였다. 그는 흰 칠판에 판서를 하고 이따금씩 오래된 수강생 몇 명을 강단 위로 불러내 고객의 유형에 따른 영업 시범을 보여주기도 했다.

그는 자신이 해마다 판매왕 자리를 지킬 수 있는 비결을 설명했다.

"고객이 결정을 내리지 못하고 망설이다가 점을 쳐보겠다고 하면, 우후! 절호의 기회가 온 겁니다. 고객이 점을 치고 올 때까지 느긋하게 기다리세요. 절반은 사지 말라는 점괘가 나오겠지만 상관없어요. 절에 가서 효배(筊杯, 대만 사람들이 점을 칠 때 던지는 초승달 모양의 패. 두 개가 짝을 이루며 각각 앞, 뒤가 나와야 소원이 이루어진다고 믿음)를 던져보라고 하세요. 나쁜 점괘가 나왔다고 하면 당황하지 말고 누구 이름으로 점을 쳤는지 물어보는 거예요. 어쨌든 핑계는 무궁무진해요. 무슨 핑계든 대서 효배를 다시 던지게 하세요. 그러면 언젠가는 좋은 점괘가 나오겠죠? 혹시 운이 지지리도 없어서 계속 나쁜 점괘가 나온다면 마지막 방법이 있어요. 어차피 원가는 한참 밑에 있으니까 가격을 조금 깎아주는 거예요. 그러면서 슬쩍 이렇게 말하세요. 다시 점을 쳐보세요. 신이 이 가격을 기다리고 있을 테니까……."

강사의 입가에 점점 잔거품이 모이다가 어느 정도 시간이 되면 '흡' 하는 소리와 함께 그중 절반은 입안으로 들어가고 나머지 절반은 다음번을 기다렸다. 강사가 귀가 솔깃해질 소식을 발표했다. 어떤 상장 건설사에서 자신에게 영업팀장 몇 명을 채용할 수 있는 권한을 주었다는 것이었다.

"그러니까 수료시험 때 좋은 성적을 거두기만 하면……."

수강생들의 열기가 뜨거웠다. 사각거리는 필기 소리 사이로 드문드문 웃음소리가 끼어들었다. 그들 중에는 예비역 군인도 있고 왕년의 영업왕도 있고 인생 역전을 꿈꾸는 의기소침한 샐러리맨도 있었다. 작은 식당을 운영하다가 막 철거당했다는 어떤 사람은 어쨌든 내 집 한 채는 있어야 하지 않느냐고 내게 말했다.

집은커녕 가족도 하나 없는 나 같은 사람도 있다고 그를 위로하려다 말았다.

늦가을의 어느 날, 정말 어쩔 도리가 없었던 그날 오전에 나는 결국 거짓말을 하고 말았다.

한 노부인이었다. 과부가 된 며느리에게 집을 사주고 싶다고 했다. 벌써 보름이나 살까 말까 고민하고 있었고 며느리도 모델하우스를 보고 갔다. 그날 노부인은 거의 마음을 정했다며 계약금을 가지러 집에 다녀오겠다고 했다.

그런데 집에 가던 길에 갑자기 현장 근처에 있는 사당으로 들어갔던 것이다.

노부인이 전화를 걸었다.

"안 살래. 점을 쳤는데 나쁜 점괘가 나왔어."

"누구 이름으로 점을 치셨어요?"

"당연히 우리 며느리 이름으로 쳤지."

"에이, 점을 잘못 치셨어요. 할머니 돈이 나가는 거니까 할머니 이름으로 점을 쳐야지요."

"아이쿠, 점을 다시 쳐볼게. 좋은 점괘가 나오면 좋겠구먼."

판매왕이 가르쳐준 수법이 과연 즉효를 발휘했다. 작은 거짓말이 예상치 못하게 밀려온 먹구름을 쉽게 걷어냈다. 그날 오후 노부인이 현장에 와서 계약서를 쓰고는 싱글벙글하며 내게 언제 집에 오라고 했다. 오랫동안 물만두 장사를 해 온 노부인이 은혜에 보답하고 싶다며 물만두와 루웨이(滷味, 여러 가지 재료를 간장에 졸여낸 음식)를 공짜로 주겠다는 것이었다.

그러겠다고 대답했지만 노부인의 집 근처를 지날 때마다 길을 멀리 돌아서 다녔다.

속으로 계산해보았다. 노부인의 물만두 하나가 2위안(圓)이고 내가 집을 1백만 위안도 넘는 가격에 팔았으니 이 잔인한 가격 차이를 메우려면 노부인과 며느리는 앞으로 물만두를 60만 개 넘게 빚어야 한다. 이것이 무슨 매매란 말인가? 노부인은 내 말을 믿고 효배를 다시 던졌다. 신은 어째서 노부인에게 좋은 점괘를 내려주었을까? 노부인의 집 앞 치러우에 수북이 쌓여 있던 만두피 생각이 며칠 동안 머릿속을 떠나지 않았다. 터진 만두에서 만두소가 끝없이 쏟아지는 꿈을 꾸고 놀라서 깨기도 했다.

지금도 잊을 수 없는 그 물만두 집이 내가 마지막으로 판 집이었다. 건설 현장을 떠나기로 결심한 마지막 밤, 밖에는 비가 내렸다. 간단한 물건을 가방에 챙겨 넣고 있는데 밖에서 유리문 두드리는 소리가 났다. 고개를 돌려보니 뜻밖에도 추쯔였다. 머리까지 뒤집어 쓴 외투 깃을 양손으로 바투 쥔 그녀가 빗속에 서 있었다. 빗물이 그녀의 하얀 유니폼 셔츠를 타고 내렸다.

문을 열어주자마자 그녀가 말했다.

"깜짝 놀라게 해주려고."

노부인에게 집을 팔고 난 뒤 침울함에 빠져 있던 나는 추쯔를 보자 감정이 요동치기 시작했다. 며칠 동안 그녀도 만나지 못하고 있었다. 비에 젖은 모습이 안쓰러웠다. 한참 동안 길을 헤맨 것 같았다. 건설 현장 옆에 사당이 있다는 애기만 했을 뿐인데 나를 찾아내다니. 그런데 이상했다. 저녁 8시는 레스토랑에 손님이 제일 많은 시간이었다. 원래대로라면 그녀는 레스토랑에 있어야 했다.

"레스토랑이 문을 안 열었어. 손님들도 못 들어가고 동료들도 밖에서 서성대고 있어."

"그게 무슨 말이야?"

"망했대. 며칠 전에 식사할인권을 엄청나게 팔더니. 다 계획된 거였어."

그녀의 몸이 오들오들 떨렸다. 나는 얼른 전기주전자에 물을 끓여 뜨거운 커피를 건넸다. 그녀가 젖은 외투를 다시 몸에 걸쳤다. 몸속에서 스며 나온 한기에 옷이 가늘게 떨렸다.

"옷 벗어. 여기 건조기가 있어."

양손으로 컵을 받쳐 들고 커피를 홀짝이던 그녀가 우뚝 멈추고 나를 빤히 응시했다.

"어떻게 벗어?"

"안에 들어가서 셔츠랑 외투는 벗고 조끼만 입어."

"죽고 싶어."

그녀가 컵을 든 채 천장을 향해 시선을 들어 올렸다. 위아랫니가 부딪쳐 딱딱 소리가 났다.

"아니면 이리 와서 앉아. 담요로 감싸줄게."

그녀가 고개를 돌려 내게로 시선을 옮겼다. 눈가에 눈물이 매달려 있었다. 나는 손을 뻗어 그녀의 머리카락 끝에 맺힌 물방울을 털어냈다. 그녀가 몇 초쯤 망설이다가 내 재킷 안으로 파고들며 울음을 터뜨렸다. 밖으로 비스듬히 열린 여닫이 창문이 비를 실은 바람에 두 번 덜컹대다가 쿵 닫혔다. 그녀가 그 소리에 다시 몸을 똑바로 세운 뒤 봉투를 내밀었다.

"가져가. 난 이제 갖고 있을 수가 없어."

통장이었다. 우리가 매달 조금씩 돈을 아껴 공동 통장에 모으고 있었다.

"같이 모은 돈이니까 돌려줄 필요 없어."

"난 백수잖아. 이제 돈을 넣을 수가 없어."

그제야 이 기막힌 우연이 생각났다. 우리 둘 다 내일부터 직장을 구하러 다녀야 하는 처지가 된 것이다.

내가 말했다.

"그럼 이렇게 하자. 어차피 이 돈으로는 화장실 반쪽도 못 사. 돈은 나중에 다시 모으고 해외여행이나 다녀오자. 이 돈이면 갈 수 있어."

"전부 써버리자고?"

"네가 원한다면." 나는 그녀의 눈을 바라보았다. "신혼여행으로 해도 좋고."

그녀는 자기가 잘못 들었다고 생각했는지 내가 한 말을 작게 되뇌이다가 뒤에 나오는 네 글자에서 입술이 멈추었다. 그녀는 또 셔츠 소매를 손바닥까지 끌어내려 콧대와 그 아래에서 소리 없이 벙긋거리기 시작하는 입술을 손으로 가리고 놀란 눈으로 나를 보았다. 눈동자가 밝아졌다 어두워졌다 가 물거렸다. 내가 또 그녀를 울린 걸까. 그녀는 가슴속에 끓는 주전자를 감추고 있는 사람 같았다. 밖에서 아무 소리도 들리지 않았다.

한참 만에 추쯔가 말했다.

"전부 남겨둘 수도 있어."

6

라이(賴) 씨 집안은 중부에서 사업으로 큰돈을 벌었다. 사람들은 그들을 '모터 가족'이라고 불렀다. 주업종은 비료와 생필품 사업이지만 건설 분야에도 막 진출해 있었다. 그룹의 자회사인 셈이었다. 모터방이란 20여 년 전 모터 수리업으로 돈을 벌기 시작하면서 붙은 이름이었다. 신속함을 최우선으로 하는 기업 문화 때문에 애프터서비스는 그들을 따라올 업체가 없었다. 1998년 건설 사업에 진출한 뒤로 상속받은 땅에 부동산을 개발하는 일을 2세가 책임지고 있다.

미국 유학파 회장은 거무스름하고 네모진 얼굴에 남쪽 사람 특유의 다부진 얼굴선이 인상적인 사람이었다. 빈랑 두 개를 한꺼번에 씹고 있는 그의 옆얼굴 위로 양쪽 광대뼈가 불

록하게 솟아올랐다. 붉어진 핏줄이 콧대를 타고 오르고 불콰한 얼굴색 사이로 두 눈동자가 형형한 광채를 뿜어냈다.

그가 내 이력서를 눈으로 훑다가 잦은 이직 이력이 의심스러운 듯 툴툴거렸다.

"작년에 한 놈이 저녁마다 고객정보를 몰래 카피하다가 출근한 지 사흘 만에 들켰지…… 물론 자네도 그럴 거란 얘긴 아냐. 자넨 그런 사람은 아닌 거 같군. 경력이 괜찮은 편이야. 광고도 만들 줄 알고 영업도 해봤으니 하늘이 무너져도 죽진 않겠어. 부모형제가 하나도 없군. 딱하게 됐네. 일찍 결혼하지 그래? 얼린(二林) 진에 살았다고? 그럼 예전에 거기에 우리 비료공장이 있었다는 것도 알겠군……"

그가 이력서를 내려놓더니 손가락에 끼우고 있던 담배를 재떨이에 던지고 새 담배에 불을 붙였다. 두 모금 빨고 버린 꽁초가 누에고치처럼 재떨이에 빼곡히 꽂혀 있었다.

나는 결혼에 대한 생각을 간단히 말했다. 결혼할 사람은 있지만 작은 성과라도 거두어야 그녀를 가질 자격이 있을 것 같다고 했다. 그가 고개를 끄덕이며 양손으로 가슴을 감싸고 푹신한 의자 위에서 뒤뚱뒤뚱 몸을 흔들었다.

"팀장은 해본 적이 없지만 잘 해낼 자신이 있습니다. 얼린 진에 살 때는 너무 어려서, 죄송하지만 비료공장을 본 적이

114

없습니다……. 가끔은 다시 가보고 싶을 때도 있습니다. 가끔 제가 너무 폐쇄적이라는 생각도 하고요."

"가볼 것까진 없어. 비료는 이제 주력 사업이 아니야. 점점 돈이 안 돼."

그가 빈랑 찌꺼기를 뱉어낸 뒤 비서를 불러 내 자료로 폴더를 만들라고 했다. 예쁜 비서가 눈썹을 깜박이며 직위를 뭐라고 적을지 물었다. 그들이 편하게 대화할 수 있도록 몸을 살짝 일으키는데 회장님이 이미 생각해둔 게 있다는 듯 허공을 향해 우렁우렁한 목청으로 말했다.

"우선 부차장부터 시작하지. 실력만 있으면 승진 기회는 얼마든지 있을 거야. 난 직원들에게 매일 하늘을 보고 얘기를 하라고 해. 아무 말이나 해도 괜찮아. 어쨌든 태양은 하나뿐이니까 태양에게 충성하면 희망이 있을 거야."

담배와 빈랑에 찌든 입에서 나온 말 속에 의미심장한 암시가 담겨 있었다. 나는 고개를 끄덕이며 새겨들었다.

사흘 뒤 월요일, 생애 첫 양복이 생겼다. 위아래로 똑같은 파란색이 약간 조잡해 보였지만 하늘색 사선 무늬 넥타이를 맞추어 매자 제법 활기차 보였다. 걸음걸이도 저절로 구름을 탄 듯 가벼웠다. 내 자리는 영업부의 맨 구석에 있었다. 크고 네모난 책상에 회전의자가 있고 책상 바로 앞으로 직원들이 수시로 지나갔다. 3시 방향으로 고개를 틀면 다리를 꼬고 통화하고 있는 비서가 보였다.

추쯔와 축배를 들며 취직을 자축했다. 그날 처음 프렌치 레스토랑에 갔다. 그녀는 조금 불안해 보였다. 첫 번째 전채 요리로 나온 냉채를 천천히 먹은 뒤 훈제연어가 나오자 포크와 나이프를 꼭 쥔 그녀의 두 손이 갈 곳을 잃고 테이블 위에서 멈추었다. 각각의 음식마다 길고 긴 기도를 하는 사람 같았다.

"네게 제일 익숙한 요리들이잖아. 게다가 우린 지금 열심히 먹기만 하면 돼."

"그렇다고 거만해질 순 없어."

"안 될 게 뭐 있어? 저길 봐. 애완견을 안고 스테이크를 먹는 사람도 있어."

"정말 괜찮을까?"

"추쯔, 이 달팽이 좀 먹어봐. 이렇게 맛있는 요리인 줄 몰랐어……."

저녁을 먹고 새로 개장한 백화점에 갔다. 에스컬레이터를 타고 층마다 돌아다니며 천천히 구경했다. 가전제품과 유아용품 코너를 대충 훑어본 뒤 고급 여성복 코너로 추쯔를 데리고 갔다. 화려한 옷을 입은 마네킹 옆 유리거울에 초라한 추쯔의 모습이 비치었다. 반코트를 골라 입어보라고 했지만 그녀는 가격표를 슬쩍 보고는 뒤로 물러났다. 눈부신 빛을 가리듯 얼굴 위에 가로로 놓은 손은 평소와 마찬가지였지만 놀람과 기쁨의 표현이 아니라 희열과 절망이 뒤섞인 복잡한 감정의 표현이었다. 무슨 잘못을 한 사람처럼 그녀가 얼굴을 돌렸다.

그날 이후 나는 일에만 몰두했다. 모터 그룹은 고출력의 기계처럼 왕성한 에너지를 과시하며 돌아갔다. 개발지구 한 곳에서만 세 건의 건설 프로젝트를 동시에 진행하고 있었다. 나는 각 현장을 돌아다니며 영업팀장들이 정리해놓은 업무진도표를 취합했다. 가끔은 그 자리에서 업무진도표의 오류를 찾아내 다소 권위적인 충고를 하기도 했다.

영업직을 떠난 뒤 문제를 전체적으로 바라보며 객관적인 해결방법을 제시하고 광고와 영업의 공생 관계 속에서 성패의 핵심을 찾아내는 안목을 갖게 되었다.

취합한 보고서들을 종합해 회장님에게 보고하는 것이 나의 임무였다.

회장님의 자택은 타이중 제7차 개발구역에서 서쪽으로 조금 떨어진 농장에 있었다. 그때만 해도 많은 사건들이 일어나기 전이었다. 9·21대지진(1999년 9월 21일 대만 타이중 난터우 현에서 일어난, 규모 7.3의 대지진)이 발생하기 전이었고, 밀레니엄 페스트라고 불린 사스(SARS)가 창궐하기도 훨씬 전이었다. 그때 내 꿈과 그 후 내가 경험한 기쁨과 슬픔은 모두 아직 싹도 트기 전이었다.

특별한 일이 없는 한 매일 오후 4시에 회장님 댁으로 갔다. 합원식(중정을 중심으로 네 면에 건물을 지은 가옥 구조)으로 된 오래된 주택이었다. 정문 앞에 세단 3대가 세워져 있고 지붕이 없는 중정에는 새빨간 익소라 차이넨시스와 과수 몇 그루가 심어져 있었다. 대개는 회장님이 좋아하는 프로야구를 보고 있었다. 중간에 광고가 나오면 재빨리 끼어들어 보고를 하다가 두 팀이 공수를 바꾸어 다시 격전을 벌이면 나의 보고도 잠시 중단되었다. 회장님이 후원하는 야구팀이 삼진아웃을 당하거나 홈런을 치면 나도 뒤에 서서 안타깝게 탄식하거나 함께 환호성을 지르며 박수를 쳤다.

야구 시즌이 아닌 겨울에는 회장님 얼굴을 볼 수가 없었고 매일 아침 회사에서 지시가 내려오길 기다렸다. 이 모든 것은 회장님의 변덕스러운 통풍 증세 때문이었다. 보통 오전 10시쯤 그날 일과가 결정되었다. 회장님의 발가락이 부어 걸을 수 없는 날에는 나를 집으로 불러 훈계 몇 마디 하는 것으로 끝났다. 천장 높이가 6미터나 되는 넓은 집에 회장님 혼자 살고 있었다. 발가락 통증에 터져 나온 비명이 주방 벽에 부딪혔다가 신음이 되어 되돌아왔다. 가끔 회장님이 지시사항을 전달한 후에 비서가 전화를 걸어 꼭 참석해야 하는 스케줄이 있다고 재촉하면 갑자기 집 안이 소란스러워졌다. 몇 분 만에 개인비서가 달려오고 운전기사가 뒤따라 들어왔다. 두 사람이 회장님의 고달픈 두 발에 특별 제작한 큰 신발을 신긴 다음 양쪽에 한 명씩 달라붙어 부축했다. 일행이 정원의 포도나무 넝쿨 아래를 지날 때면 부상당한 국왕을 모시고 전장을 떠나는 신하들 같았다.

문 앞에 주차되어 있던 차 세 대가 길가로 옮겨져 분부를 기다리고 있었다. 엔진이 햇빛을 받으며 나지막이 으르렁거렸다. 회장님이 제일 앞에 있는 차의 뒷좌석에 가까스로 몸을 밀어 넣으면 개인비서가 조수석에 올라타 길을 안내했다. 나머지 두 대는 빈 채로 운전기사 혼자 몰고 뒤를 따랐다. 차 세 대가 동시에 출발하는 모습이 작은 전차부대의 행진을 방불케 했다. 대규모 행렬은 아니지만 차체가 워낙 커 그것만으로도 위용이 상당했다.

나는 오토바이를 타고 맨 뒤에서 따라가다가 차들이 길을 건너 북쪽으로 사라지면 작은 골목길을 따라 천천히 달려 회사로 돌아왔다. 어느 날 소나기가 쏟아져 치러우 밑으로 피했다가 시간이 난 김에 추쯔에게 전화를 걸었다. 한참 신호가 울린 뒤 그녀가 전화를 받았다. 이력서를 보냈던 회사에서 방금 통지서가 도착했다고 했다. 기다리고 있을 테니 통지서를 열어보라고 했다. 그녀가 서랍을 열고 가위를 찾는 소리가 들렸다.

나였다면 손으로 아무렇게나 찢었을 것이다. 좋은 소식이라면 통지서가 찢어져도 역시 좋은 소식이고, 왼쪽에서 오른쪽으로 한 치의 오차도 없이 조심스럽게 잘라도 나쁜 소식은 어쨌든 나쁜 소식이다. 봉투를 어떻게 열든 편지를 보낸 사람의 의도를 바꿀 수는 없다. 자기 마음만 더 우울해질 뿐.

하지만 그녀를 재촉하지 않았다. 그저 그녀에게 지금 밖에 비가 오고 있다고 말해주고 싶었다. 추적추적 내리는 겨울비에 마음이 헛헛했다. 게다가 자동차 행렬이 막 모퉁이를 돌아 떠나고 난 뒤였다. 그 차를 타고 있는 사람이 추쯔이고 내가 그녀 옆에 앉아 있다면 얼마나 좋을까? 난터우의 산속에서 웨딩드레스를 입은 그녀를 데리고 나오는 길이라면 얼마나 좋을까? 요란한 폭죽소리가 맹종죽 숲에 울려 퍼지고 행복한 결혼피로연을 위해 고급 호텔로 가는 길이라면 얼마나 좋을까?

추쯔가 가위를 찾았다. 그녀는 수화기를 턱 밑에 끼우고 내게 기다리라고 한 뒤 가위질을 시작했다. 얼마나 조심스러 운지 사각거리는 가위 소리조차 들리지 않았다. 어떻게 자르 든 중요하지 않다고 생각했지만 그녀가 원하는 대로 자르도 록 기다려주었다. 내일 아침 해가 뜰 때까지 잘라도 상관없었 다. 문득 하고 싶은 말이 생각났다. 우리 결혼하자. 또 한 해 가 지나가고 있어. 돈 있는 사람만 결혼하라는 법은 없잖아. 돈은 살면서 천천히 벌면 돼.

수화기 저편에서 소리가 들렸다. 그녀의 목구멍에서 비어 져 나오는 안타까운 탄식을 들었다. 아주 작은 소리였다. 창 피해서 차마 큰 소리도 낼 수 없는, "아" 하는 외마디였다. 실 망이 너무 크면 그런 단음밖에는 낼 수가 없다. 앞으로도 그 릴 것 같아서 두려웠다. 우리가 결혼하는 날에도 아주 작은 "아" 소리밖에는 낼 수 없을 것이다. 단출한 결혼식, 먼지 두 톨의 결합. 수세미가 맹종죽순을 맞이하는 그 순간은 가장 낭 만적이면서도 가장 쓸쓸할 것이다. 그 후의 삶은 두 영혼이 현실과 어떻게 싸울 것인지, 두 사람의 사랑으로 어떻게 현실 을 승화시킬 것인지에 달려 있었다. 그리지 않으면 회장님의 빈 차 두 대처럼 멋지게 달리다가 길 끝에서 이내 사라져버 릴 것이다.

그래서 나는 그 순간의 추쯔를 더 보듬어주어야 했다. 그녀의 작은 탄식에 울컥 눈물이 쏟아질 뻔했다. 내가 거절당한 것 같은 기분이었다. 그녀에게 해주고 싶은 말이 많았다. 내가 너의 순수함을 사랑하는 건 운명이야. 네가 예뻐서도 아니고, 남자의 본능 때문도 아니야. 내가 사랑하는 건 비가 쏟아지던 그날 오후 처음 본 내게 손짓을 했던 너야. 특별할 것 없는 그 동작이 내 마음을 송두리째 흔들어놓았어. 넌 나를 가족처럼 생각했던 거야. 너 자신도 몰랐겠지만. 구부러진 작은 손가락. 천사 만 명이 하나씩 떨어뜨린 만 개의 깃털 중에 유일하게 바람에 날아가지 않은 깃털 하나가 그 순간 내 인생 속으로 날아 들어왔어.

짧은 단음 이후 추쯔는 아무 말도 하지 않았다. 그녀의 콧소리가 수화기에서 멀어지고 그녀의 보조개가 옆으로 숨어버리는 소리를 들었다. 그녀는 내게 무슨 말을 하려고 했지만 벙긋거리는 두 입술 사이로 아무 소리도 나오지 않았다.

"나와. 지금 데리러 갈게."

"나 안 울어."

"가위질을 너무 오래 했어."

내선전화의 제한시간이 지나 전화가 끊어졌다. 다시 걸었지만 전화를 받아서 돌려줄 사람이 없었다. 하는 수 없이 빗속을 뚫고 추쯔의 아파트로 갔다. 그녀 앞에서 말하려고 용기를 냈다.

7

그해 늦겨울 모터 그룹이 봄맞이 프로젝트를 예고했다.

무슨 이벤트인지는 모르지만 직원들이 결혼 휴가를 내려면 한 달 전에 신청해야 한다고 했다. 추쯔가 시키는 대로 석달 전에 신청했더니 인사부 여직원들이 배를 쥐고 웃었다.

그 얘기를 듣고 추쯔가 말했다.

"마음이 바뀔지도 모르니까 미리 신청해놔야지."

"지금 당장 혼인신고 하러 가자. 그러면 믿겠지?"

"싫어. 기다리는 게 얼마나 재미있는데."

결혼 날짜는 추쯔의 뜻에 따라 정했다. 그녀는 설이 지나고 꽃이 만발하는 봄에 결혼식을 올리자고 했다. 연말에 결혼식을 올리면 며칠 안 지나서 결혼 2년차가 되는 게 억울하다면서. 내 생각에도 나이를 한 살이라도 더 먹은 뒤에 결혼해야 추쯔가 그 여직원들에게 놀림을 당하지 않을 것 같았다.

인사부에서 웃고 떠들던 이야기가 금세 퍼져나갔다. 어느 날 회장님이 나를 부르더니 서랍에서 두툼한 돈 봉투를 꺼냈다.

"지금 자네에게 제일 필요한 게 뭔지 알아. 개인적으로 주는 거니까 받아둬."

화제가 봄맞이 프로젝트로 옮겨갔다.

"신혼여행은 굳이 돈 들어서 갈 필요 없어. 예약해놓은 건 취소해. 며칠 있으면 직원들의 해외여행 계획을 발표할 거야. 자네 부부도 전세기 타고 몰디브에 가서 실컷 놀다 와."

돈 봉투가 나를 혼란스럽게 했다. 그걸 받으면 나를 파는 계약서에 서명하는 것이 될까 봐 겁이 났다. 하지만 그 돈이면 추쯔와 보았던 소파와 가전제품을 살 수 있었다. 추쯔가 선뜻 믿지 못할 만큼 큰 돈이었다.

"회사에서 중요한 사람인가 봐."

"물론이지. 그렇지 않으면 어떻게 프러포즈 할 용기를 냈겠어?"

"그게 프러포즈라고? 그땐 비가 오고 있었고 오토바이도 너무 빨랐어."

아쉽게도 추쯔는 비행기 타는 걸 무서워했다. 제일 멀리 가 본 것이 배를 타고 펑후(澎湖) 섬에 갔던 것이라고 했다. 몰디브가 아주 멋진 곳이라고 추쯔를 부추기기는 했지만 나도 가본 적은 없었다. 여행 잡지에서 새파란 하늘과 에메랄드 빛 바다가 펼쳐진 사진을 본 게 전부였다.

"회사에서 톱모델들도 데리고 갈 거래. 공중패션쇼를 한다나봐."

추쯔는 그 애기에 신이 났다가도 비행기가 길도 없는 하늘 위를 날아가는 상상을 하면 금세 흥분이 식었다. 하는 수 없이 회사의 여행일정에 맞추어 다른 곳으로 신혼여행을 가기로 했다. 전세기가 타이베이 타오위안(桃園) 공항에서 이륙하고 있을 때 우리는 렌트한 밴을 타고 최고 속도로 달려 몰디브처럼 바다가 있는 화롄(花蓮)으로 향했다.

타이중 지방법원에서 결혼식을 올린 뒤 해산물 식당에서 식사를 했다. 추쯔의 부모님과 막 전역한 추쯔의 남동생, 나, 추쯔 이렇게 다섯 명이었다. 등이 구부정한 추쯔의 아버지가 젓가락을 들기 전 조용히 내게 물었다.

"자네 쪽엔 자네뿐인가?"

나는 회사 직원들이 단체로 해외여행을 떠나는 바람에 결혼식에 참석하지 못했다고 설명하고 하객 수보다는 내가 앞으로 추쯔를 행복하게 해줄 거라는 사실이 더 중요하다며 아버님을 안심시켰다……

말해놓고 생각해보니 잘못된 대답이었다. 추쯔 아버지의 질문은 내 가족은 왜 참석하지 않았느냐는 뜻이었다.

추쯔의 가족밖에 없었으므로 추쯔는 긴장한 기색이 전혀

없었다. 그녀는 일어나서 부모님에게 음식을 집어주고 동생에게 탕을 덜어주었다. 빌린 예복의 치렁치렁한 소매를 팔꿈치까지 두툼하게 말아 올렸다. 난생처음 입은 정장을 벗지 못하는 식모처럼.

나도 계속 음식을 권했다. 옆에 앉은 추쯔의 부모님에게 대하를 한 마리씩 집어드리며 연신 죄송하다고 말했다. 정말로 죄송했다. 다행히 술은 마시지 않았다. 술을 마셨다면 보나마나 울어버렸을 것이다. 내게 가족이 하나도 없다는 걸 추쯔의 가족도 알게 되었다. 나는 개 한 마리, 고양이 한 마리조차 결혼식에 데리고 가지 못했지만 아무도 나를 나무라지 않았다. 몇 가지 요리가 나온 뒤 추쯔 어머니가 일어나 내게 조심스럽게 술을 따라주며 추쯔가 일찍 철이 들긴 했지만 혹시 잘못하는 게 있으면 당신 얼굴을 봐서 이해해달라고 했다.

내 얼굴이 훅 달아올랐다. 고맙다고 말하고 싶지만 입에서는 죄송하다는 말밖에 나오지 않았다.

갑자기 다소곳해진 추쯔가 이제야 신부 같았다.

추쯔의 가족이 밤차를 타고 집으로 돌아간 뒤 꽃을 들고 아파트에 도착하자 추쯔가 큰 숨을 들이마시며 웃었다.

"다행이야. 엄마한테 울지 말라고 했거든. 울면 결혼하지 않겠다고. 그랬더니 정말로 울지 않더라. 딸이 결혼도 못 하고 식구들한테 짐이 될까 봐 그랬나 봐. 너무해."

"밤늦게 집에 도착하시겠어."

"응."

우리는 곧 시작했다.

그런데 너무 조용해서 시작할 수가 없었다. 추쯔가 이렇게 조용한 건 처음이었다. 그녀가 두 어깨를 바짝 움츠리고 침대 끄트머리에 걸터앉았다. 그림 위에 앉아 날개를 접은 나비 같았다. 그녀는 방금 전 너무 일찍 웃음을 터뜨린 걸 후회했을 것이다. 그녀의 웃음소리가 멈추자 공기의 흐름도 멎었다. 우리 둘 다 아무 소리도 내지 않았다. 그때까지 조용한 방에 함께 있어본 적이 없었다.

그녀는 예복 아랫단에 달린 술만 만지작거렸다. 술이 거의 떨어지려고 할 때까지 한마디도 하지 않았다. 우리는 비가 오던 그날 밤 모델하우스에서 포옹하고 길에서 모이를 쪼는 아기 새처럼 살짝 입을 맞춘 것이 전부였다. 만약 더 있다면 그건 내 꿈속에서였을 것이다. 추쯔가 수줍어하는 것이 좋았다. 4년 동안 남들처럼 뜨거운 연애를 한 것도 아니고 서로 감정을 자주 표현하지도 않았지만 그녀는 언제나 내가 원하는 것을 보여주었다. 그녀의 눈동자 속엔 순수한 빛이 어려 있었다. 그건 깊이 사랑하는 사람만이 보여줄 수 있는 진심이라는 걸 말하지 않아도 알 수 있었다.

　그녀의 단발머리 아래로 드러난 목덜미에 입을 맞춘 뒤 옷깃을 타고 미끄러져 내려갔다. 그녀가 이 순간을 위해 단발머리를 기른 것 같았다. 사실 꼭 그런 건 아니었다. 카페에서 처음 본 그날 오후에도 그녀는 단발머리였다. 전생에 이미 단발머리였을 수도 있다.

　등에 달린 단추를 풀려다가 그 예복에 단추가 대략 만 개쯤 달려 있다는 걸 알았다. 마음이 급해지기 시작했다. 두 손으로 단추를 끄르는 동안 방 안이 점점 적막해졌다. 무슨 말이라도 해야 할 것 같았다.

　"예복은 내일 돌려줘야겠네."

　대답인지는 모르지만 추쯔가 드디어 입을 열었다.

　"어릴 적에 창문을 열어놓으면 반딧불이 날아 들어왔어."

　"낭만적이네. 여기도 반딧불이 있으면 좋겠다."

　그녀가 속삭였다.

　"창문 닫아."

　창문을 닫고 커튼을 내린 뒤 천장에 매달린 전등 빛만으로 그녀를 보았다.

　하지만 그녀가 재빨리 욕실로 들어가버렸다. 조금 늦게 시작된 물소리가 갑자기 작아지더니 이내 멈추었다. 추쯔가 문

틈으로 얼굴을 내밀고 투정하듯 말했다.

"유리문이잖아. 집을 고를 땐 왜 몰랐지?"

나도 그제야 그걸 알았다. 그녀의 어렴풋한 실루엣을 훔쳐 보았다. 부옇게 쏟아지는 물줄기 너머에 그녀가 있었다. 타일 벽 뒤로 몸을 감추려고 했지만 절반밖에 가려지지 않았다. 감추지 못한 옆모습의 희미한 곡선이 자연스럽게 드러났다. 그녀의 겨드랑이, 유방, 낯선 육체가 안개 속에서 천천히 떠다녔다. 몽롱한 꿈이 벌거벗은 화신이 되어 혼란스러운 나를 휘저어놓았다.

나도 부끄러워 그녀와 함께 이불 속으로 파고들었다. 음력 설이 얼마 지나지 않은 때였지만 이불 속은 화로 같았다. 화로 속에서 몸을 포갰다. 어두운 이불 속이 점점 더워졌다. 축축하게 젖은 두 개의 육체가 서로를 휘감았다. 숨이 가빠 입을 벌리고 이불 밖으로 머리를 내밀 때까지 그렇게.

나는 반딧불 얘기를 다시 꺼냈다.

"반딧불이 들어오면 뭐 어때?"

추쯔가 이불 속에서 말했다.

"불이 나면 어떻게 해."

추쯔는 집 근처에 있는 꽃집에서 보조로 일했다. 매일 새벽 꽃집 문을 열고 꽃시장에서 꽃을 싣고 오는 작은 트럭을 기다렸다. 나는 출근할 때 일부러 길을 돌아 꽃집 앞을 지나 갔다. 추쯔가 작은 의자에 앉아 가지를 자르고 있었다. 잘라낸 가지와 잎사귀는 대바구니에 담고 잘 다듬은 꽃은 오른쪽 진열대에 놓았다. 바닥에 물방울이 흩뿌려져 있고 아침 햇살이 내려앉은 그녀의 옆얼굴은 땅에서 피어난 꽃 같았다.

어느 맑은 오후 추쯔가 어린이 공원 풀밭에 앉아 있었다. 거기서 바라보면 우리 아파트 옥상이 보였다. 퇴근해 돌아오는 나를 보고 그녀가 일어나 손을 흔들었다. 깡충거리며 언덕을 내려오는 아이 같았다. 공원에서 놀던 아이들도 그녀가 신기한 듯 응원의 눈빛으로 올려다보았다.

밤에는 또 못다 한 이야기를 나누었다. 추쯔가 내 말허리를 자르고 끼어드는 것에 이미 익숙했다. 그녀가 재잘거리다가 침을 삼키는 틈에 내가 말을 받을 수 있었지만 거의 그녀가 하고 싶은 말을 다 하도록 기다려주었다. 우린 몇십 년 만에 동창회에서 만난 친구 같았다. 다만 그녀의 기억력이 너무 좋아서 어릴 적 재미난 추억들을 혼자서 다 얘기하는 것뿐.

"한번은 내가 아주 빨리 달리고 있는데 결승점에 거의 도착할 때쯤 친구가 갑자기 '파이팅' 하고 외치더라. 너무 이상했어. 친구들은 한 번도 나를 응원한 적이 없으니까. 그 소리에 놀라서 달려야 한다는 것도 잊고 결승점까지 걸어갔지 뭐야."

"이렇게 말랐는데도 달리기를 잘하는구나……."

"내 말에 집중해줄 수 없어? 결승점까지 걸어갔다니까? 선생님은 나를 노려보고 반 아이들은 박수를 치며 깔깔댔지. 내가 일등을 한 건 미술뿐이었어. 음악도 평범했고. 시험 볼 때마다 떨려서 목소리가 갈라졌어. 왜 웃어? 누구에게 얘기한 건 처음인데……."

텔레비전 광고가 끝나면 그녀는 조용히 앉아서 좋아하는 드라마를 보고 나는 다음날 회장님에게 보고할 자료를 정리했다. 매일 밤 10시, 잠자리에 들기는 아직 이른 시간이지만 우리는 일찌감치 침대에 누웠다. 아직 잡다한 화제가 많이 남아 있었다. 머리를 맞대고 지저귀던 부부 새가 처마 밑으로 내려앉으면 추쯔의 목소리도 속삭임으로 바뀌었다. 잠옷으로 갈아입고 여인이 된 그녀가 조용히 누워서 내 얘기를 들었다. 내 말에 집중할 때 그녀는 눈을 동그랗게 떴다. 특히 미래의 꿈에 대해 얘기할 때면 어스름한 빛 속에서 그녀의 보조개가 조용히 물결쳤다.

몇 번이나 망설이다가 어릴 적에 기른 염소 이야기를 그녀에게 들려주었다. 목에 연회색 띠가 있는 까만 염소였다. 매일 아침 학교 갈 준비를 하고 있으면 염소가 풀을 먹여달라며 매애애애 울었다. 그런데 얼마 후부터 염소가 울지도 않고 풀을 내밀어도 시큰둥했다. 어느 날 평소보다 일찍 일어나 우리에 가보니 아버지가 염소에게 풀을 먹이고 있었다. 아버지는 작은 소리로 중얼거리며 울타리 안으로 풀을 넣어주다가 염소의 배가 거의 찼을 때쯤 조금 남은 풀을 나를 위해 남겨두었다. 그날 아침 나는 아버지의 자전거를 얻어 타지 않고 달음박질로 학교에 갔다. 며칠 동안 계속 그랬다. 다시는 아버지를 보지 않겠노라고 맹세했다.

"그 일은 지금 생각해도 원망스러워."

"아버님이 염소한테 뭐라고 말했을지 맞혀볼까?"

"말하지 마."

"아버님이 살아 계셨더라도 말하지 말라고 하셨을 거야."

둘의 대화가 끊어졌다. 그날 밤 우리는 서로의 슬픔에 감응했던 것 같다. 추쯔는 자는 척했고 나는 일어나 일기를 두 페이지 썼다. 추쯔가 이불 속에서 뒤척이는 소리가 났다. 그녀가 말하고 싶지만 참고 있다는 걸 알고 있었다. 그녀도 침묵할 때가 있다는 사실에 드디어 누군가와 감정을 공유할 수 있다는 희열을 느꼈지만 다시는 그녀에게 우울한 감정을 옮기지 않겠다고 다짐했다.

결혼 후에도 회장님에게 충성했다. 회장님은 점점 사적인 일까지 시키기 시작했다. 당분간 연락을 끊은 애인에게 돈을 가져다주는 일, 자정이 되자마자 어떤 빌딩에 꽃을 배달하는 일, 야구 중계 시간에 찾아온 은행원을 현관 옆 응접실로 데리고 가 다리를 꼬고 앉아 얘기를 나누는 일 등등. 가끔 회장님과 잘 아는 부동산 브로커가 찾아오면 그들을 현관에 세워둔 채 텔레비전 앞으로 돌아와 "홈런!"을 목이 터져라 외치다가 방금 전에 끝냈어야 하지만 끝내지 못한 경기에 대해 회장님과 열띤 토론을 했다.

회장님과 함께 외출할 때면 나는 두 번째 캐딜락에 탔다. 오랜만에 말동무가 생긴 운전기사는 사춘기 자식놈이 속을 썩인다고 푸념하면서도 앞차를 일정한 간격으로 뒤따랐다. 신호등이 빨간불로 바뀌려고 하면 재빨리 액셀 페달을 밟아 교차로를 건너 앞차와의 사이에 다른 차가 끼어들지 못하게 했다.

운전기사가 경적을 누르며 말했다.

"이렇게 빈 차만 몰다간 언젠가는 미쳐버리고 말 거야."

"언제부터 이랬어요?"

"회장님 머리가 망가지고 나서부터."

자기 말이 우스웠는지 그가 소리 내어 웃었다.

하지만 졸지에 부자가 된 듯 고급 세단을 타고 달리는 것이 내게는 흔히 누릴 수 없는 호사였다. 점잖게 커튼을 열고 밖을 내다볼 수도 있었다. 창밖에서 사람들이 소리 없이 북적이고 오토바이가 무리 지어 파도처럼 밀려다녔다. 몇 시간 전에는 나도 땀 섞인 수증기가 바이저를 희부옇게 가린 핑크색 안전모를 쓴 채 그 파도 속을 표류하고 있었다는 걸 믿을 수가 없었다.

캐딜락 뒷좌석의 진한 가죽 냄새가 콧속으로 파고들었다. 묵직한 냄새에 뒤섞인 돈과 권력의 매혹적인 향기를 맡을 수 있었다. 형언할 수 없는 신비감이 사람을 끌어당기면서도 또 섣불리 다가갈 수 없게 만들었다. 목적지가 멀어 차를 오래 타야 할 때는 회장님과 같은 나이였던 아버지가 떠올랐다. 아버지는 살아 있더라도 이런 시야를 가지지 못했을 것이다. 아마 지금도 그때처럼 살고 있을 것이다. 매일 자전거를 타고 학교에 가서 허드렛일을 하고, 점심시간이 되면 교통사고로 중증 장애인이 된 아내에게 밥을 먹이러 집에 왔다가 밥을 먹이자마자 서둘러 학교로 돌아가면 오후 수업종의 끝에서 세 번째 종소리가 울릴 때 교문에 들어설 수 있었다.

똑같은 사람인데 사는 건 이렇게 하늘과 땅 차이었다.

운전기사 리(李) 씨가 차를 천천히 운전하길 바랐다. 내가 마음껏 상상할 수 있도록 내일까지, 아니, 영원히 멈추지 말고 달리기를 바랐다. 천국을 통째로 사들여 부모님을 향해 외치는 상상을 했다.

"어서 오세요. 우리도 이렇게 살 수 있어요!"

이 꿈같은 검은 기함의 문을 열 듯 천국 문을 활짝 열어놓고서.

공짜로 캐딜락의 호사를 누린 것 말고도 회장님을 따라다니며 공무원 세계의 괴이함과 오묘함을 엿볼 수 있었다. 우리가 시청 관공서를 방문할 때면 건설국장이 직접 나와 맞이했다. 평소에는 내가 아무리 부탁해도 눈길 한 번 주지 않던 건설관리과장이 두 팔을 다리 옆에 붙이고 회장님이 묻는 말에 깍듯이 응대했다. 회장님의 통풍이 재발해 나 혼자 관공서에 갔을 때도 그들은 오랜 친구처럼 반갑게 나를 맞이했다. 허가를 기다리고 있는 사업의 서류들이 이미 테이블 위에 준비되어 있었다.

어떤 어려운 일도 단박에 해결되었다. 내가 환호하며 돌아가 보고해도 회장님은 놀라지도 기뻐하지도 않고 덤덤하게 말했다.

"인맥은 돈으로 사는 거야."

회장님을 모시고 중요한 장례식에 참석할 기회가 많았다. 회장님은 장례식에 갈 때만 입는 검정 양복이 따로 있었다. 검은 양복에 청회색 넥타이를 매고 장례식장에 들어서면 흑사회 두목 같은 카리스마가 주위를 압도해 망자에 대한 애도마저 잠시 멈추었다. 회장님은 장례식장에서 선글라스를 꼈다. 눈물을 흘리지는 않았지만 그것만으로도 엄숙하고 침통한 분위기를 풍겼다. 회장님이 낮게 가라앉은 허스키한 목소리로 추모사를 낭독하면 먹먹한 슬픔이 식장 전체를 휘감았다. 추모사가 끝난 뒤 허리 굽혀 인사할 때는 상주들의 울음이 이미 흐느낌으로 바뀌어 있었다.

그런 자리에서 보면 회장님은 타인의 슬픔에 공감하고 타인을 진심으로 대할 줄 아는 사람 같았다. 하지만 다른 상황에서는, 예를 들어 야구 경기를 볼 때는 그 무엇도 회장님을 방해할 수 없었다. 그는 모든 일을 미뤄둔 채 투수의 글러브를 빠져나와 허공을 가르며 날아가는 변화구에서 시선을 떼지 않았다. 야구공이 바람에 흔들리는 버들가지처럼 너울대며 천지만물의 정적을 깨뜨리는 듯 했다. 그 순간에는 사장님의 숨소리조차 들리지 않았다. 타자가 헛스윙을 하고 고개를 숙이면 그제야 숨죽였던 세상이 생기를 되찾았다.

"외출할 때 차를 세 대나 끌고 가는 건 외로워서일 거야."

추쯔가 말했다.

"잘 모르겠어. 부자들에겐 이상한 심리가 있어."

"그럼 우린 부자가 되지 말자. 이대로가 좋아."

"아냐. 우리도 빨리 부자가 돼야 해. 그래야 회장님 마음을 이해할 수 있지."

우리는 침대에 기대어 앉아 벽에 붙어 있는 커다란 포스터를 바라보았다. 어느 건설사의 빌라 사진이었다. 푸른 강산처럼 넓은 정원이 펼쳐져 있고 잘 꾸며진 조경 사이로 산책로가 이어져 있으며 구불구불한 시내가 음표처럼 사방으로 흘렀다. 추쯔와 나는 더 이상 할 얘기가 없어지면 가늘게 뜬 눈으로 말없이 포스터를 응시하며 몽롱한 졸음기 속으로 가물가물 빠져들었다.

그건 아주 먼 환상이었지만 다행히도 상당히 사실적이었다. 그것이 늘 우리 눈앞에 있었으므로.

9

하마터면 우리는 그해를 버텨내지 못할 뻔했다. 암흑의 1999년이었다.

대지진은 한밤중에 우리를 덮쳤다. 추쯔는 겉으로 보이는 상처는 없었지만 그 충격으로 완전히 무너졌다.

지진은 예고 없이 찾아왔다. 별안간 벽이 위아래로 요동치다가 비틀리며 춤을 추기 시작했다. 문과 창의 유리가 굉음과 함께 아스러지고 침대 다리가 바닥과 함께 솟구치더니 머리 위 전등이 이불 위로 쏟아져 내렸다.

먼 산 골짜기 밑에 깊이 잠들어 있던 소 수천만 마리가 일제히 몸을 뒤치는 것 같았다.

그 암흑의 장면을 영원히 잊을 수 없을 것이다. 낯설고도 익숙한 소리가 집 안을 채웠다. 추쯔가 몸을 떨며 내는 소리였다. 그녀는 보이지 않고 그녀의 두 다리가 제자리에서 쿵쿵 뛰는 소리만 들렸다. 그 자리에서 한 발짝도 벗어나지 못했다. 바닥은 온통 깨진 유리조각이었다. 나는 발바닥이 수없이 찢기는 통증을 참으며 어둠 속을 더듬어 그녀가 발을 구르고 있는 구석으로 갔다. 그녀의 손을 잡자마자 죽을힘을 다해 밖으로 뛰었다.

깜깜한 회전계단을 따라 미친 듯이 달렸다. 지나치는 층마다 새된 비명 소리가 들렸다. 계단참의 창문으로 보이는 바깥도 온통 암흑이었다. 멀리서 가물거리며 흔들리는 빨간 불빛 몇 개밖에 보이지 않았다. 아파트에서 빠져나갈 때까지 쉬지 않고 뛰었다. 추쯔에게 무슨 문제가 생겼는지도 모른 채 그녀의 손을 붙잡고 뛰기만 했다. 그때까지만 해도 추쯔는 말을 할 수 있었다. 그녀가 비틀거리며 물었다.

"여기가 어디야?"

"걱정 마. 바로 앞이 공원이야."

깜깜한 어둠에 휘감긴 공원에서 어지러운 외침 소리만 들렸다. 사람을 찾는 외침, 아이들의 울음소리가 그치지 않았다. 잠시 후 강한 여진이 찾아왔다. 무거운 것들이 보이지 않는 높은 곳에서 쏟아져 내리고 사이렌을 울리며 지나가는 소방차 소리가 길 위에 낭자했다.

갑자기 추쯔가 보이지 않았다. 달리는 인파에 휩쓸려 밖으로 밀려난 것 같았다. 얼마 후 그녀가 나를 향해 손을 흔들던 비탈에서 그녀를 찾았다. 무릎을 감싼 두 손이 애처롭게 떨리고 있었다. 담요도 챙기지 못하고 집을 빠져나왔다. 인생에서 이렇게 공포스러운 순간이 있을 줄은 예상하지 못했다. 그녀의 두 손과 발바닥이 얼음장 같고 혼란 속에 벗겨진 슬리퍼는 어디로 갔는지 보이지 않았다.

몇 시간 뒤 사람들이 천천히 흩어지기 시작했다. 비틀거리며 집으로 올라가는 사람도 있고 길가에 세워둔 차 안에서 몸을 녹이는 사람도 있었다. 어떤 사람들은 속속 도착하는 차를 타고 떠났다. 하늘이 희붐하게 밝아오기 시작했지만 추쯔는 고개를 저으며 집에 들어가기를 거부했다. 그녀는 아파트 옥상 아래에 걸쳐진 나무 끝에 시선을 매단 채 꼼짝도 하지 않았다.

그녀가 이상하다는 걸 알았다면 전화를 거는 데만 정신을 팔지 않았을 것이다. 회장님과 연락이 닿지 않고 회사 전화도 불통이었다. 햇빛이 서서히 구름을 뚫고 나오기 시작할 때쯤 추쯔에게 먹을 것을 사다주며 내가 돌아올 때까지 여기서 기다리라고 당부한 뒤 회사로 달려갔다.

동료들도 하나둘씩 회사로 모였다. 한 여직원은 집이 무너졌다고 했다. 회장님이 직원들을 각 아파트로 보내 현장 상황을 확인하게 했다. 주민들에게 사적인 의견을 말하지 말고 심각한 상황을 발견하면 즉시 보고하라고 지시했다.

내가 맡은 곳은 300여 가구가 살고 있는 주상복합건물이었다. 저층부에 대형 상가가 있고 고층부의 아파트에 살고 있는 사람만 천 명이 넘었다. 현장에 거의 도착했지만 더 앞으로 나가지 못하고 커다란 나무 그늘 아래 몸을 숨겼다. 건물이 눈앞에 있는데도 쳐다볼 용기가 없었다. 생과 사의 그림자가 머릿속에서 똬리를 틀고 있었다. 답은 이미 머리 꼭대기에 걸려 있었다. 고개를 들기만 하면 건물의 안위를 한눈에 알 수 있지만 앞을 볼 수 없는 사람처럼 눈을 가늘게 뜬 채 고개를 들지 못했다.

마침내 우뚝 서 있는 건물의 실루엣이 햇빛을 안고 가느다란 눈꺼풀 틈으로 들어온 순간 바보처럼 눈물이 후드득 쏟아졌다. 회사로 돌아가 좋은 소식을 전했다. 잠시 후 새로운 소식이 들렸다. 대만 전역에 걸쳐 집계가 불가능할 정도로 많은 실종자와 부상자가 발생하고 사망자가 2천 명을 넘었으며 붕괴된 가옥도 만 채가 넘는다고 했다. 이밖에 아직 통계에 잡히지 않은 피해 상황도 많았다.

보고를 듣고 침묵하던 회장님의 얼굴에 천천히 환희가 번졌다. 은행들이 기습적으로 건설사의 자금을 동결시켜 많은 건설사가 도산하게 될 것이라며 도산 가능성이 큰 업체들의 이름을 읊었다. 그중 몇 곳은 우리 회사의 강력한 경쟁사였고 회장님이 제일 싫어하는 앙숙도 있었다. 회장님이 직원들에게 자신을 따라 구호를 외치고 박수를 치게 했다. 가까스로 먼지가 가라앉은 허공으로 그의 우렁우렁한 목소리가 메아리쳤다.

"우리는 쓰러지지 않는다!"

하지만 추쯔가 쓰러지고 말았다.

회사를 나오자마자 어린이 공원으로 달려갔지만 추쯔는 보이지 않고 그녀가 한 입도 먹지 않은 두유와 샤오빙(燒餅, 밀가루 반죽에 소를 넣고 납작하게 기름에 지진 음식)만 바닥에 놓여 있었다. 추쯔를 찾으러 뛰어다니는 나를 보고 한 아주머니가 말했다.

"그 여자분 가족이에요? 병원에 실려 갔어요."

내가 없었던 두 시간 사이에 일어난 일이었다. 검사 결과 저체온증으로 정신을 잃은 것 외에 다른 뚜렷한 이상은 발견되지 않았다. 추쯔를 집으로 데리고 왔다. 문을 열자 집이 아수라장이 되어 있었다. 물건이 사방에서 쏟아져 내리고 성한 것이라고는 몇 군데 벽뿐이었다. 매일 밤 우리 눈앞에 있던 포스터도 축 늘어진 채 부서진 창문으로 들어오는 가을바람에 펄럭이고 있었다.

추쯔는 꽃집 일을 그만두었다. 오전 시간은 발코니에 멀거니 앉아 해바라기를 하며 보내고 오후에는 이유를 알 수 없는 현기증에 시달렸다. 예전처럼 공원에 나와서 퇴근하는 나를 기다릴 수도 없었다. 하지만 큰 문제는 따로 있었다. 밤이 되면 추쯔의 문제가 하나씩 나타나기 시작했다. 갑자기 몸이 더워졌다 추워졌다 하고 밥을 억지로 몇 입 삼켜도 몇 분도 안 되어 전부 게워냈다.

의사는 추쯔가 무슨 증후군에 걸렸다고 했다. 공포와 외로움이 오랫동안 쌓여 있다가 지진을 계기로 한꺼번에 폭발했다는 것이다. 특별한 치료약도 없고 가족들의 도움으로 천천히 호전되길 바라는 수밖에 없다고 했다. 하지만 어디 말처럼 그리 쉬운 일일까? 인생에서 가장 무서운 것은 옴짝달싹도 할 수 없는 골짜기에 빠지는 것이다. 몸을 이리 뒤치고 저리 뒤쳐도 빠져나올 수 없는 골짜기. 게다가 나는 추쯔가 어떤 골짜기에 빠졌는지조차 알지 못했다. 그녀가 평소에 제일 무서워하는 것과 제일 좋아하는 것이 무엇이냐는 의사의 물음에 선뜻 대답할 수가 없었다. 나는 그녀의 귀여움을 사랑했다. 그녀의 절반만 사랑해도 그 사랑으로 충분했으므로 그녀의 마음속 깊은 곳까지 들여다볼 생각을 하지 못했다.

세상이 요동치던 그 깜깜한 밤을 떠올렸다. 추쯔는 왜 제자리에서 계속 뛰고 있었을까? 그때 우리 둘 사이의 거리가 3미터도 되지 않았다. 두 걸음만 다가가면 그녀를 꼭 안을 수 있었지만 어둠은 우리를 완전히 다른 세상에 있는 것처럼 떨어뜨려놓았다.

그래도 그녀를 돕고 싶었다. 집을 말끔히 청소하고 갈라진 벽을 직접 메운 뒤 밝은 분위기의 장식품을 사다가 쓸쓸한 집 안을 채웠다. 통장에 마지막 남아 있던 잔고를 털어 바닥에 마음대로 앉고 누울 수 있도록 마루를 깔았다.

추쯔는 마룻바닥에 눕는 것을 좋아했다. 은은한 나무 향이 우울한 생각을 밀어내자 그녀의 얼굴에 천천히 미소가 떠올랐다. 드디어 그녀가 자신의 기억을 털어놓기로 했다. 하지만 무슨 말부터 꺼내야 할지 모르겠다며 내게 재미있는 이야기를 들려달라고 했다.

기꺼이 그럴 수 있었다. 하지만 무슨 얘기를 해줄까 기억을 더듬다가 내가 얼마나 재미없는 사람인지 알았다. 내가 걸어온 척박한 황야 위에는 딱히 재미있는 일이 없었다. 하는 수 없이 더 오래전 유년기 기억을 더듬었다. 그녀를 슬프게 만들 수 있는 것들은 가급적 피하려고 했지만 나의 옛일은 거의 다 슬픈 것들뿐이었다.

"그럼 제일 바보 같았던 일을 들려줘."

"우리 아버지가 초등학교 교장 선생님인 줄 알았어."

"교장 선생님이 아니셨어?"

"잠깐, 생각났어."

역시 슬프지만 그나마 웃으며 얘기할 수 있는 일이 생각났다. 내 자만심이 하늘을 찔렀던 일곱 살 무렵 우리 가족은 초가집에 살았다. 촌장이 비료와 양수기를 놓아두던 헛간을 거저 빌려준 것이었다. 그 초가집에서 조개탄으로 불을 피워 동지에 먹는 탕위안(湯圓, 찹쌀 반죽에 소를 넣은 경단)을 끓였다. 복숭아꽃 같은 분홍색 탕위안과 배꽃처럼 하얀 탕위안이었다. 화로 앞을 지키고 앉아 있다가 탕위안이 물 위로 떠오른 걸 보고 두 손으로 솥을 들어 올리다가 그만 솥을 바닥에 엎고 말았다. 바닥에 뒹굴었던 탕위안인데도 얼마나 맛있던지. 일을 마치고 돌아온 아버지는 연거푸 세 그릇을 드셨다. 나는 먹는 속도가 느렸다. 탕위안을 절반만 베어 먹고 나머지 절반은 어머니 입속에 넣어주어야 했기 때문이다.

추쯔가 물었다.

"왜 절반을 베어 먹었어?"

"어머니 입이 작아서."

추쯔가 터져 나오려는 웃음을 조심스럽게 삼키며 가슴을 문질러 웃음소리를 눌렀다.

10월이 지나자 추쯔에게 차도가 보이기 시작했지만 매일 밤 악몽에 시달리는 건 여전했다. 악몽을 꾸다 깨어나면 그녀는 허겁지겁 슬리퍼를 찾아 신었다. 그날 새벽 1시 47분의 진동이 아직도 뇌리에 머물고 있었던 것이다. 추쯔는 겁이 무척 많았다. 한번은 나와 얘기를 나누다가 지나가듯 이런 말을 했다.

"어릴 적에 집에 불이 났었어. 대들보까지 불에 타서 무너졌어. 원래 언니가 있었는데 그날 까만 베개가 됐어."

첫날밤 추쯔가 뜬금없이 반딧불 얘기를 했던 것이 생각났다. 그때는 애교 섞인 농담이라고 생각했는데 실은 그녀의 불행과 관련이 있었던 것이다. 매일 밤 그녀의 젖가슴 밑에 감추고 있는 그 흉터처럼 모든 것에는 이유가 있었다. 열려 있는 창문을 보고 무서워하는 것도, 반딧불이 들어올까 봐 무서워하는 것도.

우리 둘은 어떻게 된 걸까? 너무 닮은 운명이기에 부부로 맺어진 것일까?

어느 날 밤 추쯔가 자다 일어나 울음을 터뜨렸다. 꿈에서 부모님이 무너진 벽 밑에 깔려 있었는데 굴삭기 두 대가 무너진 벽을 치우다가 너무 세게 파는 바람에 부모님의 다리가 한 쪽, 두 쪽 잘려 나왔다고 했다. 그녀가 꿈 이야기를 하고 있을 때 창밖에서 그해 가을 첫 비가 쏟아지기 시작했다. 추쯔가 목을 길게 빼고 빗소리를 들었다. 그녀는 빗소리에 정신이 드는 것 같다가 갑자기 또 다른 화면 속으로 옮겨갔다. 그녀가 잠꼬대처럼 나직이 속삭였다.

"어릴 적에 지붕이 새는 바람에 빗소리에 한숨도 자지 못했어. 그런데 이거 알아? 지금은 그 비가 그리워. 비가 오는 날에는 온 식구가 함께 모여 있었어."

"맞아. 우리도 지금 그러잖아."

"지금과는 달라. 당신은 그런 빗소리를 못 들어봤을 거야. 비바람이 불면 대나무 숲에서 쏴쏴 소리가 났어. 누가 숲에서 콩을 볶고 있는 것처럼. 아주 작은 소리지만 나는 들을 수 있었어."

"언제 시간 내서 옛날 집에 가보자. 그 소리를 다시 들을 수 있겠지."

추쯔가 풀죽은 얼굴로 말했다.

"당신은 항상 바쁘잖아."

추쯔의 말이 맞았다. 두 달 내내 회사에서 직원들의 휴가를 허락해주지 않았다. 건설업계가 눈밭보다 더 썰렁했다. 지진이 일어나기 전 공사 계약을 맺은 거래처는 계약금을 돌려달라고 하고, 2년 전 계약을 체결한 하청업체는 계약기간을 넘기고도 건물을 완공하지 못했다. 회장님이 하는 수 없이 모회사에 지원을 요청했다. 어느 날 아침 회장님의 아버지가 회사에 들이닥쳤다. 여든다섯 노인이 성난 지팡이를 짚고 들어오며 천둥 같은 호통으로 아들을 꾸짖었다.

회장님이 다급하게 나를 불러 노회장님을 부축하게 했다.

"다음 달에 내놓을 해결책이 있다고 말씀드려. 나는 다른 손님이 있어서 이만."

"모자란 놈! 그 야구단 후원을 끊어버릴 거야. 다시는 나한 테 손 벌릴 생각 하지도 마!"

회사 전체가 숨을 죽였다. 나는 노회장님을 부축해 엘리베 이터를 타고 옥상정원으로 올라갔다.

추쯔에게 한 약속을 계속 지키지 못하고 있었다. 매일 밤 집에 들어가면 추쯔는 잠들어 있고 식탁에 간단히 조리한 음 식이 놓여 있었다. 그녀가 먹은 흔적이 없었다. 컴컴한 집 안 에 작은 스탠드 하나만 켜져 있었고 집 안은 건설 경기만큼 이나 얼어붙어 있었다.

침대 가에 앉아 그녀의 얼굴을 내려다보았다. 오랜 고통에 시달리며 뼈가 앙상하게 드러날 만큼 야위어 있었다. 깨우고 싶었지만 수면 중의 자기 치유를 방해할까 봐 그저 바라보며 기다릴 수밖에 없었다. 모든 게 내 잘못이었다. 지진이 일어 났던 그 공포의 순간에 침착하게 판단했더라면 추쯔에게 이 불을 씌워 침대 밑에 숨었을 것이다. 그녀를 끌고 미친 듯이 밖으로 뛰쳐나가다가 그녀의 영혼을 땅에 떨어뜨린 채 어리 어리한 육신만 끌고 공원으로 도망치지 말았어야 했다. 집이 무너지지는 않았으므로 허겁지겁 밖으로 뛰쳐나간 것이 옳은 판단은 아니었다. 초등학교 때부터 그렇게 뜀박질만 하더니 결국 사달을 내고 말았다. 추쯔는 길에 앉아 있던 운 나쁜 소녀처럼 아무 잘못도 없이 내 손에 붙들려 끌려온 것이다.

우리는 미래에 대해 아무것도 모르고 있다가 일이 터지고 나서야 그것이 운명이었다고 말한다. 하지만 그때의 나는 운명을 바꾸기 위해 죽기 살기로 발버둥 쳤다. 막 시작된 나의 인생이 그렇게 참담하다는 사실을 믿고 싶지 않았다. 차갑게 식어버린 음식을 입에 욱여넣자 나도 모르게 흘러내린 눈물이 그릇으로 떨어졌다. 힘들어도 둘이 함께라면 엷은 온기라도 느낄 수 있겠지만 혼자 앉은 식탁에서 나를 마주하는 건 삶의 신산함뿐이었다. 밥을 먹으며 추쯔가 잠에서 깨어나길 기다렸다. 가까스로 굶주림은 달랬지만 여전히 깜깜한 심해 위를 떠다니고 있는 난민처럼.

물론 몇 년 뒤의 상황을 생각하면 그때는 그나마 나은 편이었다. 추쯔가 아프기는 했지만 적어도 나를 떠나지 않았고 그녀의 손을 잡고 깨어나길 기다릴 수 있었으므로.

그러다가 문득 좋은 생각이 났다. 빗소리가 그녀를 낫게 할 순 없을까? 악기상 몇 곳을 돌아다닌 뒤 어렵사리 대답을 얻을 수 있었다. 음악교실이 개설되어 있는 악기상에서 한 여자가 피아노를 치고 있었다. 뒤에 서서 한 곡이 끝나기를 기다리고 있다가 손짓을 해가며 내가 찾는 것을 설명했다. 노래 반주를 하는 악기인데 커다란 뼈처럼 생긴 것을 들고 흔들면 쏴쏴 소리가 난다고 했다.

"어디에 쓰실 건가요?"

"비 올 때……"

"비 올 때 흔드시려고요?"

"아뇨. 그걸 흔들면 빗소리가 나요."

그녀가 알 수 없다는 표정으로 고개를 끄덕였다.

"마라카스를 말씀하시는 것 같네요."

"그 안에 모래가 들어 있나요? 아마 그렇겠죠?"

"하지만 빗소리처럼 들리진 않아요. 그런 운치는 없어요."

그녀는 무척 친절했다. 팸플릿을 뒤적여보고 전화 세 통을 걸어 수소문했지만 더 좋은 대안을 찾지 못했다. 그녀가 물었다.

"어떻게 생겼는지 직접 보셨어요?"

나는 고개를 저었다.

"쏴쏴 소리가 난다는 것만 알아요."

그녀는 '이 남자가 대체 뭘 하려는 걸까?' 하는 표정을 지었지만 찾기를 포기하지는 않았다. 그녀는 다시 태어나도 마음씨 좋은 사람일 것 같았다. 그녀가 미간을 좁히고 포스터를 응시하며 생각에 잠겼다가 뭔가 생각난 듯 말했다.

"기다려보세요. 생각났어요. 대나무 악기 연주에 참가한 적이 있는데 거기서 그런 걸 본 것 같아요······."

그녀가 어디론가 전화를 걸었다. 이번 통화는 길게 이어졌다. 전화를 끊을 때쯤에는 그녀의 목소리도 모래에 쓸리듯 가슬거렸다.

그녀가 종이에 주소를 적어 건넸다. 대나무 악기를 만드는 작업실인데 직접 사용하기 위해 만드는 것들이라 그걸 내게 팔지는 모르겠다고 했다.

그녀가 말했다.

"한번 가보세요. 어쨌든 찾았네요."

내 생각도 그랬다. 만약 무릎 한 번 꿇어서 살 수 있다면 그 정도는 어려움 축에도 끼지 못할 것이다. 악기상 문을 나서는 내게 그녀가 피아노 덮개를 열고 의자에 앉으며 한마디 덧붙였다.

"우생(雨笙)이라는 악기예요. 우곤(雨棍)이라고도 부른대요. 저도 지금 알았어요······."

주소에 있는 작업실을 찾아갔다. 그곳을 나올 때는 이미 늦은 시간이었다. 어렵게 구한 우곤을 품에 안고 걷다가 조바심이 나서 꺼내보았다. 어릴 적 만들어 쓰던 대나무 저금통처럼 길쭉해서 대각선으로 어깨에 메면 한 자루 검 같았다. 하지만 따뜻한 검이었다. 앳된 얼굴의 대나무 공예가가 시범 연주를 보여주었다. 한쪽으로 기울었다가 또 다른 쪽으로 기울이며 소리를 냈다. 소리의 크기를 손으로 조절할 수 있고 흔드는 속도에 변화를 주면 장대비 소리와 보슬비 소리를 모두 낼 수 있었다.

"키질을 한다고 생각하세요."

"맞아요. 쇄쇄."

"아내분이 행복하시겠어요." 그녀가 말했다.

아파트 앞에서 또 참지 못하고 아무도 없는 계단참에서 우곤을 꺼내 깜깜한 허공을 향해 살며시 흔들었다……

조용히 잠옷으로 갈아입은 뒤 깊은 산속에서 해독약을 구해온 사람처럼 까치발을 들고 추쯔가 자고 있는 침대 머리맡으로 다가갔다. 내가 할 수 있는 게 이것뿐이라는 사실이 서글펐지만 또 한편으로는 기대감도 있었다. 우곤을 가로로 들어 올려 천천히 한쪽으로 기울인 뒤 가볍게 흔들고 다시 반대편으로 기울였다. 멀리서 내리는 빗소리가 추쯔의 귓가로 흘러갔다.

쇄쇄. 누가 대나무 숲에서 콩을 볶고 있는 것 같았다……

추쯔의 눈꺼풀이 가늘게 떨어졌다. 어둠 속에서 드디어 별이 반짝였다. 그녀가 손을 뻗어 내 소매를 잡고 그네처럼 밀었다 당기고, 또 밀었다 당겼다. 너무 힘을 주었는지 갑자기 장대비가 쏟아졌다. 쏴쏴 빗소리가 바람을 타고 대나무 숲을 쓸고 지나갔다……

"어떻게 이런 생각을 했어? 나한테 왜 이렇게 잘해줘?"

긴 대나무 통과 고운 모래. 그게 전부였다. 아련한 환각일 뿐. 그런데 추쯔가 정말로 깨어났다. 그녀의 눈이 반짝이기 시작했다. 그녀가 몸을 일으켜 옆에 기대어 앉았다. 눈물이 야윈 두 뺨을 타고 하염없이 흘러내렸다.

둘이 한 번씩 우곤을 흔들었다. 그녀가 세게 흔들자 대나무 숲 속에서 콩이 굴러 다녔다.

추쯔가 내 몸 위로 엎드렸다. 그녀의 몸은 예전보다 더 힘없이 흐느적거렸다. 그녀의 몸이 내 몸을 덮은 것처럼 가슴과 가슴, 땀구멍과 땀구멍이 맞닿았다. 또 그녀의 입술과 치아까지도. 말을 할 때 그녀의 숨결이 아주 느리게 내게로 불어왔다. 달콤했다. 침이 따뜻해졌다. 그녀의 내밀한 육체가 나를 향해 열린 온천이 된 것 같았다.

빗소리가 방 안을 가득 채웠다.

쏴아쏴아……

10

지진 후 건설업에 닥친 극심한 불경기에 회장님도 적잖이 놀란 것 같았다. 날마다 힘든 몸을 이끌고 출근했고, 어느 날은 커다란 슬리퍼를 신고 오기도 했다. 붉게 부어오른 발가락에 발뒤꿈치까지 자줏빛을 띠었다. 지난번 노회장님의 불호령이 떨어진 뒤로 은행직원이 찾아올 때마다 회장님이 직접 맞이했다. 불같은 성미를 누르고 웃으며 대화를 나누고, 손님이 떠날 때는 작은 선물이라도 들려 보내며 엘리베이터가 닫히는 순간까지 과장된 겸손이 담긴 시선으로 뒤를 따랐다. 손님이 가고 나면 거친 한숨을 내쉬며 내게 전화를 걸게 했다. 지금 당장 회장님의 궁금증을 풀어줄 수만 있다면 누구에게 걸든 상관없었다. 지금 몇 대 몇이야? 경기 끝났대? 그 왼손잡이가 구원투수로 나왔대?

건설업의 침체가 반년쯤 이어지자 곳곳에서 감원 바람이 불기 시작되었다. 지진에 건물이 무너진 건설사들은 미국 서부, 캐나다 등으로 도망치듯 숨어버리고, 공사를 진행 중인 건설사는 분양받으려는 손님이 없어 고민이 깊었다. 가격 인하 전략도 소용이 없었다. 고층건물공포증이 널리 퍼져 어떤 마케팅도 효과를 내지 못했다.

어느 날 회장님이 나를 작은 방으로 불렀다.

회장님이 말했다.

"방이 작다고 얕보지 마. 웬만한 사람들은 평생 구경도 못 하는 곳이야."

최대 10평정도 되는 방에 창문이 하나도 없었다. 쉬지 않고 돌아가는 환풍기가 한데 모여 왱왱거리는 검은 모기떼 같았다.

이곳에 와 본 사람은 비밀 VIP 몇 명뿐인데 행정원(내각에 해당하는 대만 최고 행정기구)과 감찰원(대만 최고 감찰기구)의 실세를 포함해 모두 잘나가는 고위 공무원이라고 했다.

"시가는 권위의 상징이지. 견문을 넓혀보겠나?"

밀실에 술 진열장 두 개가 있고 그 옆에 슈퍼마켓 아이스크림 냉장고 같은 유리 상자가 있었다.

회장님이 유리 상자를 열었다.

"최상품 시가는 여기 다 있어. 마음에 드는 걸로 골라봐."

시가 냄새도 맡아보지 못한 나는 침만 삼킬 뿐 내가 왜 그래야 하는지도 알 수가 없었다.

"쿠바산 최상품이야. 자네한텐 이게 어울리겠군."

회장님이 반원형 전용 가위로 시가 끝을 잘랐다. 라이터를 딸깍 누르자 시가 두 자루에 세기말처럼 붉은 불이 붙었다.

불경기가 지속되면서 회장님은 형제들 사이에서 조롱거리가 되었다. 그는 한 자루를 내게 건넨 뒤 큰 입에 시거를 물고 굶주린 사람처럼 맹렬히 빨았다. 대포 같은 쿠바산 시가에서 성난 연기가 피어올랐다.

회장님이 말했다.

"이런 때는 납작 엎드려서 아무것도 안 하는 게 이기는 거야."

"연합판매센터를 구상 중입니다. 재고로 남아 있는 집들을 전부 묶어서 파는 거죠. 청과물시장 옆 공터를 빌리려고 협상하고 있습니다. 준비가 끝나면 다 같이 모아서 팔아보겠습니다."

"끝내주는 생각이야. 자네 머리가 잘 돌아간다는 걸 알고 있었지."

"더 시키실 일이 있으세요?"

"나 요새 바쁜 거 몰라? 자넬 위해 아주 좋은 걸 준비하고 있지."

회장님이 시가를 입에 문 채 말했다. 갈색 대포가 입안을 가득 채워 발음이 뭉개졌지만 진심을 고백하는 것처럼 들렸다. 절반쯤 말하다가 재빨리 한 모금 빨자 시가 끝이 다시 팔게 달아올랐다. 회장님의 손이 바쁘게 움직였다. 레드와인 한 병을 무릎 사이에 끼우고 돌렸다. 오프너가 비스듬히 들어갔는지 마개가 부서지며 코르크 부스러기가 바짓가랑이에 떨어졌다.

시가뿐 아니라 와인도 마셔보지 못한 나는 도와주지 못하고 옆에서 멀뚱히 쳐다보고 있을 수밖에 없었다. 시가가 물려 있는 그의 입술 틈으로 또 무슨 말이 나오는지 정신을 곤두세웠다.

"자네도 한잔해, 젠장."

뒤에 붙은 추임새가 유난히 또렷하게 들렸다.

"쓰나미가 닥칠 때는 파도타기를 하지만 않으면 된다고 생각했지. 웬걸, 백사장에 앉아 있는 게 더 위험할 줄이야. 이렇게 하지. 기왕에 연합판매를 구상하고 있다고 하니 나도 카드를 하나 내놓을게. 계약자들의 대출이자를 2년간 회사가 대신 내주겠다고 해. 어때? 효과가 있을 거 같아? 빨리 본전만 회수하면 돼. 이대로 질질 끌다가는 내가 여기서 죽고 말지 싶어."

"효과는 있겠죠. 그런데 괜찮을까요?"

"아버지가 반대하지 않겠느냐 이거지? 집이 안 팔리면 그 노인네한테도 재앙이 닥칠 텐데 어쩔 수 있겠어?"

회장님이 자기 잔에 와인을 가득 따라 세 모금 만에 다 비우고는 두 번째 잔을 따라 내게 마시라고 재촉했다. 와인 잔을 들고 반 모금 마셨을 뿐인데 알싸한 향기가 혀끝과 미뢰를 타고 올라와 정수리까지 솟구쳤다. 농밀한 와인 향 속에 햇볕에 말린 맛이 뒤섞여 있었다. 입안에 맴돌던 시가의 여운이 싹 가셨다.

최상품 두 가지를 모두 맛보았다. 쌉쌀하고 진한 향기 외에도 내가 모르는 은밀한 무언가가 더 있을 것 같았다. 특히 시가는 그게 무엇을 상징하는지 정확히 알 수는 없지만 불빛을 손에 쥐고 있다는 것만으로도 권위를 손에 넣은 기분이 들었다. 사무라이의 무사도도 이렇게 위풍당당하지는 못할 것 같았다.

"자넨 와인과 시가에 어울려. 언젠가는 이놈들에게 매료될 거야. 내 눈이 틀림없어. 자네가 면접 보러 왔을 때 그 눈빛이 아주 비장했지. 자살특공대에 지원하러 온 사람처럼. 산전수전 다 겪었다는 걸 알았어. 아주 처절하게. 괜찮아. 그래서 더 성공할 수 있는 법이지."

"지금도 잘 살고 있습니다."

"더 잘 살고 싶지 않아?"

어떻게 대답해야 할지 몰랐다. 그가 내게 왜 그런 질문을 하는지 알 수가 없었다. 심장박동이 빨라지고 술기운이 돌기 시작했다.

"내가 자네 나이일 땐 미국에 있었어. 대학을 다섯 군데나 다니고 미국 동부에서 제일 예쁜 여자와 결혼했지. 자넨 모르겠지만 우리 어머니가 셋째 마누라였어. 재산 다툼이 시작되지 않았다면 나는 돌아오지 못했을 거야."

그가 입술을 오므려 또 한 모금 빨았다. 깊이 빨아들인 시가의 불꽃이 핏발 선 그의 눈동자처럼 붉었다.

"밖을 봐. 2000년인데 이렇게 빌어먹을 모습이라니. 이대로 가다가는 형제들한테 영영 웃음거리가 되고 말 거야. 사장은 큰마누라 쪽 사람이고 재무책임자는 둘째 마누라 친척이야. 이제 알겠지? 자네가 아는 내 주변 놈들 중에 제대로 된 놈이 하나도 없다는 걸."

시가를 뱉은 뒤 그의 얼굴이 차분히 가라앉았다.

"자네가 내 심복이 돼서 나랑 여길 떠나세."

내 시가는 진즉에 불이 사그라져 있었다. 라이터로 다시 불을 붙여 그처럼 한 모금 깊게 빨았다. 입술이 파르르 떨렸다. 이번에는 코끝에 닿는 냄새가 조금 뜻밖이었다. 그윽한 향기가 폐부 깊숙이 파고드는 것 같았다.

회장님이 계속 말하길 기다렸다. 더 자세히 얘기해주면 훨씬 멋질 것 같았다. 나를 데리고 어디에 가려는지, 여기보다 더 좋은 곳이 어디인지. 여기보다 더 좋은 곳에서 추쯔와 사는 건 내 꿈이었다.

"우선 이 정도만 얘기해주지. 뒷일은 사장에게 맡기고 자네를 데리고 타이베이로 갈 거야. 거기 대규모 개발 허가가 떨어져 있는 산비탈 지역이 있어. 지진 후에 빌라가 잘 팔리니까 절호의 기회를 붙잡아야지. 집안 재산 중에 거기가 덩어리가 제일 커. 군침을 흘리는 사람이 한둘이 아니야. 자네가 내 옆에서 귀찮은 조무래기들을 막아줘. 물론 자네한테도 한몫 잡을 수 있는 기회야. 잘하면 일찍 은퇴해서 편히 살 수 있어. 평생 써도 다 못 쓸 돈을 벌 수 있다고."

술이 약한 나는 와인 몇 모금 마셨을 뿐인데 몸을 일으킬 때 약한 현기증을 느꼈다.

비밀의 방을 나오며 회장님이 물었다.

"내가 왜 자네를 선택했는 줄 알아?"

멍한 표정을 짓고 있는 나를 향해 그가 자욱한 연기와 함께 짧은 말을 뱉었다.

"충직하기 때문이야."

11

추쯔가 다시 꽃집에 나가기 시작했다.

병을 앓은 뒤로 그녀의 얼굴에 수심이 엷게 드리웠다. 목덜미 아래로 늘어진 머리칼에서 풍상을 겪은 젊은 부인의 추연함이 비쳤다. 머리를 자르는 게 어떠냐고 말하고 싶었지만 생각해보니 이대로도 좋을 것 같았다. 병을 겪으며 그녀는 더 성숙해졌다. 그녀의 이런 변화가 싫지 않았다. 머리를 길러 그녀가 더 아름다워진다면 그녀의 귀여움만이 아니라 모든 것을 사랑하게 될 것 같았다.

꽃집 앞을 지날 때면 작게 휘파람을 불었다. 추쯔가 미소 띤 얼굴로 손님에게 꽃을 골라주고 있었다. 연인에게는 안개꽃으로 감싼 장미나 백합을 추천해주었다. 추쯔의 야윈 모습에 가슴이 저렸다. 그녀가 안고 있는 병을 모두 내게 준다 해도 지금의 나보다 더 괴로울 수는 없을 것 같았다.

그날 저녁 추쯔가 모처럼 밖에 나가고 싶다고 했다. 저녁을 먹고 영화를 보러 가다가 중간에 그녀의 마음이 바뀌었다.

"백화점 구경하러 갈까? 사지 않고 구경만 할 거야. 영화 보는 돈을 아낄 수 있잖아."

그것도 괜찮았다. 어딜 가든 좋았다. 영화를 보는 것도 중요하지만 그녀가 즐거울 수 있다면 뭐든 상관없었다.

'좋아. 천천히 구경하다가 마음에 드는 게 있으면 사기도 하고. 돈을 안 쓰려고 백화점에 가는 사람이 어디 있어? 병에 걸리지 않으려고 병원에 가는 사람도 있어?'

하지만 이 말은 입 밖에 내지 않았다. 마침 백화점에서 창립 기념 행사를 하고 있었다. 진열대마다 세일 홍보문이 붙어 있었다. 엘리베이터를 타고 맨 위층까지 올라갔다가 에스컬레이터를 타고 한 층씩 내려왔다. 지난번에 억지로 우겨서라도 반코트를 사지 않은 것이 후회되어 이번에는 몰래 실크머플러 두 장을 골라 옆구리에 감추고 그녀에게 잘 어울릴 것 같은 풀오버 스웨터도 하나 골랐다. 그녀가 원하기만 한다면 얼마가 들더라도 그녀를 아껴주고 싶었다.

하지만 계산이 끝나기도 전에 추쯔에게 들키고 말았다. 그녀는 내가 고른 것들을 모두 원래 있던 자리에 가져다놓았다.

"꼭 돈을 쓰고 싶다면 전기주전자를 사자. 집에 전기주전자가 없어."

그녀가 가전 코너에서 전기주전자를 골랐다. 가느다란 주둥이를 입술처럼 뾰루퉁하게 내밀고 있는 풋사과색 법랑 주전자였다. 새에게나 먹일 수 있을 만큼 작았다.

"너무 작아. 이 주둥이 좀 봐. 물을 더 달라고 외치고 있는 거 같잖아."

"당신이 나한테 이렇게 잘해주는데 물은 얼마든지 더 담아줄 수 있어."

답답하지만 참을 수밖에 없었다. 추쯔의 검약함은 내 무능함에 대한 반증이었다. 여자인 그녀가 물질에 대한 욕구를 어떻게 이토록 억제할 수 있는지 이해할 수가 없었다. 핑크색 립스틱도 다 썼지만 새로 사지 않았다. 그녀의 두 입술이 촉촉한 윤기를 잃고 사흘 굶은 사람처럼 파리했다.

일주일 전에는 병이 난 자신에게 화를 내며 빨리 좋아져서 더 이상 나를 힘들게 하지 않겠다고 했다.

다음날 누가 공원 풀밭에서 줄넘기를 하고 있었다. 우리집 창문에서 통통 뛰어오르는 작은 어깨가 보였다. 휙 떠올랐다 내려가고 휙 떠올랐다 내려가는 줄 위로 엷은 노을빛이 비쳤다. 환영 속에서 홀연히 뛰쳐나온 그림자가 오래전 사라진 놀이를 하듯 외롭게 뛰고 있었다.

그날 추쯔는 백화점을 절반도 구경하지 않고 집에 가자고 했다. 전기주전자를 샀기 때문이다.

하고 싶은 말이 목구멍에 걸려 있었지만 하는 수 없이 집으로 돌아왔다. 원래는 모든 걸 말해줄 생각이었다. 인생을 역전시킬 기회가 찾아온 기쁨을 그녀와 함께 누리고 싶었다.

하지만 몸이 완전히 회복되지 않은 그녀가 내가 타이베이로 올라가야 한다는 사실에 충격받을까 봐 겁이 났다. 머릿속이 혼란스러웠다. 순전히 나만을 위한 일이라면 타이베이에 가지 않으면 그만이었다. 그러나 그녀를 위한 일이기 때문에 더 말을 꺼낼 수가 없었다.

나의 단점은 생각이 너무 많은 것이다. 말을 담아두지 못하고 곧장 쏟아내버리는 추쯔와는 달랐다. 추쯔는 재미있는 얘기를 다 해버려 더 이상 할 얘기가 없으면 며칠 기다렸다가 했던 얘기를 또 할 만큼 말하는 걸 좋아했다.

추쯔가 행복할 수만 있다면 진즉에 식어버린 화제라도 얘기하는 게 나을까?

하지만 어떻게 말을 꺼낼까 고민하는 사이에 더 늦어버리고 말았다.

나는 그 전기주전자를 얕보았다. 우리 앞에 닥칠 미래에 대해 아무것도 모르고 있었다. 작은 전기주전자 하나가 모든 질서를 뒤엎어버릴 줄은 전혀 예상하지 못했다. 새 부리처럼 작은 주둥이가 불행을 가져왔다. 그 주둥이가 우리 집에 처음 수증기를 내뿜은 순간 내 인생도 부옇게 흐려졌다. 나도 모르는 사이에, 아무 예고도 없이.

우리가 아니면 또 누굴 만나시겠습니까?

3

바이슈 씨, 사건의 발단은 이렇게 작은 일이었어요. 모든 걸 바꿔놓은 이 엄청난 변화는 사실 추쯔가 산 전기주전자에서 시작됐어요.

주전자를 사 가지고 온 날 밤 그 주전자로 물을 끓여 차를 우렸어요. 주둥이가 긴 연두색 주전자가 입술을 내밀고 차 마시는 우리를 쳐다보는 것 같았어요. 그 주둥이가 수증기를 내뿜으며 우리 인생에 어떤 스위치를 소리 없이 켜고 있다는 사실을 우린 전혀 알지 못했어요. 바이슈 씨는 이걸 운명이라고 부르겠죠. 우리 힘으로 어찌할 수 없는 큰 변화를 사람들은 그렇게 정의하더군요. 하지만 이 모든 게 그 주전자 하나 때문이었다는 걸 나는 아직도 이해할 수가 없어요.

그 주전자를 살 때 받은 이벤트 복권이 당첨되어 수동 카메라를 받았어요.

당첨되던 날, 아무런 예감도 없었어요. 지극히 평범한 일요일이었죠. 추쯔는 내가 회장님의 오른팔이 된 걸 축하하자고 했어요. 작은 식당에 가서 점심을 먹으며 추쯔가 말했어요.

"기분이 이상해. 축하파티가 끝나면 당신이 날 떠날 거잖아."

하지만 우리가 정말 걱정하는 건 말하지 않았어요. 추쯔는 지진의 악몽에서 완전히 벗어나지 못하고 있었어요. 작은 소음에도 환청을 듣곤 했죠. 그런 추쯔가 나 없이 혼자 살아야 한다니. 추쯔도 겉으로는 내색하지 않았지만 말끝마다 통통 튀어 오르던 끝음이 사라졌어요.

밥을 먹고 백화점 앞을 지나는데 정문 앞 작은 광장에 사람들이 모여 환호성을 지르고 있었어요. 사람들이 가로수 아래 화단까지 들어차 있었죠. 확성기로 당첨번호를 부르고 있었어요. 그 순간, 조금도 특별할 것 없었던 그 순간, 갑자기 추쯔의 이름이 마이크에서 흘러나왔어요. 추쯔는 믿을 수 없다며 내 손을 꼭 잡았죠. 또 한 번 호명된 후에야 그 사실을 확신하고 사람들 사이를 비집고 나갔어요. 그녀가 앞으로 나가자 진행자가 더 상기된 목소리로 경품을 외쳤어요.

추쯔가 몸을 돌려 나를 한 번 보고는 사람들 앞으로 성큼 나섰어요.

바이슈 씨, 정말 이상하죠. 이 비극이 희열 속에서 만들어졌다는 사실이. 전기주전자를 사는 바람에 카메라가 생겼

고, 그 카메라가 반년 뒤 우리를 뤄 선생님 댁으로 데려다주
었어요.

1

맑게 갠 초여름 하늘 아래로 타이베이 현(지금의 신베이新
北 시. 타이베이 근교 지역으로 1980년대에 새로 개발되어 시로 승격
함) 신뎬(新店) 강의 물줄기가 산자락의 협곡을 따라 유유히
흐르고 있었다.

모터 그룹이 20년 전 사들인 땅이 이곳에 있었다. 각기 세
방향을 바라보고 있는 골짜기였다. 동쪽에는 강이 흐르고 남
쪽 절벽 아래로 골짜기가 이어져 있었으며 모퉁이를 돌면 멀
리 건물이 빽빽하게 서 있는 타이베이가 보였다. 토지개발이
허가된 후 지금까지는 상상도 할 수 없었던 것들이 이곳에
지어지기 시작했다. 학교, 시장, 유수지, 어린이 공원, 강당 등
등. 아직 짓기 전이지만 온천과 상가도 계획되어 있었다.

공사용 도로가 사방으로 이어지고 흙무더기 사이사이에
포진한 노란 굴삭기 여섯 대가 날마다 똑같은 동작으로 흙을
파내고 땅을 메웠다. 가끔씩 땅속 깊이 박힌 큰 바위를 파낼
때면 누런 흙먼지가 피어오르고 우릉거리는 굉음이 하늘 끝

까지 번졌다.

임시사무소는 조망이 멋진 암반 위에 세워졌다. 1층은 공사감독실로 사용하고 2층에는 사무실과 보고실이 있었다. 모터 그룹의 2대 가족이 모두 모이자 사람 그림자가 2층 창문을 가득 채우고 아이들이 까르륵대며 뛰어다니는 소리가 발코니를 굴러다녔다.

나는 여름용 모자를 쓰고 공사 중인 언덕을 수시로 오르내렸다. 키 작은 관목이 파릇파릇 봄의 새싹을 내밀고 언덕에는 히비스커스와 말오줌때가 무리 지어 심어져 있었으며 길가의 배수로를 따라 심은 진달래는 희고 붉은 꽃잎을 터뜨렸다. 멀리서 느티나무를 심는 작업이 진행되고 있었다. 서서히 올라간 크레인의 쇠줄이 천천히 흔들리자 우람한 나무에서 잎사귀 없는 잔가지들이 떨어졌다.

요란한 기계음이 잠시 멈춘 사이에 위층에서 탁자를 두드리며 고함을 지르는 소리가 창틈으로 새어나왔다. 장난치며 놀던 아이들이 불려 들어간 뒤 누군가 창문을 닫았다. 사람들이 입을 틀어막고 외치는 것처럼 모든 분노가 안으로 가두어졌다. 크레인이 다시 천천히 올라가고 굴삭기가 다른 흙무더기를 파기 시작하자 위층의 소음이 파묻혔다.

모터 그룹의 2세는 모두 여덟 명이었다. 그중 의사 두 명과 IT 전문가 한 명을 제외하고 각자 기업을 하나씩 맡아 관리하고 있었다. 내가 모시는 회장님은 여덟 형제 중 막내였다. 셋째 부인의 출신이 별 볼 일 없어서인지 그가 맡고 있는 건설 사업은 늘 불안했고 이렇게 큰 개발프로젝트는 자연히 가족들의 성토 대상이 되었다.

막내의 능력을 의심하는 사람들은 30헥타르나 되는 이 땅을 통째로 매각하는 것이 낫다는 의견이었고, 노른자 땅을 남에게 넘기기가 아까운 사람들은 유명한 건설사에 맡겨 개발하자고 주장했다.

가족회의가 끝난 뒤 회장님이 굳은 얼굴로 나왔다. 건장한 몸집에 실제 나이보다 많아 보이는 그가 비운의 패장처럼 보였다. 그는 곧장 언덕으로 올라가 빈 골짜기를 향해 참았던 소변을 내지르고는 형들을 태운 차가 줄지어 산을 내려가는 것을 보고 담뱃불을 붙였다. 연기를 깊숙이 들이마셨다가 울화를 뒤섞어 큰 한숨을 토해내며 그가 물었다.

"준비가 됐나?"

"네."

나는 운동화를 벗고 구두로 갈아 신고 있었다.

운전기사가 지프차를 몰고 오자 회장님을 따라 뒷좌석에 올랐다. 의자 밑에서 가방을 꺼내 회장님에게 보여주었다. 가방 안에 가지런히 누워 있는 것들이 시리게 눈을 찔렀다. 회장님은 이제 이런 일에 무감각하겠지만 내게는 처음이었다. 내가 아무리 돈을 좋아해도 그렇게 많은 돈이 들어 있는 가방에 긴장하지 않을 수 없었다. 원래 돈은 모든 사물의 통행증이지만 이 돈은 금지품목처럼 몰래 숨겨져 있었다.

자동차가 신넨 시내의 한 찻집 앞에서 멈추었다. 상대방은 아직 도착하기 전이었다. 우리는 테이블 두 개에 따로 앉아 각각 다른 음료를 주문했다. 나는 가방을 다리 밑에 숨겨놓고 뜨거운 생강차를 홀짝이며 창밖의 동정에 신경을 곤두세웠다. 상대가 들어와 얘기를 마친 뒤 회장님이 내게 눈짓을 하면 내가 가방을 통째로 상대의 트렁크에 넣어주기로 되어 있었다.

회장님이 입구 쪽을 응시하고 있다가 정적이 갑갑했는지 스파이처럼 자신의 두둑한 등을 내게로 향하고 말했다.

"다들 땅 팔아서 편하게 돈이나 챙기려고 아우성이지, 젠장. 내가 위험을 무릅쓰고 이런 짓까지 하는 걸 누가 알겠어?"

나는 상대의 등에 대고 말하는 것이 어색해 말없이 생강차만 마셨다.

"이제 자네도 눈치챘겠지. 내가 자네를 타이베이로 데려온 이유가 뭔지."

내가 생강차를 입에 머금은 채 대답했다.

"충, 성, 심이요."

10여 분 뒤 상대가 나타났다. 나는 일부러 그의 얼굴을 보지 않았기 때문에 그가 트렌치코트를 입고 검은 그림자처럼 잰걸음으로 들어왔다는 것만 알 수 있었다. 충직하게. 나는 그들이 낮게 나누는 이야기가 내 귀로 흘러들어오지 않도록 일부러 찻집에서 나오는 장후이(江蕙, 대만의 유명한 여가수)의 노래에 집중했다. 장후이의 노래가 끝난 뒤에는 어린이 공원에서 햇볕을 쬐고 있거나 뜻밖에 갖게 된 수동 카메라의 사용법을 묻기 위해 친구들에게 전화를 걸고 있을 추쯔를 생각했다.

마침내 그날의 임무가 끝났다. 내가 들은 건 경사지 사방공사에 문제가 생겼다는 얘기뿐이었다. 옹벽에 균열이 생겼다고 했다. 아직 환경영향평가가 끝나지 않았고 건축허가가 통과되려면 시간이 필요했다. 다른 것은 알고 싶지 않았다. 돈을 받는 상대가 누구인지, 돈으로 해결할 수 있는 고비는 무엇인지 같은 것들 말이다. 내가 그런 일을 하려고 타이베이에 왔길 바라지는 않았다.

상대로부터 만족스러운 대답을 얻은 듯 회장님의 얼굴이

환해졌다. 어디론가 전화 두 통을 걸고 나서 작은 호텔 앞에 차가 멈추어 섰다. 회장님은 운전기사에게 기다리라고 한 뒤 나를 데리고 엘리베이터를 타고 올라갔다. 엘리베이터에서 내리자 복도 옆에 작은 객실이 있었다. 유리창 너머로 해가 뉘엿뉘엿 지고 있었다. 객실에는 아무도 없고 탁자 위에 놓인 스탠드 두 개가 낮인지 밤인지 모를 빛을 내고 있었다.

"긴장 풀어. 몇 명 데려오라고 했으니까 골라봐."

내가 그 말을 이해하기도 전에 중년 부인이 문을 열고 들어오고 그 뒤로 길쭉한 허벅지들이 줄지어 따라왔다. 모든 다리가 흰 무릎을 드러낸 뒤에도 그 위로 더 타고 올라갔다. 꿈속의 환영 같았다. 나는 붉은 카펫에 시선을 처박고 붉고 흰 신발들을 보며 멍하니 서 있었다.

중년 부인이 회장님과 인사를 했다. 두 사람은 오랜 이웃처럼 친해 보였다. 부인이 몸을 숙여 회장님의 귓가에 뭐라고 속삭이더니 콧소리를 내며 회장님의 어깨를 쿡 밀쳤다. 회장님이 일어나 그중 한 여자의 가는 허리를 감고 엘리베이터로 향하며 내게 고개를 돌렸다.

"오늘 애들이 괜찮네. 자네가 날을 잘 골랐어."

나는 아래층 로비에서 회장님을 기다렸다. 가슴이 두근거렸다. 여자들이 너무 예뻤기 때문일 수도 있고, 난생 처음 본 광경에 빨리 적응해야 한다는 긴장감이 놀란 마음보다 더 컸기 때문일 수도 있다. 하지만 내 일생에는 이런 일이 없을 것이라는 생각에 조금은……, 조금은 아쉬웠다. 이게 어떤 감정인지는 모르지만 어쨌든 이 경험만으로도 충분히 자극적이었다.

방금 전의 꿈같은 일을 곱씹고 있을 때 봉긋한 엉덩이에 허리가 잘록한 아까 그 여자가 로비로 내려왔다. 그녀가 입구 앞에서 망설이다가 뜻밖에도 내가 앉아 있는 소파로 다가와 털썩 앉았다. 그녀가 가방에서 봉지를 꺼내 뭔가 입에 넣었다. 나는 엘리베이터 쪽에 시선을 고정시킨 채 떼지 않았다. 그녀가 왜 갑자기 내 옆에 앉았는지 이유를 알 수가 없었다.

그녀가 손에 들고 있던 봉지를 내게 건넸다.

"육포예요. 회장님을 기다리고 있죠? 심심할 텐데 먹어요."

"왜 같이 내려오지 않았어요?"

"난 손님 흉은 보지 않아요."

"그럼……, 그쪽도 회장님을 기다려야 해요?"

"기다릴 게 뭐 있어요? 이렇게 금방 끝나는 걸. 내려와서 차나 기다리는 거죠."

그녀가 준 육포가 입가가 얼얼해질 만큼 매워서 두 번 씹은 뒤 입에 물고만 있었다.

2

추쯔는 손만 뻗으면 닿을 수 있도록 잠옷을 침대에 걸쳐
두는 습관이 있었다. 그래야 언제든 옷자락을 잡아당겨 가슴
을 가릴 수 있었다. 그녀는 왼쪽 유방 옆 흉터를 한사코 감추
려 했다. 결혼 후에도 순결함을 지키고 싶은 여자의 마음을
이 작은 행동만으로도 알 수 있었다. 손바닥의 절반도 안 될
만큼 작고, 보통의 점처럼 평평하지 않고 살갗이 약간 솟아올
라 주름진 흉터일 뿐인데도 말이다.

그건 그녀의 마음에 생긴 주름이었다. 그녀가 흉터를 감
출 때마다 나는 그것이 그녀가 어리석기 때문이거나 나를 너
무 사랑하기 때문이라고 생각했다. 그래서 그녀를 안을 때 흉
터까지 끌어안겠다는 마음으로 숨이 막히도록 세게 안았다.
내게 그녀의 육체는 단순히 여자의 몸이 아니었다. 그건 내가
바라보는 나 자신이었다. 이미 하나로 합쳐졌으므로 내 것과
네 것을 나누어서도 안 되고 둘 사이에 은밀한 공간도 없다
고 생각했다.

추쯔는 그런 기분을 느끼지 못했던 것 같다. 아니면 알고
있지만 불완전한 자신을 바라보고 싶지 않아서 스스로 예쁘

다고 인정하는 부분만으로 나와 사랑을 나누고 싶었는지도 모른다.

타이베이로 올라왔다가 처음 집에 갔던 날 밤, 그녀는 첫날밤처럼 조심스러웠고 잠옷도 벗지 않으려 했다. 작은 스탠드만 희미하게 켜놓고 쓸쓸한 눈 같은, 그 작고 오래된 흉터를 감추었다.

하지만 가끔씩 희미하게 그 흉터를 볼 수 있었다. 그녀가 아무리 가리려 해도 몸을 돌릴 때 잠옷 아래로 빠져나온 흉터가 오랜 우수가 담긴 쓸쓸한 눈으로 나를 응시했다. 나는 추쯔를 존중했지만 또 몰래 그걸 보고 싶었다. 사랑을 나누는 동안에도 두 가지 마음이 뒤섞여 혼란스러웠다. 추쯔에게 한없이 빠져들었지만 한편으로는 그 작은 흉터가 그리웠다. 두 명의 추쯔가 나와 사랑을 나누고 있는 것처럼. 한 명은 몰래 나를 훔쳐보고 있고 다른 한 명은 내 품 안에 꼭 안겨 있었다.

가늘게 경련하는 추쯔의 눈꺼풀 밑으로 흰자위가 흐릿하게 떠돌았다. 아무리 조심한다 해도 육체가 몽롱하게 풀어지는 순간에는 아무것도 감출 수 없었다. 얇은 옷 아래 작은 뜰이 오랫동안 메말라 있었다. 기다리던 봄밤을 맞이한 추쯔는 자꾸만 몸을 일으켜 나를 굴복시키려 했지만 어디에 있다가 나왔는지 알 수 없는 나의 완력에 쉽게 압도당했다.

우리는 늦은 밤 함께 차를 마셨다. 추쯔는 이레 동안 느꼈던 불안감을 털어놓았다. 오전에 꽃집에 가는 것 외에 오후에는 무엇을 하고, 해질녘에는 무엇을 했는지 얘기했다. 밤에는 내가 옆에 있는 것처럼 텔레비전 앞에 멀거니 있다가 소파에서 잠이 들고, 한밤중에 깨면 방으로 들어가 아침이 오길 기다렸다고 했다.

"당신은 어땠어? 산속 생활이 재미있지?"

"대나무 숲이 있어. 당신이 말한 맹종죽순이 생각나서 조심스럽게 잎사귀를 벌리고 진흙에 난 무늬를 살펴보았어. 땅속에서 숨을 쉬는 대나무도 있다고 하던데 나는 아무 소리도 듣지 못했어. 내 숨소리만 들리던걸?"

"바보. 맹종죽순은 우리 집 근처에서만 자라."

"뾰족뾰족하게 땅 위로 올라와 있는데 그게 죽순인지 대나무인지는 모르겠어."

추쯔가 손을 가로로 올려 얼굴을 가리고 웃었다. 그녀는 대나무 말고도 산에서 본 신기한 것들이 있는지 물었다.

대나무 얘기가 나오자 그녀의 얼굴에 금세 웃음기가 번졌다. 산지 개발을 위해 처리해야 하는 자질구레한 일들은 관두고 그녀가 좋아할 것 같은 식수 공사 얘기만 들려주었다. 10년 뒤에는 그곳에 단풍나무가 숲을 이루고 진달래가 사계절

언덕을 뒤덮을 것이라는 얘기, 추풍수가 오솔길을 뒤덮어 여름에 나무 아래를 걸으면 햇빛이 하나도 들지 않을 거라는 얘기…….

"잠은 임시사무소에서 자. 며칠 전에도 그 가족들이 돈 때문에 싸우는 소리를 들었어."

"그런 사람들도 걱정거리가 있구나."

"그래도 나은 편이지. 돈도 없는데 싸우면 그게 더 골치 아파."

"그다음엔 어떻게 됐어? 회장님이 이겼어?"

그다음엔 회장님이 예전에 청소년 야구단이었다는 얘기를 했다. 경기마다 1대7로 졌지만 절대로 포기하지 않았다고 했다. 그리고 그다음의 그다음은 말하지 않았다. 한 여자가 내 옆에 앉아 내게 육포를 먹으라고 건넸던 그 일…….

추쯔가 말했다.

"이제 내 얘기 해줄게."

"밤새워 얘기해줘. 타이베이로 올라가는 기차에서 푹 잘 수 있게."

추쯔는 카메라 입문기를 들려주었다. 그녀는 카메라를 잘 아는 사람들에게 물어도 보고 사진 기술에 대한 책도 샀지만, 수업을 듣는 편이 더 빠를 거라는 친구의 충고에 어제 첫 수업을 듣고 왔다고 했다.

"게다가 무료 강의야. 매주 하루씩."

추쯔가 카메라를 꺼내 아기를 감싸듯 안고 살갑게 말까지 건넸다.

"작품을 찍었어?"

"아직. 용기가 없어. 첫 사진은 엉망일 거야. 나 같은 입문 자는 인물과 풍경 중 어느 걸 먼저 찍어야 좋은지 수업 시간 에 손들고 물어봤어. 그런데 다들 나를 쳐다보지 뭐야. 흥."

"쳐다보는 게 당연하지."

"선생님도 아무 대답도 없이 계속 쳐다보기만 했단 말이 야. 내가 그렇게 바보 같아? 예전에 레스토랑에서 일할 때도 주문을 받고 메뉴를 확인할 때 손님들이 자꾸만 고개를 비스 듬히 돌리고 날 보면서 웃었어."

"처음엔 누구나 긴장해. 서두르지 마. 처음부터 잘하는 사 람이 어디 있어?"

"선생님도 똑같이 말했어. 걸음마부터 천천히 배워야 나 중에 좋은 작품을 찍을 수 있다고. 그 말이 맞아. 아주 철학적 이야. 하지만 기차를 타고 사진을 찍을 수도 있잖아. 천천히 걸음마를 배우라니…… 당신은 왜 한 번도 내 단점을 말해 주지 않아? 내가 고쳐야 할까? 걸음도 천천히 걷고, 말도 천 천히 하도록……"

"참새는 한 발 늦게 날아도 독수리처럼 날지 못해."

"치, 못됐어······."

추쯔가 어깨를 살짝 으쓱이며 눈을 흘겼다. 그녀의 얼굴이 붉어졌다.

한 달 뒤 추쯔가 출사 여행에 참가했다. 바닷가 습지 옆 작은 마을의 한 고택이었다. 강사의 집 마당에 어디서도 보기 힘든 커다란 벗나무가 있었다. 수강생들이 만개한 벗꽃 아래 모여 찍은 단체사진 속에서 추쯔는 얇은 옷을 입고 있었다. 꽤 쌀쌀한 날씨였을 것이다. 둘째 줄 중간에서 어깨를 옹송그리고 있는 그녀가 춥고 외로워 보였다.

사진을 보고 추쯔에게 옷을 사러 가자고 했다.

추쯔는 겨울옷은 이제 정리해 넣어야 한다며 하나도 춥지 않다고 했다.

"왜 아무 말도 안 해? 내 첫 작품을 보고 싶지 않아?"

"당신이 정말로 작품을 찍을 줄은 몰랐어. 지난번까지만 해도 용기가 없다고 했었잖아."

추쯔는 내 평가를 듣고 싶은지 서랍 속에서 사진을 꺼냈다. 제일 위에 있는 사진은 벗꽃을 찍은 것이었다. 물론 추쯔가 찍은 것이었고 나는 감탄하며 자세히 들여다보았다. 희귀 품종인 왕벗나무 같았다. 분홍색 꽃잎 속에 붉은 연지가 번져 있었다. 벚나무 같기도 하고 복숭아나무 같기도 했다.

하지만 솔직히 말하면 벚꽃이 너무 활짝 벌어져 비둔해 보였다. 추쯔가 고택의 담장에 바짝 붙어 찍는 바람에 꽃은 너무 가까웠고, 담장 밖으로 힘 있게 뻗어나간 가지 끝을 작은 뷰파인더에 담아내지 못했던 것이다.

3

경사면을 깎아내는 공사가 끝나자 산 위에 평평하고 너른 땅이 생겼다. 잡목을 베어내고 길을 따라 뿌리가 깊은 자생종 교목을 심었다. 줄지어 서 있는 나무 아래 화단을 만들고 경사면 아래 묻은 파이프를 통해 연못에 물을 댔다. 연꽃에 에 워싸인 연못에서 청둥오리 몇 마리가 한가롭게 떠다녔다.

회장님은 승산을 높이기 위해 대표적인 분양대행업체 몇 곳을 불러 브리핑을 하게 했다. 한 곳은 건축사의 설계에 따라 시장평가를 진행하고, 또 한 곳은 우리의 당초 계획에 약간의 수정을 건의를 했다. 분양가격을 두 배로 올릴 것을 건의하는 통 큰 업체도 있었다. 그들이 제시한 대로라면 상가하나에 1억이 넘었다. 지형적인 요인으로 가장 높은 암반 위에 우뚝 솟아 있는 랜드마크는 3억을 줘도 팔지 않겠다고 호언장담했다.

지난 회의 때 얼굴을 붉히고 헤어졌던 여덟 형제가 분양 대행업체들의 브리핑을 듣고는 언제 그랬냐는 듯 화기애애해졌다. 유일하게 여든다섯 살의 노회장님이 반대했지만 다행히 분양대행업체가 사업을 따내기 위해 분양가격을 부풀리는 것에 반대하는 의견이었다.

노회장님이 말했다.

"아직 그럴 때가 아니야. 머리를 더 짜내 봐. 실제로 그 가격에 팔려야 진정한 가격인 게야."

장남이 말했다.

"광고를 그쪽에서 하는데 설마 짓궂은 장난을 치진 않겠지?"

지난번에는 땅을 팔자고 주장했던 넷째가 말했다.

"30퍼센트 깎아서 분양하더라도 땅으로 파는 것보단 남는 장사네. 난 찬성."

바깥에 매달린 현수막이 바람에 나부꼈다. 지난 달 계약한 홍보대행사가 이미 홍보를 시작했다. 뉴스채널 몇 곳에서 은근슬쩍 홍보기사를 내보냈다. 녹화 전날 급하게 산 아르마니 양복에 흰 셔츠, 금빛 나비넥타이를 맞추어 입은 회장님이 공사 현장 입구에 서서 젊은 시절 자신의 꿈을 이야기했다. 젊을 때 악착같이 일한 건 은퇴 후에 산속에서 유유자적하며 살기 위한 것이었습니다. 요즘 성공한 기업가들은 건강을 위해 등산을 자주 하지만 저는 그걸로는 부족하다고 생각합니다. 산에 살아야 그게 진짜죠…….

여섯 번의 NG 후에 마지막으로 찍을 때 회장님의 오른쪽 입가에 빈랑 찌꺼기가 묻어 있었다는 걸 비서에게 들었다.

봄이 거의 끝날 무렵 공사가 속도를 내기 시작했다. 요즘 분양대행업체 선정 문제로 가족 간에 또다시 의견 다툼이 생겨 회장님의 심기가 불편했다. 한 업체씩 차례로 탈락시키고 최종적으로 두 업체를 남긴 뒤 다시 가족회의가 열렸다.

멀리 가오슝(高雄)에서 온 여섯째가 제의했다.

"누가 어디에 투표했는지 모르게 비밀투표로 합시다."

몇째인지 모르는 형제가 말했다.

"그게 좋겠군. 거수투표를 하면 또 소란스러워지겠지."

투표지를 만들어오라고 시키려다 그제야 형제가 짝수인 여덟 명이라는 것이 생각났다.

IT업계에 있는 형제가 중얼거렸다.

"역시 한 명이 태어나지 말았어야 해."

누가 그에게 눈을 흘기자 모두 입을 다물었다. 밖에는 여전히 현수막이 펄럭이고 먼 하늘에서 먹구름이 모여들어 점

점 어두워지고 있었다. 나는 벽에 매달린 프로젝터를 다시
켰다.

A업체의 경영실적, 작년 실적, 최근 성과, 전체 분양률, 시
장 평가.

B업체의 경영실적, 작년 실적, 최근······.

자료를 절반쯤 읽었을 때 어떤 목소리가 불쑥 끼어들어
나를 지목했다.

"자네 말이야. 지금 생각난 건데 자네도 한 표 행사하지그
래? 다들 어떻게 생각해? 막내가 잘한 건 없어도 고생은 했잖
아. 이의 없으면 투표 행사권을 주자고. 저 청년에게도 열심
히 일할 수 있는 원동력이 되지 않겠어?"

막내 회장님이 무표정하게 조용히 콧김을 내뿜었다. 회장
님이 A업체를 마음에 두고 있다는 걸 나는 알고 있었다. 그
업체에서 더 높은 가격을 제시했기 때문이다. 1기 공사의 판
매가격만 5억을 제시했다.

어쨌든 이건 커다란 도박판이었다. 부와 돈이 다르다는 걸
나는 처음 알았다. 부는 돈처럼 한 장 한 장 세는 것이 아니라
두 팔로 단숨에 끌어안는 것이었다. 투표권이 주어지는 순간
등줄기가 선득했다. 아홉 번째 표. 이 얼마나 무서운 표인가.
투표 결과가 4대4라면 그 한 표로 생사가 결정된다. 보잘것

없는 내가 그런 막중한 짐을 짊어지다니. 그 한 표의 무게가 나를 완전히 짓누르고도 남았다.

문제는 내가 A업체를 싫어한다는 점이었다. 그들이 다양한 분양 이벤트를 잘 활용한다는 장점은 있지만 매스컴을 통해 바람을 잡고 가격을 부풀려 폭리를 취한다는 소문이 있었다.

투표가 시작되려고 할 때 회장님이 내게 흘긋 눈짓을 보냈다. 회장님은 사업 걱정에 며칠째 잠도 못 자고 있었다. 통풍이 재발하는 바람에 그날 낮에도 한쪽 다리를 힘겹게 끌고 느릿느릿 언덕을 올라오는 것을 보았다. 회장님을 도와야 했다. 충직함을 발휘해야 하는 결정적인 순간이 찾아온 것이다. 게다가 회장님의 눈빛이 차분했다. 내 선택을 굳게 믿고 있다는 뜻이었다. 나의 충직한 아홉 번째 표가 있다면 그는 목표를 이루고 고진감래의 감회를 맛보게 될 것이다.

충직함. 내가 좋아하는 단어였다. 사랑처럼 순수하고 일말의 의심도 허용치 않는 마음. 내가 충직함을 담아 아홉 번째 표를 던질 때 바깥에 서서히 석양이 내려앉고 새들이 지저귀며 둥지로 돌아오고 있었다.

개표 결과가 나왔다. 5대4라는 절묘한 표 차이로 A업체가 탈락했다.

방 안이 한바탕 소란스러워졌지만 안타까운 탄식 속에 차즘 잠잠해졌다.

　일곱 형제가 차례로 차를 타고 떠난 뒤 회장님이 뒤뚱거리며 암반 끝으로 가서 소변을 보았다. 이번에는 한참동안 그 자리에 서 있었다. 멀리 아스라이 이어진 산등성이를 바라보고 있는 것 같았다. 한쪽 다리에 체중을 싣고 비딱하게 선 회장님의 뒷모습이 기우뚱하게 선 작은 교목처럼 고독해 보였다.

　회장님을 따라 산 밑 식당으로 내려가 양러우루(羊肉爐, 양고기를 푹 고아 만든 국물요리)를 주문했다. 재료가 소진되면 그날 장사를 마감하는 식당에서 그날의 마지막 주문이었다. 식당 주인은 내일부터 들어오는 재료는 계절이 바뀌어 이 맛이 나지 않을 것이라고 했다. 봄의 늦자락 날씨가 탑탑했다. 통풍 때문에 맥주를 마시지 못하는 회장님이 오가피주를 시켰다. 술 몇 모금에 관자놀이가 금세 벌그죽죽해졌다. 나는 회장님의 질문을 예상하며 그릇에 담긴 육수를 조금씩 마셨다. 회장님이 화를 내면 어떻게 대답해야 할지 고민했지만 회장님은 열심히 먹는 데만 열중했다. 오늘 이 식당의 마지막 재료로 만든 양러우루라는 걸 알기 때문인지 뼈를 쥐고 알뜰하게 살점을 뜯었다. 순간 두꺼운 뼈가 손에서 미끄러지며 국물에 풍덩 빠졌다.

지프차가 타이베이로 접어든 뒤 회장님이 전화를 걸었다. 그 중년 부인이었다.

"그 공원, 나도 알아. 언제? 몇 명 데리고 올 거야? 직접 가서 볼게."

한참 길을 헤맨 끝에 이퉁(伊通) 공원에 도착했다. 부슬비가 조용히 내리는 봄밤, 가로등 불빛이 어스름히 깔린 공원의 정자에서 여자 몇 명이 비를 피하고 있었다. 회장님이 내게 차를 세우라고 하더니 곧바로 내리지 않았다. 차창을 통해 여자들의 얼굴을 확인한 그가 김 빠진 목소리로 중얼거렸다.

"미국에서 고등학교에 다니고 있는 내 딸이 바로 쟤들 나이야."

그가 전화를 걸어 욕을 퍼붓고는 돌아가겠다고 했다.

차를 돌려 지린(吉林) 로로 향했다. 그곳에 그들 가족 소유의 별장이 있었다.

회장님이 물었다.

"늦었는데 여기서 자고 내일 아침에 가겠나?"

"저는 임시사무소가 편합니다. 새소리가 자동 알람이기도 하고요."

"좋을 대로 해. 어차피 자넨 괴물이니까. 아까 걔들도 안봤지? 화끈한 애가 있었어. 허벅지만 보고 속옷을 안 입었다는 걸 알아봤지. 자넨 성욕도 없나? 평생 어떻게 살려고 그래? 마누라가 없으니 출가한 것 같다는 말은 하지 말게."

"다음엔 자세히 보겠습니다."

"남자는 오입질을 같이해야 진짜 속을 터놓는 거야."

그가 차에서 내렸다. 그날의 투표를 계속 마음에 담고 있는 것 같았지만 웬일인지 아무 말도 하지 않았다. 산으로 올라가는 길은 인적도 소리도 없었다. 산속은 불가사의할 만큼 고요했다. 추쯔에게 전화를 걸었다. 거실에서 꽃꽂이를 하고 있다고 했다.

"꽃집에서 팔고 남은 꽃이야. 장미가 제일 많지만 운 좋게 목련도 두세 줄기 남았어. 꽃봉오리도 있어. 붉은색도 있고 흰색도 있고. 목련은 당신 책상에 꽂았어. 향기가 나는 것 같지 않아? 그냥 해본 말이야. 목련은 향기가 거의 나지 않아……."

내가 맡은 건 튜베로즈 향기였다. 드디어 꽃이 피었다. 향기가 임시사무소 뒤쪽 창문을 넘어 들어오고 있었다. 진한 분향이 내 품에 얼굴을 파묻듯 콧속 깊숙이 빨려 들어왔다. 교통사고를 당하기 전 어머니는 튜베로즈를 길렀다. 꽃이 피면 잘라다가 병에 꽂아 곳곳에 놓아두었다. 다섯 살 그해 튜베로즈 향기가 내 머릿속을 채웠다…….

어머니 생각을 자주 하는 건 아니었다. 슬플 때는 일부러 어머니를 떠올리지 않으려 애썼고, 즐거울 때는 더욱 어머니를 잊고 싶었다. 공허함을 느낄 때, 예를 들면 지금처럼 튜베로즈 향기가 훅 덮치는 순간, 공허함이 외롭게 표류하다가 소용돌이를 만들며 내 몸 전체를 깜깜한 세계로 서서히 잡아끌면 어머니 얼굴이 떠오른다. 또렷하지는 않다. 교통사고의 흔적이 남은 얼굴일 때도 있다. 튜베로즈를 꽂으며 웃던 얼굴이 떠오른다면 그나마 운이 좋은 셈이다.

이런 감정 때문에 밤새 잠을 이룰 수 없었다. 산 위에 혼자 누워 있는 것 같았다. 경칩에 깨어난 풀벌레와 개구리 소리가 파도처럼 출렁대며 튜베로즈 주위에 파동을 만들었다.

나도 그날 오후의 투표를 머릿속에서 떨쳐내지 못하고 있었다.

회장님은 어느 쪽에 투표했는지 묻지 않았지만 오히려 그 때문에 더 잠들 수 없었다.

4

이튿날 아침 다섯 표로 승리한 B업체가 찾아와 분양대행 계약을 체결했다.

짓고 있던 모델하우스를 그들에게 판 후 호랑이 등에 날개를 단 듯 일이 빠르게 진행되었다. 며칠 만에 대형 광고판이 산 위에 세워지고 임시로 빌린 고객용 셔틀버스 두 대가 수시로 산길을 돌아 오르내리자 산허리 찻집에서 쉬고 있던 등산객도 셔틀버스를 타고 올라왔다.

'우리가 아니면 또 누굴 만나시겠습니까?'

분양을 시작하기 전 방송, 신문, 잡지, 홍보 차량, 광고판 등을 통해 대대적인 광고를 했다. 이 광고 카피에 모든 화력을 집중시켰다. 고객을 유인하면서도 내가 아니면 안 된다는 도도함을 풍기는 문구였다. 절묘한 포지셔닝으로 우월함을 뽐낸 문구가 과연 효과를 발휘했다. 하지만 내가 배운 대로라면 이런 카피는 돈 많은 부자들의 과시욕을 자극할 수는 있지만 다른 계층에 위화감을 줄 수 있었다.

이 한 줄의 카피를 다양한 매체로 포장했다. 검은 바탕에 흰 글씨로 기관총을 쏘듯 화면으로 튀어나오는 텔레비전 광고를 내보내기도 하고, 작은 전단지를 만들어 가방에 붙이고 다니기도 했다. 하늘을 가릴 만큼 큰 광고판을 골짜기 위에 세우기도 했다. 날갯짓을 익히던 아기 새가 하루에도 몇 마리씩 광고판에 부딪쳐 떨어졌다.

40일의 사전 홍보 기간 동안 모델하우스가 연일 문전성시를 이루었다. 현장에 세워놓은 대형 파라솔 밑에서 손님들에게 무료로 음료를 제공하고 숲속 찻집은 5월의 커피향을 그윽하게 풍겼다. 5성급 호텔에서 초빙한 웨이터가 크레이프와 장미차를 서빙하고 산에서 직접 생산한 재료로 만든 캐러멜라이즈 바나나를 수시로 끓었다.

회장님은 매일 오후 얼마 전 심은 멀구슬나무 아래 자리를 잡고 앉았다. 너무 단 바나나 크레이프는 먹을 수 없어 만델링을 두 잔씩 마셨다. 심심하면 망원경으로 모델하우스를 살펴보고 사람들의 움직임을 따라다니며 방문객들이 서둘러 산을 내려가지는 않는지, 지갑에서 돈을 꺼내는지 살펴보았다.

한 달 뒤 그의 망원경이 비 온 뒤 하늘을 향하기 시작했다. 비행기가 남기고 간 두 가닥 연기 자국도 놓치지 않았다.

그가 내게 어떻게 된 일이냐고 물었다.

"계약을 한 건도 못했다고?"

나는 차라리 망원경의 방향을 남쪽 산자락으로 돌릴 것을 권했다. 회장님의 관심사는 당연히 하늘 아래 길게 이어져 있는 축대였다. 지난 달 장맛비로 무너져 보강 공사를 해놓은 터였다. 철근을 더 깊이 박고 거푸집을 더 넓게 만든 뒤 콘크리트를 두 배 넘게 부었다. 축대 기둥만도 높이가 3미터나 되었다. 보강공사만 놓고 보자면 훌륭했지만 방문객들은 높이 솟은 축대가 갑자기 무너지지 않을지 두려워했다.

나는 남쪽 산자락은 개발을 포기하는 것이 좋겠다고 건의했다. 그래야 산이 무너지지 않을 것 같았다.

하지만 회장님 생각은 달랐다.

"축대가 얼마나 튼튼해졌는지 몰라서 하는 소리야. 트럭 열 대가 와서 부딪혀도 끄떡없어."

축대의 상태는 매일 밤 임시사무소에서 자는 내가 제일 잘 알고 있었다. 뒤쪽 창문을 통해 축대 위 경사면을 볼 수 있었다. 낮에는 풀이 융단처럼 경사를 뒤덮고 있어서 알 수 없지만 밤에는 달랐다. 어느 날 밤 갑자기 새소리에 잠이 깼다. 누가 숲을 넘어 몰래 들어온 것 같았다. 새소리가 지나간 뒤 속삭이는 귓속말이 들렸다. 좀도둑들이 서로 속삭이는 소리 같았다. 귓속말이 끝나자마자 산 전체가 모래성이 된 것처럼 비탈에서 모래가 쏟아져 내렸다. 자갈이 모래에 섞여 굴러 떨어지며 절대 무너지지 않을 것 같던 축대가 검은 굉음에 파묻혔다.

"외부에서 축대를 가지고 공격하기 시작했습니다. 우리가 린컨다(林肯大) 군(타이베이 근교의 주거 단지. 1997년 폭우로 축대가 무너지며 산사태가 발생해 많은 사상자를 냈다)의 비극을 재연할 거라고 소문을 내고 있답니다."

"염병할. 그 망할 놈들을 찾아와."

방문객이 모두 돌아가자 그가 망원경을 들어 하늘을 올려다보았다. 새가 한 마리도 없었다.

열흘 뒤 드디어 정식 광고가 개시되었다. 사흘 연속 신문에 전면광고를 냈다. 과연 더위를 피해 바람 쐬려는 사람들이 찾아오기 시작했다. 회장님이 초조했는지 모델하우스 옥상의 작은 화단으로 숨었다. 비서들이 창고에서 찾아 온 파라솔 그늘이 그의 긴장된 얼굴을 가렸다. 파라솔을 가져온 비서에게 그가 물었다.

"손님이 많아?"

"많아요."

"얼마나? 데스크 직원들이 박수 치면서 손님을 끌고 있어?"

비서가 고개를 저었다.

"저희도 박수를 치고 싶어요."

"어서 가서 쳐. 손목이 부러질 때까지 치지 않으면 내 얼굴 볼 생각도 하지 말라고 일러."

산은 일찍 해가 졌다. 황혼 속에서 손님들이 하나둘씩 돌아간 뒤에야 회장님이 옥상에서 내려왔다. 그가 뒷짐을 지고 어슬렁거리다가 한 여직원 앞에 멈추어 섰다.

"오늘 소감이 어때?"

"손님들 수준이 안 맞는 것 같습니다. 그러지 않으면 더 많이 팔 수 있을 텐데."

이번에는 남자 직원 앞에 서서 물었다.

"똑같은 얘긴 하지 마."

"손님들이 비싸다고 손사래를 치며 설명도 듣지 않으려고 했습니다."

회장님이 분양 담당 이사 앞에 서서 그를 물끄러미 쳐다보다가 갑자기 쓸쓸한 말투로 말했다.

"난 자네 나이에 혼자 미국에 갔지. 한번은 지하철에서 흑인이 슬랭으로 뭐라고 하면서 칼을 들고 위협했어. 죽기 싫으면 돈 내놔라 이런 말이었겠지. 내가 어떻게 했는 줄 알아? 공중제비를 두 번 넘어서 그놈 손모가지를 꺾어버렸어. 어떻게 했을까? 나한테 권총이 있었더라도 소용없었을 거야. 그렇다고 내가 무술을 배운 것도 아니야. 솔직히 말하면 무서워

죽을 거 같더라고. 그래서 갑자기 미친놈처럼 웃기 시작했어. 눈물이 나올 만큼 배를 잡고 웃었지. 그랬더니 그놈이 나한테 약점이 잡힌 줄 알고 당황해서 머뭇거리더군. 그 사이에 그놈을 냅다 밀쳐서 쓰러뜨렸어."

누군가 웃음을 터뜨렸다.

"지금 자네 꼴이 바로 그 흑인 놈 같아."

"시정하겠습니다."

"브리핑을 하러 올 때는 기세가 용맹했잖아. 자네 사장에게 당장 전략을 수정하라고 해. 칼을 단단히 잡으란 말이야. 안 그러면 한방에 나가떨어질 테니까."

갑자기 꺼낸 흑인 얘기에 나도 놀랐다. 회장님의 말투가 엄숙했다. 예전에 장례식에 참석했을 때도 그는 진심으로 애도하는 것 같았다. 회장님이 낭인 같다는 생각이 들었다. 세상에 안 가본 곳이 없고 무슨 얘기든 다 할 수 있으며 아무리 황당한 얘기도 그가 하면 이치에 맞는 것처럼 들렸다. 물론 그의 내면에 부족한 점을 감추고 있을 것이다. 그게 무엇인지는 모르지만, 그 부족한 점이 보완된다면 그가 더 이상 그답지 않을 것 같다는 생각이 들었다.

주말에 집에 돌아가 회장님의 지하철 무용담을 들려주었지만 추쯔는 전혀 웃지 않았다.

"그 흑인이 운이 나빴어. 아마 그 남자가 왜 웃었는지 병원에 가서도 궁금했을 거야."

추쯔조차 웃게 만들지 못하는 회장님이 한 달 남짓 후에 분양업체와 합의했다. 모든 광고를 중단하고 일을 마무리할 직원 두 명만 남기기로 했다. 언덕에 꽂아놓은 홍보 깃발도 철거했다. 다 철거하지 못한 간판 받침 위에 조르르 앉은 새들이 한여름 뙤약볕 아래서 요란하게 지저귀었다.

분양업체가 철수한 날 밤, 회장님이 사람을 시켜 산 밑에서 술을 사오게 해서는 혼자 널찍한 풀밭으로 향했다. 내가 그를 찾아냈을 때는 이미 금기를 깨고 맥주 세 캔을 단숨에 들이켠 뒤였다. 언젠가부터 방치한 채 돌보지 않는 두 발은 슬리퍼 위에 아무렇게나 걸쳐져 있었다. 하늘에 별이 쏟아져 내릴 듯 떠 있었지만 아쉽게도 그는 눈을 감고 있었다. 재가 된 담배꽁초가 손가락 사이에 그대로 끼워져 있는 것을 보니 오랫동안 그 자리에 미동도 없이 누워 있었던 것 같았다. 그는 연속된 광고 공세에도 처참하게 패배하고 말았다. 일곱 형제가 매일 돌아가며 찾아왔지만 그는 인사도 하지 않고 일부러 자리를 피했다. 형제들이 가지고 오는 소식이 점점 참담해졌다.

나도 그를 따라 맥주 두 캔을 마셨다. 눈부신 별을 올려다보고 있노라니 문득 망연해졌다. 회장님 밑에서 일한 지 4년이 다 되어가고 있는 지금, 신녠 강에서 멀지 않은 산둥 성이에 둘이 함께 누워 있었다. 여기까지 온 것을 다행이라고 생각해야 할까, 아니면 어서 빨리 이 빌어먹을 곳을 떠나야 할까.

이런 생각을 하고 있을 때 그가 불쑥 그 일을 끄집어냈다.

"자네가 던진 그 한 표 말이야. 나를 깨우쳐주려고 했다는 걸 알아."

어떻게 대답해야 할까? 내게는 말할 수 있는 기회가 있었다. 원래 4대4였잖습니까? 그렇다면 적어도 형제 중 네 명은 회장님을 지지했다는 뜻이에요. 회장님의 수고를 덜어주려고 낮은 가격을 부른 B업체에 투표하신 거예요.

회장님이 몽롱한 술기운에 크게 트림 한 번 내뱉고는 어떤 사람 이야기를 꺼냈다.

이탈리아의 파바로티였다.

"그의 가장 신기한 고음을 들어봤나? 아홉 번 연속 하이 C를 내지. 그의 음악회에 갈 때마다 제일 기대되지만 제일 두려운 게 바로 거기야. 듣고 싶지만 듣기가 겁나. 그의 힘이 달려서 음이 올라가지 못할까 봐. 파바로티의 노래를 들으면 속이 뻥 뚫리는 거 같아. 내가 고음을 포기하지 않도록 그가 도

외주고 있어. 마지막 고음을 완성하지 못하면 인생에서 제일 유감스러운 일이 될 거야."

"저는 진즉부터 제 자신이 유감스러웠어요."

"끝까지 들어봐. 난 파바로티의 아버지 애길 하려는 거야. 아버지도 목청이 좋다더군. 수줍음이 많아서 군대에서도 빵 굽는 일을 했대. 목소리는 유전이 됐지만 다행히 빵 굽는 건 유전이 안 됐어. 파바로티가 노래를 부르지 못했다면 빵을 구웠을 거야. 이탈리아 식당에서 빵을 굽고 있는 그를 상상해봐. 사실 잘 어울리지. 뚱뚱하고 수염도 길렀잖아. 딱 봐도 팔고 남은 빵을 너무 많이 먹은 거 같잖아."

그가 취했다고 생각했다.

"내가 파바로티 아버지를 닮은 것 같지 않나?"

"어떤 점이요?"

"나도 수줍음이 많다는 걸 모르는군. 우리 어머니가 셋째 마누라잖아. 형들 일곱 명에게 둘러싸여 동네북이 됐는데도 나는 찍소리도 못하지. 얼마나 비참해? 난 염병할 빵이나 구울 팔자인 거 같아."

"정말 아쉽네요. 파바로티 아버지는 왜 염병할 노래를 부르지 않았는지."

내가 말을 받자 기분이 좋아진 회장님이 팔을 짚으며 상체를 일으켰다.

"같이 내려갈까?"

나는 고개를 저었다. 운전기사가 와서 회장님을 부축하려고 했지만 회장님이 그를 밀쳤다.

회장님이 뒷좌석 차창으로 머리를 내밀었다.

"이 상황을 어떻게 뚫고 나갈지 생각 좀 해봐. 안 그러면 어쩔 거야? 초장에 망해버렸는데 또 누굴 데려올 수 있겠어? 자넨 아이디어가 좋잖아. 아이디어를 보여줘봐."

내가 어둠 속에서 운전기사에게 손짓을 했지만 회장님이 차창에 바짝 몸을 붙이고 내게 귓속말을 했다. 후끈한 열기가 내 뺨을 덮쳤다. 가만히 들어보니 또 무슨 고음 얘기를 하는 것 같았지만 그의 입술이 내 귀에 너무 가까이 붙어 바람 소리가 더 크게 들렸다. 하지만 그는 기어이 자기 말을 내게 전했다. 나를 미칠 듯이 환호하게 만들 환청 같은 그 말을.

5

주말에 집에 돌아와 늦은 밤에 추쯔에게 그 얘기를 했다.

회장님이 내 귓가에 속삭였던 얘기를 들려주자 예상대로 추쯔가 빠르고 확실하게 반응했다. 그녀의 반응은 그 얘기를 처음 들었을 때 내 기분과 완벽하게 일치했다.

"맙소사! 프로젝트를 당신에게 맡기겠다고?"

"응. 기획안을 준비하래. 가족들을 불러서 브리핑하겠다고."

"왜 당신이야?"

"분양이 실패해서 고배를 마셨어. 내 생각을 들어보고 싶다는 거지. 사실 거기 지형은 내가 제일 잘 알아. 하지만 그보다도 난 이미 그 프로젝트에 모든 걸 쏟아부었어. 그 산에 정이 들었다고 할까."

추쯔가 또 손을 들어 올렸다. 하지만 이번에는 입을 가리지 않고 흘러내린 눈물을 닦았다. 눈물이 줄줄 흘러내렸다. 그녀가 그렇게 감동할 줄은 예상하지 못했다. 더 이상 예전의 추쯔가 아니었다. 능력을 인정받기까지 피나게 노력한 남편이 갑자기 안쓰러워졌던 것이다. 우리가 계속 떨어져 있었기 때문일까, 아니면 우리의 마음은 한 번도 떨어져 있지 않았기 때문일까.

나는 그제야 또 한 가지 일이 생각났다.

"내 기획안이 통과된다면 가족회의에서 내게 지분을 주자고 강력하게 건의할 거래. 지분율은 우리가 결정하고, 인생역전을 할 것인지 말 것인지 우리가 결정하는 셈이지."

추쯔의 눈물이 멎었다. 그녀가 비음 섞인 목소리로 물

었다.

"우리가 돈이 어디 있어?"

"나도 알아. 돈만 있으면 좋을 텐데. 그래서 나도 이 얘기는 나중에 한 거야. 됐어. 이 얘긴 없었던 걸로 하자. 지분은 인수하지 않아도 괜찮아. 이제 당신이 하려던 얘기를 해봐. 아까 집에 들어올 때부터 당신에게서 신비스런 냄새가 났어. 나한테 해줄 얘기가 있지?"

그녀가 조용히 웃음을 참으며 눈동자를 굴렸다. 눈썹 끝에 엷은 웃음기가 걸렸다. 그녀가 사진 한 뭉치를 꺼내더니 웃지 말라면서 한 장씩 차례로 내 앞으로 펼쳐 보였다. 그녀는 만족스러운 칭찬을 해주지 않으면 안 된다는 듯 고개를 살짝 숙이고 내 표정을 기다렸다.

테이블 위 유리병에 가득 꽂힌 장미, 이웃집 꼬마, 분주한 꽃집, 아무도 없는 공원이었다. 공교롭게도 렌즈가 향한 곳들 모두 내가 없는 집의 쓸쓸한 구석이었다. 추쯔는 사진을 찍을 때도 멀리 나가지 않았다. 사진 속 텅 빈 공간은 우리의 좁디좁은 생활을 오롯이 보여주고 있었다.

물론 그녀를 칭찬해주어야 했다. 그녀가 턱을 괸 채 이대로 날이 밝아도 상관없다는 표정으로 기다리고 있었다.

내가 말했다.

"구도를 아주 잘 잡았어. 초점도 정확하게 맞췄고. 꽃받침의 우아함을 잘 잡아냈네……."

"바보. 다른 사람이 찍은 사진도 몇 장 끼어 있어."

"차이를 전혀 모르겠는걸? 당신 실력이 많이 늘었다는 뜻이지."

이런……. 추쯔는 거기서 단념하지 않고 중얼거리며 거리를 찍은 사진을 몇 장 내밀었다. 집 창문에서 내려다보며 찍은 거리 모습이었다. 비가 내리는 밤 길가에 세워진 차 지붕이 서늘한 빛을 토해내고 있었다.

그래서 다음날 그녀가 누군가에게 초대받았다고 했을 때 나는 흔쾌히 찬성했다.

생활 반경이 좁은 나와 추쯔에게는 낯선 곳을 접할 수 있는 모든 기회가 중요했다. 익숙한 공간 밖으로 나가지 않으면 인생을 새롭게 시작할 방법이 없었다. 게다가 그 순간 우리는 충만한 희열에 도취되어 있었다. 그녀는 사진이라는 출구를 찾았고, 나는 희망이 가득한 산을 오르고 있었다. 모든 게 적당했다. 하늘이 작은 가정을 특별히 보살펴주려고 할 때 아무렇게나 고르지는 않을 것이다. 우선 그들이 어떤 환상을 품고 있는지 시험해본 후에 천천히 그들의 소망을 실현시켜줄 것이다.

그렇게 해서 그 낯선 이름을 듣게 되었다. 뤄이밍이라는 이름을.

처음에는 사람이 아니라 지명이라고 생각했고, 그렇게 대단한 사람인 줄은 더더욱 몰랐다. 이름 하나가 강물이 물방울 하나를 가볍게 휩쓸어버리듯 우리의 일생을 송두리째 바꿔놓을 줄은 까맣게 모르고 있었다.

하지만 그런 순간에 우리가 미래의 일을 어떻게 알 수 있었을까? 우리는 기뻐할 시간도 부족했다. 기회가 오면 망설이지 말고 붙잡으라고들 말하지 않는가? 그랬다. 밖으로 나갈 기회가 찾아왔고 우리는 그것을 잡을 준비가 되어 있었다.

"바로 사진반 선생님이야. 벚꽃 사진을 찍었던 곳이 바로 그분 댁이고."

"생각났어. 자원봉사로 강의해주신다고 했지? 훌륭한 분이네."

물론 뤄이밍 선생님이 전문적인 관점에서 추쯔가 처음 찍은 사진을 보고 진심으로 높은 평가를 했을 수도 있다. 하지만 추쯔가 타인의 칭찬을 듣고 싶어 하는 것이 나로 인한 것임을 알 수 있었다. 평소 그녀에 대한 내 사랑 속에 적당한 칭찬이 섞여 있었다면 아마도 그녀는 그렇게 서둘러 다른 어딘가에서 자신감을 얻으려 하지 않았을 것이다.

이튿날 오전 추쯔를 오토바이 뒤에 태우고 출발했다. 고맙고 기뻤다. 누군가의 초대는 나의 입에 발린 사랑 고백보다 그녀에게 훨씬 더 힘이 되는 것이었다. 그녀를 조금이라도 빨리 데려다주려고 세찬 바람을 맞으며 오토바이를 달렸다. 그녀의 팔이 내 허리를 꼭 감았다. 결혼한 지 4년 만의 작은 여행이었다.

내가 상상하는 뤄이밍 선생님은 추쯔의 사진 속에서 본 벚나무와 그녀가 무심코 했던 말들, 즉 그의 수업 광경이나 그녀를 쳐다보는 눈빛, 오래된 합원식 가옥, 나무로 된 회랑 같은 것들을 통해 만들어진 것이었다. 나는 그가 돈 많고 넓은 집에서 유유자적 사는, 모터 그룹 회장님의 복사판일 거라고 생각했다. 이유는 모르겠지만 우리 부부는 마음속에 성인의 동상이라도 품고 있는 사람들처럼 뭔가를 자발적으로 추구한 적이 없었다. 설마 그것도 우리의 가난 때문일까?

뤄이밍의 집에 들어설 때 작은 질투도 느끼지 않았다면 거짓말일 것이다. 게다가 그곳은 내가 상상했던 것만큼 아름다웠다. 작은 바닷가 마을에 이토록 아름다운 집이 있다는 걸 믿을 수가 없었고, 앞으로 남은 생에서 이보다 더 고상한 집은 볼 수 없을 것 같았다. 다행히 집주인은 겸손했다. 회장님처럼 자가용 세 대의 수행을 받으며 다니는 사람이 아니었다.

점잖고 고상한 그에 비해 한없이 미미한 존재인 것 같은 기분에 저절로 말수가 줄어들었다. 그를 뭐 강사님이라고 높여 불러야 할지 뭐 이사님이라고 불러야 할지, 아니면 신비한 분위기를 풍기면서도 광의적인 뭐 선생님이라고 불러야 할지 고민했다…….

그는 친절하게 우리를 맞이하며 내게 악수를 건넸다. 내 손에 닿는 그의 손끝은 단단하고 힘이 있었으며 따뜻한 감각이 손바닥까지 전해졌다. 그가 우리를 데리고 집 안으로 들어갔다. 7월인데도 집 안은 조금 서늘하고 백단향이 은은하게 감돌았다. 멀리 흰색 종이를 바른 창 위로 관목 그림자가 비쳤다. 집이 너무 넓은 것 같았다. 원목 구조의 공간에 천장이 높아 말하는 소리 중 절반이 대들보까지 딸려 올라갔다. 누군가 위에서 엿듣고 싶어 끝소리를 끌어당기고 있는 것처럼.

이렇게 큰 집에 몇 명이 살고 있는지, 왜 다른 사람은 보이지 않는지 궁금했다. 그도 임시사무소에서 혼자 자는 나처럼 외롭고 적적할까?

그는 우리를 고풍스러운 거실로 안내한 뒤 내실에서 직접 차를 우려 가지고 나왔다. 의례적인 대화를 주고받은 뒤 추쯔가 전날 밤 내게 보여준 사진들을 꺼냈다. 나는 긴장감을 감추려 고개를 돌려 집 안팎을 살폈지만 사실 두 사람의 대화에 온 신경이 쏠렸다. 추쯔가 안 좋은 평가를 받을까 봐 겁이 났다. 누구라도 그녀에게 직언을 하며 폄하한다면 그건 내게도 큰 상처가 될 테니까. 이렇게 나약한 감정이 부끄럽다는 걸 알면서도 어느 누구든 그녀를 무시하는 건 참을 수가 없었다.

다행히 그는 그러지 않았다. 그가 칭찬의 의미가 담긴 미소를 지었다. 비록 그의 진심이 아니라는 건 알고 있었지만 그가 전문가의 권위와 함께 선한 열정을 지키고 있다는 것을 알 수 있었다.

추쯔와 선생님이 열띤 토론을 시작하자 내 불안감도 사라졌다.

그 후 몇 달 동안 분양 프로젝트 기획안을 준비하느라 바쁜 와중에도 추쯔를 데리고 뤄이밍의 집에 몇 차례나 방문했다. 갈 때마다 화제는 대부분 사진에 관한 것이었다. 두 사람이 대화하고 있는 동안 머릿속으로 기획안에 대해 생각할 수 있었으므로 나도 그게 좋았다.

하지만 그 자리에 있는 우리 모두는 한 가지 사실을 간과했다.

그때 아직 소녀였던 바이슈는 뭔가 눈치챘던 것 같다. 그녀는 왜 몰래 엿들으려 했을까?

바이슈는 우리가 대화하고 있을 때 또는 대화를 하지 않고 있을 때 맨발로 살금살금 내려왔다가 총총히 계단을 뛰어올라갔다. 수년 뒤 이 어둡고 해묵은 상처를 끄집어 올릴 고양이 발톱처럼 그렇게.

6

집에 가보니 귀퉁이에 고구마 한 무더기가 있었다. 나를 기다리고 있던 추쯔가 작고 빨간 화로를 식탁에 올려놓고 숯을 피웠다. 작은 아파트에 구수한 군고구마 냄새가 퍼졌다.

하지만 그녀는 고구마를 구우며 한마디도 하지 않았다. 옛 생각을 불러일으키는 군고구마 냄새가 무색할 만큼 조용했다. 내가 제일 걱정하는 것이 그런 추쯔였다. 기쁨이든 슬픔이든 솔직하게 표현하는 그녀의 입술이 굳게 닫혀 있다는 건, 그녀가 화로 앞에 앉아서 고구마를 태운 것처럼 그리 평범한 일은 아니었다.

다행히 그녀의 침묵은 오래가지 못했다. 오래 참으면 그녀의 흰 얼굴이 울긋불긋해지는데 그건 그녀가 제일 싫어하는 일이었다. 자기는 화가 나 있는데도 남들은 수줍어하는 걸로 오해한다며 툴툴대기도 했다.

역시 그녀가 스스로 입을 열었다. 친정에 갔다가 주(竹) 산을 지나며 고구마를 사 가지고 왔다고 했다.

"집에 아무도 없었어. 아빠는 남의 밭을 돌봐주러 가고 엄마는 녹차 공장에서 일하고 늦게 들어왔어. 거기 가지 말았어야 한다는 건 나도 알고 있었어. 엄마가 날 보고 깜짝 놀라더라. 왜 갑자기 왔느냐고. 무슨 일이 있느냐면서. 국수 만들어줄 테니 어서 먹고 가라고 하잖아. 너무해. 내가 귀신도 아닌데."

"갑자기 거긴 왜 갔어? 내가 생각해도 이상한걸?"

추쯔가 나를 흘긋 보고는 고개를 돌려 눈을 깜빡이다가 이내 눈시울을 붉히며 식탁에 엎드렸다.

"사실 내가 제일 한심해. 올해 죽순 가격이 좋은지 물었다니까? 엄마가 그건 왜 묻는지 이상하게 생각했지. 조금 있다가 남동생이 돌아왔어. 제대하고 막노동을 시작했다는데 손에 붕대를 감고 있더라. 돌아올 때 버스정류장까지 데려다주면서 걔가 이러잖아. 누나, 걱정 마. 경력이 제법 쌓여서 다음 달부턴 일당을 더 받을 수 있어. 죽순 판 돈은 누나 줄게."

"돈 빌리러 친정에 갔었구나."

"다른 사람들에게 말해봤는데 돈 빌려달라고 하자마자 쪼들린다고 죽는소리를 하잖아."

나는 담담하게 말했다.

"내가 한 말 신경 쓰지 마. 이미 지나간 얘기야."

결혼하던 날 해산물 식당에서 식사를 절반쯤 할 때까지 다섯 사람이 묵묵히 먹기만 했다. 상기된 얼굴로 추쯔에게 잘 해줄 것이라고 호언장담했던 나를 생각하니 말할 수 없이 씁쓸했다. 추쯔에게 너무 큰 부담을 안겨주고 말았다. 지분 인수 얘기를 꺼내지 말았어야 했다. 나도 못하는 걸 얘기하는 바람에 추쯔의 마음에 무거운 짐을 지운 것이다.

그 얘기를 한 후로 내 얼굴이 계속 어두웠던 것 같다. 그걸 보고 추쯔가 바보같이 짐을 짊어졌던 것이다. 몇 달 동안 그녀와 있을 때 내 말수가 부쩍 줄어들었다는 걸 그제야 깨달았다. 기획안에 신경을 쏟고 있었기 때문이지만, 사실 한 가지 장면이 유령처럼 계속 따라다니며 나를 물어뜯고 있었다. 매번 뤄이밍의 집에서 나올 때마다 서글픈 생각을 떨칠 수가 없었다. 예전에 오토바이를 타고 회장님 차를 따라 달렸을 때처럼 말로 표현할 수 없는 처량함이 나를 놓아주지 않았다.

물론 그게 무엇인지 나는 알고 있었다. 영광을 상징하는 권력이 아직도 나를 유혹하고 있다는 뜻이었다. 아니, 그보다 더 슬픈 건 나도 거기서 벗어나고 싶지 않다는 사실이었다. 내가 벗어나고 싶은 건 다른 한 사람이었다. 바로 나를 지치게 만드는 아버지였다. 어렵게 빠져나온 그 비극에서 더 멀리 더 철저히 도망치고 싶었다. 그를 완전히 잊을 수 있을 만큼 멀리 도망치고 싶었지만 가끔씩 내 의지와 상관없이 원점으로 되돌아갔다. 뤄이밍이나 회장님 곁에서 시시때때로 내 초라함을 자각하게 되는 것처럼.

고구마가 구워지고 있는 화로 너머 유리병에 꽃생강이 꽂혀 있었다.

군고구마 두 개를 먹었다. 탄 껍질을 벗겨내지 않아 텁텁하고 씁쓸했다. 아버지와 이웃의 논에서 고구마를 구워먹은 적이 있었다. 아버지는 지푸라기를 줍고 나는 흙을 쌓았다. 흙을 봉긋하게 쌓아올린 뒤 지푸라기에 불을 붙여 그 속에 집어넣었다. 흙무더기가 불에 충분히 달궈지길 기다렸다가 구멍을 내고 그 안에 고구마를 넣었다. 고구마를 다 넣고 난 뒤 아버지는 담배를 피워 물며 나와 함께 논두렁에 걸터앉아 기다렸다. 아버지의 짧은 인생에서 내가 기억하는 가장 아름다운 장면이다. 가을걷이가 끝난 들판 위로 쓸쓸한 석양이 내려앉았다. 그 후 반년도 안 되어 아버지는 연못으로 들어갔다.

추쯔에게는 고구마를 구워먹은 옛이야기를 들려주지 않았다. 그 끝에 슬픈 결말이 따라오기 때문이다. 물론 몇 번 얘기하려고 했다. 결말을 생략해버리면 그만이니까. 인생의 모든 일에 결말이 없다면 얼마나 좋을까. 결말 없는 이야기가 환희의 날개처럼 허공에 멈춘 채 영원히 떨어지지 않을 것이다.

추쯔에게 동짓날 탕위안을 먹은 이야기를 들려주었다. 그 얘기도 결말까지 들려주지 않았으므로 추쯔의 머릿속에는 바닥에 쏟아져 뒹구는 탕위안만 남아 있을 것이다. 얼마나 우스운가. 깔깔대며 바닥에서 탕위안을 주워 먹었으니. 그녀는 내게 왜 탕위안을 반씩 잘라 먹었느냐고 물었다. 그녀는 어머니가 중증 장애인이었다는 사실을 알지 못한다.

그래서 고구마를 굽고 있는 그녀에게 말했다.

"난 조금 탄 고구마가 좋아. 타지 않으면 군고구마가 아니지. 흙무더기 속 재처럼 새까만 게 맛있어. 그날 흙무더기를 파낸 뒤에 아버지와 재를 긁어냈어. 얼굴은 시커멓고 치아만 하얗게 남았어. 생각해봐. 그렇게 구워 먹는 고구마가 얼마나 맛있을지. 안 그러면 고구마 먹는 맛이 나겠어?"

추쯔가 이번에는 이렇게 묻지 않았다. 그다음엔 어떻게 됐어?

나의 모든 과거 일은 처음부터 그다음까지 다 얘기해주기에 적당하지 않은 것 같았다. 아버지와 논에서 나올 때 해가 저물어 어두컴컴했고 집에는 우리가 돌아와 불을 켜주길 기다리는 어머니가 있었다. 그다음엔 하늘이 칠흑처럼 깜깜해졌다. 아무것도 보이지 않을 만큼. 내 머릿속을 영원히 침식해버릴 만큼.

7

희푸른 새벽빛에 에워싸인 둥베이자오(東北角, 타이베이 외곽에 있는 해안공원). 구릉 전체가 탁 트인 지형을 따라 넓게 펼쳐지고 지표는 지난밤 이슬의 고요함과 청량함에 촉촉이 젖어 있었다. 새들도 아직 날아오르지 않고 나비와 잠자리도 나무 위에서 접은 날개를 펼치기 전이었다. 경사면을 따라 쌓은 돌이 한 덩이 한 덩이 물기를 가득 머금고 있었다. 땅속에서 파낸 지 얼마 되지 않은 것들이 단단한 몸을 늘려 기지개를 켜듯 몸에 붙은 진흙을 조용히 떨어내고, 진흙이 떨어져나간 적갈색 절삭면 위에 가을서리가 엷게 내려앉아 있었다.

이 방향에서 보이는 타이베이는 여전히 분지 안에서 깊이 잠들어 있었다.

고개를 돌리면 남쪽 경사면 아래로 암벽을 억지로 깎아내 만든 평지가 누워 있고 다시 쌓은 축대는 나무 꼭대기까지 치솟아 있었다. 얼마 후면 이곳에 하늘과 경쟁하듯 집들이 속속 지어질 것이다.

나는 기획안을 작성하기 위해 이 모든 것을 자세히 기록했다. 쌓아놓은 돌 사이에 구멍은 없는지 살피고 배수로를 점검하고 비탈을 덮어놓은 그물 곳곳을 사진 찍었다. 물론 아무리 자세히 살펴보아도 육안으로 보는 것은 일상적인 기록에 불과했다. 폭우가 쏟아지면 이 모든 조치가 허사가 될 수 있었다. 걱정을 떨쳐버릴 수 없어 기획안을 제출하기 전에 회장님에게 여러 번 얘기했다.

"남쪽은 개발하지 않는 게 좋겠습니다. 그래야 이 산의 생명이 더 온전할 것 같아요."

"나는 동의한다 쳐도 내 앞에 있는 그 말 많은 일곱 명은 어쩔 거야?"

"지난번에 회장님도 말씀하셨잖아요. 마지막 고음을 내고 싶다고."

"어떻게 불러야 하는지 내게 알려줘. 다른 아이디어가 있어야 협상이라도 해볼 수 있잖아."

하지만 성질 급한 그는 바로 다음날 일곱 명에게 일일이 전화를 걸어 협상을 했다. 말 많은 일곱 명은 과연 멈출 줄 모르는 웅변을 토해냈고 심지어 몇 명은 고래고래 고함을 질렀다. 회장님도 그들이 하는 얘기를 듣지도 않고 자기가 하고 싶은 말만 하는 바람에 각자 허공과 싸우는 꼴이 되었다.

나중에는 그도 붉으락푸르락 지친 얼굴로 다 함께 모여서 해결하자고 제안했다. 그는 도박을 걸어보기로 했다. 새 기획안이 통과되지 못하면 그도 이 프로젝트에서 손을 떼야 하고 자칫하면 개발 자체가 좌초될 수 있었다.

　양쪽이 실랑이를 하다가 열흘 뒤 오후에 브리핑을 하기로 했다. 브리핑을 하기로 한 날 정오 무렵부터 수입차 여러 대가 차례로 올라왔다. 일곱 형제가 남남처럼 서로 안부 인사도 나누지 않았다. 살벌한 결투를 앞둔 무렵의 고수들 같았다. 나는 회장님과 옥상에 앉아 도시락을 먹었다. 긴장감이 한결 가라앉았다. 회장님이 수시로 언덕 아래를 내려다보다가 젓가락을 탁 내려놓았다.

　"저기 뚱뚱한 사람 보이지? 사당지기까지 브리핑을 들으러 왔군. 절을 얼마나 열심히 하는지는 모르지만, 축대 무너지는 걸 제일 안 무서워하는 게 바로 저 사람이야. 다른 몇 사람들은 딱히 말해줄 게 없어. 형제들이 똘똘 뭉쳐서 이상한 소리를 해대겠지. 전부 이 보물 같은 산을 파내러 온 거야."

　그가 나를 재촉했다.

　"느긋하게 먹고 있을 기분이 나나? 빨리 가자고. 브리핑도 안 듣고 돌아가버리게 하지 말고."

　내가 말했다.

"회장님께 피해가 가지 않게 할게요."

"준비는 다 됐어?"

"짐 가방도 다 싸놓았어요."

내가 큰소리로 웃었다.

기획안 : 유수지 이야기

구상 : 감동을 주는 산

소구점 : 대중성, 사회적 이상, 기업의 양심

계획 : 면적 축소, 기회 확대, 희망을 향한 전진

앞으로 나가 인사를 한 후 벽에 걸린 스크린을 향해 몸을 돌리고 서서 20초 동안 속으로 읽은 다음 브리핑을 시작했다. 나는 회장님의 형제들에 대해 잘 알지 못했다. 사당지기인 여섯째를 제외하고는 모두 사회적으로 명망 있는 사람들이었다. 내 소개를 하고 이름을 말한 뒤 이곳에서 일한 지 얼마나 되었고 어떻게 이 자리에 서게 되었는지 얘기했다.

기본적인 자기소개가 끝난 뒤 석 달 전 실패한 분양에 대한 얘기부터 시작했다.

"엄밀히 말하면 분양이 실패한 건 아닙니다. 너무 서두르는 바람에 한 가지를 간과했을 뿐입니다. 바로 이 산이 독특

한 생명체이자 마땅히 보존되어야 하는 이름이며 미래의 꿈이라는 사실이죠. 우리는 호화주택을 지어야만 이 산이 풍요로워진다고 생각했습니다. 하지만 지난번 경험으로 알게 되었습니다. 산을 풍요롭게 할 수 있는 건 산 자체의 생명뿐이라는 사실을요. 바로 우리 사회에 희망을 줄 수 있는 건 부자들이 아니라 희망을 좇는 사람들인 것처럼……."

"설교는 필요 없어." 여섯째가 말했다.

"좋은 말씀이십니다. 제가 제일 싫어하는 것도 설교입니다."

둥글게 벗겨진 그의 머리를 쳐다본 뒤 스크린 위에 컬러 사진 다섯 장을 띄웠다. 새벽 유수지를 찍은 사진이었다. 농구장만 한 유수지에 여름 내내 내린 빗물이 찰랑찰랑 채워져 있고 그 위로 푸른 언덕이 거꾸로 비추었다. 물 한가운데 구름도 가볍게 떠 있었다.

"제가 소개하려는 것은 바로 이 유수지입니다. 아무도 눈여겨보지 않던 곳이죠. 처음 유수지를 만든 건 법규 때문이었습니다. 산지의 배수를 위한 시설입니다. 하지만, 제 기획안의 핵심이 바로 이 유수지입니다. 다섯 개 유수지를 하나로 이어 이야기를 탄생시키고 싶습니다."

그들이 지루해할까 봐 스크린에 자막을 함께 띄웠다.

"이야기의 주인공은 한 노인입니다. 첫 번째 유수지, 언덕

위에 배 한 척이 있다고 가정하겠습니다. 노인이 그 배를 타고 낚시를 하러 나갈 겁니다. 두 번째 유수지, 노인이 낚시를 하러 나갔습니다. 드디어 그의 낚싯대에 물고기가 걸렸지만 그보다 더 힘이 센 커다란 물고기입니다. 세 번째 유수지, 물고기가 완강하게 버티는 바람에 노인이 부상을 입고 배 위에 쓰러집니다. 네 번째 유수지, 며칠 뒤 마침내 물고기가 수면 위로 떠올랐지만 노인도 기력이 소진된 뒤였습니다. 다섯 번째 유수지, 노인이 물고기 뼈를 배에 싣고 항구로 돌아갑니다.

예상대로 한 사람이 이상하다는 듯이 물었다. 나는 이것이 좋은 시작이라는 걸 알고 있었다.

"자네가 만든 이야긴가? 뭘 하려는 거야?"

"헤밍웨이의 《노인과 바다》에서 뽑은 줄거리입니다."

누군가 말했다.

"좀 더 들어봅시다. 얘기를 들어보려고 모인 거잖아요."

내가 본격적으로 설명하기 시작했다.

"이 산에 유수지가 다섯 개나 있는 건 행운입니다. 그것들이 각각 호수라고 상상해보시죠. 우리 인생에 있는 바다라고 생각하셔도 좋습니다. 그것들을 이용해 멋진 스토리를 만들어낼 수 있습니다. 처음에는 단순히 헤밍웨이의 소설을 통해 아이들에게 희망을 주려고 했습니다. 이곳을 야외현장학습지로 만들어 여러 학교의 교사와 학생들, 부모와 아이들이 찾아오게 할 생각이었죠. 조각물을 설치해 노인이 바다에 맞서 싸운 의미를 되새기게 하고요. 하지만 그것만으로는 한계가 있다고 판단하고 스토리를 더 확장시킬 방법을 찾았습니다. 이 노인의 이야기에는 여러 가지 소구점이 있습니다. 남자들은 이 이야기에서 남자의 투쟁을 볼 것이고 젊은이들은 그 투쟁 속에서 자신의 잠재력을 찾을 겁니다. 누구든 각자 찾아낸 걸 이야기할 수 있습니다. 실패하고 실의에 빠진 사람도 노인에게서 인생의 무한한 가능성을 새삼 깨달을 수 있고요."

한 사람이 말했다.

"노인은 결국 실패하고 물고기 뼈만 가지고 돌아왔지."

"제 생각도 그렇습니다. 하지만 그게 전부가 아닙니다. 그는 다리에 쥐가 나고 손이 말을 듣지 않았습니다. 어깨가 찢어져 고름이 나오고 피를 토하기 시작했습니다. 어깨에 걸쳐 지탱하고 있는 낚싯줄을 끊어버리기만 하면 빈손으로 돌아간다 해도 잘 살 수 있었겠죠. 사람에게 가장 중요한 가치도 바로 여기에 있습니다. 그 청새치는, 죄송합니다. 물고기를 소개하는 걸 잊었군요. 그 청새치가 노인보다 더 센 힘으로 완강히 저항했지만 노인은 실패할 게 뻔한 투쟁에서 자기 자신을 이기려 했습니다. 그래서 헤밍웨이는 마지막에 이런 명언을 남겼죠. 인간은 파멸될 순 있지만 패배하지는 않는다."

또 한 사람이 끼어들었다.

"좋아. 그런 가치가 있다고 쳐. 그게 이 산 개발과 무슨 관계가 있나?"

"이 산에 아이덴티티 시스템을 구축하는 겁니다. 저는 이것이 기회라고 생각합니다. 우리 사회는 가치의 혼란을 겪고 있습니다. 산속에 지은 고급 주택을 보면 백만장자를 떠올리지만 대다수 부자들이 보여주는 건 사회의 비정함이죠. 이 틈새를 공략해 기회를 만드는 겁니다. 주택 면적을 줄이면 더 많은 사람들에게 희망을 줄 수 있습니다. 더 많은 사람이 공감한다면 따라하려는 사람들도 있을 겁니다. 그래야만 우리 아이들은 성장할 수 있고 젊은이들은 용감하게 미래에 희망을 품을 수 있습니다. 기회가 충만하면 희망이 충만하게 될 겁니다. '어디선가 행운을 판다면 그걸 좀 사고 싶다'는 이 노인의 말처럼 말입니다."

"집을 싸게 팔자는 거야?"

"물론 수익을 계산해야겠죠. 하지만 고급주택의 이미지를 강조하지 않는 것만으로도 비용을 크게 줄일 수 있습니다. 분양가로도 친근함을 줄 수 있고요. 여기에 학교, 시장, 공원, 쇼핑몰도 계획되어 있습니다. 산속 작은 마을의 이미지가 사람들을 감동시킬 것이라고 확신합니다. 제가 표현하고 싶은 것이 바로 이런 가치이기도 합니다. 이런 가치를 통해 이 산의 생명을 풍요롭게 할 수 있습니다."

예상 밖의 브리핑에 당황했던 사람들이 점점 머리를 맞대고 두런거리기 시작했다. 마치 형제간의 우애를 되찾은 것처럼 보였다.

유일하게 막내인 나의 회장님만 달랐다. 그는 굳은 표정으로 팔짱을 낀 채 등받이 깊숙이 기대어 있었다. 나는 그가 생각에 잠겨 아직 환희를 얼굴에 드러내지 못하고 있다고 생각했다. 내가 이런 아이디어를 짜낼 거라 예상했는지는 알 수 없었다. 사실 그날 밤 맥주를 마시며 떠오른 영감이었다. 바싹 말라버린 그의 목구멍을 적시고 그가 하이 C와 비슷한 음을 낼 수 있도록 도와주고 싶었다. 기획안이 통과되지 못한다면 아마도 이 산은 그의 말대로 개발을 기약할 수 없는 황무지로 버려질 것이고 그도 형제들 사이에서 더욱 고개를 들수 없게 될 것이다. 그렇게 되면 그가 아무리 고음을 내고 싶어도 제일 낮은 음부터 목구멍에 걸려 나오지 않을 것이다.

충직함. 나는 사랑만큼이나 이 말을 좋아한다.

물론 내 충직함 속에는 영혼 깊숙한 곳에서 튀어 오르는 음표가 섞여 있었다. 나 자신에게도, 추쯔에게도 충직하고 싶었다. 이따금씩 중샤오둥 로에 드러누워 있던 이들의 뒷모습이 떠오르고 어머니도 생각났다. 회피할 수 없는 순간이 닥쳤을 때만 아버지가 생각났다. 비록 나는 그에게 빚을 졌지만 또 그를 몹시 미워하고 있다. 내가 어째서 헤밍웨이를 떠올렸는지 아무도 모를 것이다. 내가 비극을 좋아해서 《노인과 바다》를 읽은 것은 아니었다. 나와 그 노인 사이에 늘 어떤 선 하나가 이어져 있었다. 그건 아버지에게서 느낄 수 없는 감정이었다.

그들끼리 조용히 나누는 대화에 브리핑이 잠시 중단되었다. 회장님은 계속 침묵하고 있었다. 나는 그가 겁이 난 거라고 추측했다. 그는 자신감을 잃었을 때마다 깊은 생각에 잠겼다. 형제들과 자연스럽게 대화를 나눌 수 있는 순간이 오자 겁을 먹은 것 같았다. 셋째 부인의 보잘것없는 출신이 그의 영혼 깊숙한 곳에 그늘을 드리워 형제간의 다정한 분위기 앞에서 어쩔 줄 모른 채 입을 꾹 다물고 있었다.

서서히 조용해진 뒤 모터 그룹의 장남이 말했다.

"자네의 기획안이 나쁘지 않다고 의견이 모아졌네. 스토리가 유행하고 있는 소비 지향 시대에 훌륭한 스토리가 될 것 같아. 하지만 현실과 너무 동떨어져선 안 돼. 이상은 이상일 뿐. 수익은 남겨야지."

"저도 알고 있습니다. 계산해 보니 기존의 개발계획 내에서 세대수를 적절하게 늘리면 수익을 내는 데는 문제가 없습니다."

"막내 의견은 어떠냐? 가능하겠어?"

"형님들이 좋다면 전 좋아요."

철두철미한 성격의 사당지기가 내게 물었다.

"자네 구상이 옳다는 걸 믿을 수 있는 근거가 있나?"

"다른 건설사가 끼어들어 이 산을 망가뜨리지 않게 하는 것만으로도 절반의 성공은 거둔 셈입니다."

"기존 명칭을 계속 쓸 건가?"

"바꿔야죠."

"어떻게?"

나는 큰 숨을 들이마셨다가 내쉬며 새 명칭을 빠르게 말했다.

"'노인과 바다'입니다."

8

이틀 뒤 오후 한 예술가를 산으로 불렀다. 몇 사람이 그를 데리고 경사로를 따라 숲을 가로질러가 다섯 개 유수지를 여러 각도에서 촬영했다. 그는 모터 그룹의 다섯째가 불러온 사람이었다. IT업계에 있는 다섯째는 브리핑이 있던 날 한마디도 하지 않았지만 누구보다 빨리 사람을 데리고 직접 현장에 찾아왔다. 그는 어부 노인의 모습을 조각으로 표현할 수 있는지 자세히 물었다.

다섯째도 다른 형제들처럼 막내 회장님과 왕래가 별로 없었다. 예전에 두 사람이 함께 있는 걸 몇 번 본 적은 있지만 언제나 일촉즉발의 긴장된 장면이었다. 그가 카메라를 들고 천천히 걸으며 말했다.

"밤새 자네 기획안에 대해 생각해봤네. 솔직히 말하면 자네의 구상은 기술이 빠르게 발전하고 있는 지금 시대엔 어울리지 않아. 하지만 기술이 줄 수 없는 따뜻함이 있지. 문학을 건축과 접목시키고 사람들에게 희망을 줄 수 있다니 아주 훌륭해. 하지만 샴페인을 너무 일찍 터뜨리진 말게. 반대하는 사람도 몇 명 있으니까."

회장님은 조금 멀찌감치 떨어져 따라오고 있었다. 형제들과 있을 때마다 그는 자신을 자욱한 담배연기 속에 가두었다. 오래 침묵할수록 사람들이 돌아간 뒤 그의 독백도 길어졌다.

조각품의 재료에 대해 몇 가지 의견을 교환하고 그들이 돌아가려고 할 때 《노인과 바다》 두 권을 다섯째의 차 안으로 넣어주었다. 그가 창밖으로 고개를 내밀었다.

"쉰 살 넘어선 이 책을 보면 안 되지만 다시 읽어보겠네."

회장님은 역시 거만하지만 비천한 막내였다. 그는 비뚜름한 시선으로 배웅하는 둥 마는 둥 형을 보낸 뒤 나와 함께 언덕을 오르며 희미해진 차 꽁무니를 향해 중얼거리듯 물었다.

"뭐라 그래?"

"샴페인을 너무 일찍 터뜨리지 말라고요."

"음, 적어도 저 형님은 찬성이군. 군대 가기 전에 저 형님과 싸운 적이 있는데 화가 다 풀렸나 봐."

그가 시계를 보더니 서둘러 트렌치코트를 걸쳤다. 내게 함께 내려가자고 했다.

"양러우루를 팔기 시작했을 거야. 이런 날씨엔……."

우리는 사실 조금 더 진전된 소식을 기다리고 있었다. 그날 브리핑이 끝난 뒤 일곱 형제가 서로 얼굴만 쳐다보고 있었지만 의외로 분위기가 무척 평화로웠다. 그들에게 상상의 공간을 만들어주었다고 확신할 수 있었다. 하지만 회장님은 조바심을 감추지 못했다. 산을 내려가는 동안 본사로 몇 번씩 전화를 했다. 직접적으로 누굴 찾지 않고 팀장들이 한 사람씩 돌아가며 전화를 받게 해놓고는 뜬금없는 질문을 던졌다. 결국 일곱 형제들의 상황을 알아내지 못하고 전화를 끊었다.

초조한 일이 있을 때마다 회장님이 가는 그곳에 오늘도 갈 것 같았다.

"양러우루 먹고 나서 이통 공원 가실 거예요?"

"한 번 갔던 곳엔 다시 가지 않아."

산 밑은 춥지 않았지만 호젓한 골목 어귀에는 12월의 바람이 불었다. 양고기 식당 앞에 쳐놓은 천막에 자리를 잡고 앉았다. 술이 나오자 그가 다리를 넓게 벌린 채 술잔의 절반을 단숨에 들이켰다. 자기 편한 대로 행동할 수 있는 그가 몹시 부러웠다. 그는 뭘 하든 감추지 않았고 나와는 달리 늘 덤벙거리고 행동이 거칠었다. 내가 이런 생활에 익숙해질 줄은 예상하지 못했다. 그의 성격이 이렇지 않았다면 지금의 나는 더 조심스럽고 고지식해 남 앞에서 아무 말도 하지 못할 것이다. 그렇게 생각하면 나는 상당히 운이 좋은 셈이다. 그의 솔직함을 배우지 못한 것이 아쉽긴 하지만.

"어서 마셔. 또 무슨 생각을 그렇게 해?"

"겨우 잡은 청새치가 상어에게 먹혀버렸어요. 헤밍웨이는 처음부터 청새치가 상어에게 잡아먹히는 결말을 정해놓고 《노인과 바다》를 쓰기 시작했을 거예요. 비극이 일어나야 인간의 가치가 드러나는 법이니까. 저도 인생에 이런 가치밖에 없는 건 좋아하지 않지만요."

"음, 이제 와서 하는 말이지만 그날 자네 브리핑을 듣는 동안 어찌나 식은땀이 나던지 말이야. 그중에 헤밍웨이를 아는 사람이 몇이나 될지 걱정했다고. 이 집안사람들이 워낙 천차만별이라 말이야. 그런데 어느 순간부터 진지하게 듣기 시작하더군. 교양깨나 있는 사람들처럼. 속으로 깜짝 놀랐어. 연기인 줄 알았다니까? 지금 다들 연기에 몰입한 거 같아. 나한테만 얘기해봐. 자네가 무슨 생각을 하고 있는지 얘기해주면 형님들과 싸우는 한이 있어도 내가 자넬 도울 테니."

나는 솔직한 생각을 털어놓았다. 제대하던 해에 우연히 마주쳤던 민달팽이 운동부터 얘기를 시작했다.

"그 사람들 지금은 저보다 늙었겠지만 그 아이들은 또 자라서 새로운 민달팽이 세대가 되겠죠."

"그게 어부 노인과 무슨 상관이야?"

"우리도 나중에 노인이 될 거예요. 다 늙은 뒤에 인생의 가치를 찾느니 지금부터 새로운 가치를 창조하는 게 낫잖아요. 사람에게도 좋고 사회에도 이로운 가치를 찾고 싶어요. 비싼

집만 짓지 말고요. 부자들은 이미 사회에서 많은 걸 가졌는데 계속 그들의 입맛만 맞춰줄 필요는 없죠."

"자네가 총통이 되는 게 낫겠군."

"제가 이 일을 성공시키면 회장님보다 더 큰돈을 벌고 또 행복해질 수 있어요."

"자네 오늘 말이 많군. 날마다 이러면 안 되겠나? 속마음을 털어놔야 속이 후련해지지. 내가 모를 거라고 생각하지 마. 자네의 이런 영감이란 게 다 근거가 있고 이유가 있을 거야. 어릴 적 얼마나 고생했는지는 모르지만 결혼 휴가를 신청할 때부터 알아봤어. 다른 사람들은 결혼할 때 좋아서 싱글벙글 하는데 자넨 하늘이 무너진 것 같은 표정이더군. 결혼조차 녹록치 않았던 게지."

"평생 추쯔를 기쁘게 해주기로 스스로 맹세했어요."

"기쁘게 해주겠다고? 어떻게 해야 기쁘게 해주지?"

"회장님은 모르시겠지만, 아무리 보잘것없어도 기쁨을 줄 수 있어요."

"아리송하게 말하지 말고 쉽게 말해봐. 빌어먹을 그게 얼마나 보잘것없는데 그래?"

"보잘것없는 사람만이 느낄 수 있어요."

이 화제를 여기서 끝내기 위해 양고기를 입안 가득 밀어

넣었다. 그 순간 불룩해진 볼에 떠받쳐진 눈가가 뜨거워지고 눈앞의 것들이 흐릿해졌다. 회장님의 휴대폰이 요란하게 울렸다. 매미 울음처럼 까슬까슬한 소리가 귓속으로 파고들었다. 젓가락으로 입에 들어간 뼈를 꺼내자 불룩하게 차올랐던 느낌이 느슨해졌다. 그게 내 눈가에 고인 눈물 때문이라는 걸 그제야 알았다. 눈물이 굴러 떨어지자 눈앞이 다시 또렷해졌다.

여자 쪽과 연락이 되었는지 회장님이 트림을 했다.

가끔은 진심으로 회장님을 닮고 싶었다. 그는 길게 고민하지 않았다. 스트레스가 어느 정도 쌓였다 싶을 때 바지를 벗었다가 올리면 다시 기업가가 되었다. 내게 추쯔가 없었다면, 아니, 이 세상에 추쯔가 없었다면 나도 그런 곳에서 바지를 벗었을 것이다. 사실 별일은 아니었다. 내가 바지를 벗는다면 상대도 옷을 입고 있지 않을 테니까. 하지만 내가 왜 그런 곳에 가서 바지를 벗겠는가? 내가 왜 추쯔가 아닌 여자 앞에서 바지를 벗겠는가?

회장님이 술잔을 입에 털어 넣고 입을 쓱 닦았다.

"날 태워다주고 차를 가지고 돌아가."

"같이 가도 괜찮아요. 끝나고 별장까지 모셔다드릴게요."

"사람 놀라게 하지 마. 오늘 금기를 깨기로 한 거야, 아니면……"

"이번엔 회장님이 누굴 고르는지 보고 싶어요. 그것만으로도 흥분돼요. 초등학교 때 이런 놀이를 자주 했어요. 골목에서 걸음소리가 들리면 문 옆에 쪼그려 앉아 있었어요. 우리집엔 한 번도 손님이 온 적이 없다는 걸 알면서도 혹시 누가오는 건 아닌지 몰래 내다보았어요. 그렇게 하면 우리 아버지가 천천히 돌아오시기라도 할 것처럼……."

"그러면 어머니는 뭐라고 하셨나? 이놈아, 빨리 문 닫지못해? 그러셨나?"

"어머니는 신경 쓰지 않으셨어요. 위층에서 손톱을 깎고계셨어요."

나는 다행히 취하지 않았고 그에게 충직한 거짓말을 했다.

시내로 들어간 뒤 그가 가리키는 대로 차를 몰았다. 신이(信義) 로로 들어섰다가 퉁화(通化) 가를 돌아 나왔다. 그는한 번 가본 곳인데도 길을 찾지 못했다. 드디어 차에서 내려바로 앞 가전제품 매장으로 들어갔다. 2층으로 올라가자 클럽 간판이 걸린 문이 있었다. 내부는 천장이 낮고 빨간 카펫이 해수면처럼 넓게 펼쳐져 있었다.

주문도 하지 않았는데 웨이터가 차 쟁반을 가지고 왔다. 잠시 후 종려나무 화분이 나란히 놓여 있는 곳에서 젊은 여자 둘이 나오더니 느긋한 걸음걸이로 걸어와 우리 옆 테이블에 앉았다. 회장님이 그림을 감상하듯 두 사람을 쳐다보았다. 나는 회장님의 어깨 뒤 화분 너머로 시선을 던졌다. 그 순간 추쯔가 보였다. 추쯔. 홀의 가장 깊숙한 곳 유리룸 안에 있는 여자가 추쯔와 너무도 비슷했다.

웨이터가 넌지시 말했다.

"저 애 데려올게요."

내가 잘못 보았겠지만 그녀는 이미 일어나고 있었다. 몸매도, 마르고 긴 얼굴형도 비슷했다. 다른 점은 어깨를 덮은 긴 머리였다. 걸음걸이도 조금 느렸다. 그녀가 화분 옆에 멈추어 섰다. 얼굴은 또렷하게 보였지만 허리 아래는 종려잎에 가려 보이지 않았다. 내 착각을 깨뜨리지 않으려 조심스럽게 행동하는 것 같았다. 추쯔가 아닌 게 분명한데도 그녀에게 매료된 건 내 머릿속이 온통 추쯔 생각뿐이기 때문일까.

회장님이 물었다.

"아는 애야? 얼굴을 안 보면 되지. 얼굴이랑 하는 것도 아닌데."

얼굴을 보지 않아도 추쯔는 역시 추쯔였다.

산으로 돌아온 뒤 밤이 깊은 시각이었지만 추쯔에게 전화를 걸었다. 그녀에게 브리핑 한 얘기를 다 들려주고 나자 하늘이 으스름하게 밝아오기 시작했다. 그녀는 또 울었다. 그녀의 울음이 나를 따뜻하게 했다. 둘이 얼굴을 맞대고 있지는 않지만 애틋한 그리움이 있었다. 그녀가 잠을 설쳐가며 내 소식을 기다리고 있다는 걸 나는 알고 있었다.

"기획안이 통과되면 많은 사람을 도울 수 있을 거야."

그녀는 또 지분 인수 얘기를 꺼냈다. 내일 친구들에게 빌려보겠다고 했다. 겨울에 맹종죽순을 판 돈이 20만 위안밖에 되지 않는다면서.

내가 말했다.

"추쯔, 우리 자존심을 지키자. 죽순 따서 힘들게 버신 돈을 가져다 쓰면 우린 죽순보다 못한 사람이 되는 거야."

"그 돈을 가져오면 안 된다는 건 나도 알아. 하지만 당신은 어떻게 해?"

"난 괜찮아. 지분 인수를 포기한다고 죽는 것도 아니잖아. 오늘은 기분이 좋아서 술을 마셨는데 당신이랑 꼭 닮은 사람을 봤어. 다행히 당신보다 머리가 길더라. 안 그랬으면 정말 당신 이름을 불렀을 거야."

"내 이름은 집에 와서 불러. 남들 듣게 하지 말고."

9

낙엽이 떨어진 교목 위로 살며시 봄이 기어 올라왔다. 온 산의 마른 가지가 파릇파릇한 새싹을 틔뜨렸다. 언덕을 따라 서 있는 큰 나무 중에서도 양제갑과 화염목이 붉은 꽃을 피 웠다. 유수지라는 이름이 낯설다는 모터 그룹 형제 몇 명의 의견에 따라 명칭을 바꾸기로 했다. 대외적으로 생태연못이 라고 불렀다. 실제로도 언덕 위아래로 푸른 기운이 돋아나며 가끔 반딧불 몇 마리가 목격되기도 했다. 모터 그룹 가족의 한 꼬마아이가 연 날리기를 하러 왔다가 집에 갈 생각도 않 고 잠자리채를 들고 나무 밑에 숨어 반딧불이 나타나길 기다 렸다.

일곱 형제의 가족회의는 다시 열리지 않았지만 각자 친구 를 데리고 나들이를 하러 왔다. 그들은 연못가를 돌며 물고기 를 구경하고 '노인과 바다' 프로젝트의 기획의도를 친구들에 게 홍보했다. 가장 인상 깊은 것은 뇌 수술 분야의 명의로 불 리는 의사 형님이었다. 나는 그의 이름도 알지 못했다. 가족 회의가 열릴 때마다 그는 차갑고 도도하게 뻗어 나온 흰 수 염 한 가닥을 만지작거리며 말없이 앉아 있기만 했다. 그런데 그가 연못가에 앉아 상상 속의 낚싯줄과 줄다리기를 하고 있는 것이었다. 그가 과장된 몸짓으로 온몸을 뒤로 당기자 같이 온 친구들이 박장대소 했다.

'노인과 바다'가 모종의 공명을 일으킨 것 같았다. 영혼의 공명이라고 해야 할 것이다. 한 사람이 벽난로 옆에서 시를 읽기 시작하면 옆 사람들이 조용해지며 시에 귀를 기울이는 것과 같다. 시끄러운 소음도 두런거리는 대화로 바뀌고 원수처럼 대하던 사람들이 지음(知音)이 되었다. 막내 회장님도 달라졌다. 멀찌감치 서서 형님들을 쳐다보며 미소를 짓기도 하고 안부를 주고받고 있는 형님들 옆으로 슬쩍 다가가 서 있기도 했다. 그러면서도 직원들을 시켜 풀밭에 테이블을 펼쳐놓고 아이보리색 커버를 씌운 의자 10여 개를 가져다놓게 했다. 뒤에서 보면 어쩌다 한 번 있는 가족방문의 날에 가족이 오길 기다리고 있는 쓸쓸한 뒷모습 같았다.

좋은 일이란 좋은 일은 모두 일어난 것 같았다. 추쯔도 기쁜 소식을 알려왔다. 그녀는 흥분에 겨운 숨소리만 수화기에 훅훅 불어넣고 있다가 잠시 후 떨리는 목소리로 돈 문제가 해결되었다고 말했다. 사진 선생님이자 은행 이사인 뤄이밍이 담보물도 없이 신용대출 형식으로 빌려주기로 했다는 것이었다.

사실 나는 감히 지분 인수에 희망을 품지 못하고 있었다.

떨어졌던 석양이 다시 붕 떠오르는 것 같았다. 누군가 도움의 손길을 내밀었다면 망설일 이유가 없었다. 그길로 곧장 산을 내려가 막차를 타고 집으로 향했다. 이튿날 은행의 대출 수속이 간단하게 끝났다.

예상치 못한 일이 연달아 일어났다. 모터 그룹 형제들의 화해도, 돈을 빌린 것도 모두 상상하지 못한 일이었다. 더 멋진 일이 나를 기다리고 있을 것이라고 믿었다. 내 인생에 봄이 온 것처럼 자두꽃이 피고 복숭아꽃이 피고난 뒤 모든 대지에 서서히 생기가 차오를 것이라고 생각했다. 추쯔를 처음 만난 그날도 그렇게 기적 같았다. 내가 그 잼 가게에 들어가지 않았더라면 어떻게 영감을 떠올렸을 것이며, 또 몇 분 뒤 우리가 어떻게 그 카페에서 만날 수 있었을까?

정말로 예상치 못한 일이 또 찾아왔다. 하지만 그건 암흑의 3월이었다.

세계보건기구가 희귀한 급성호흡기 바이러스가 출현해 각지로 전파되고 있다고 전 세계에 경고했다. 며칠 뒤 대만에서 첫 감염자가 발생했다. 하지만 처음 시작되었을 때만 해도 사회적인 공황이 나타나지는 않았다. 공황은 뜻밖의 일이 무리 지어 일어날 때 발생한다. 가령 악마의 손이 신출귀몰하며 깊은 밤 집집마다 찾아가 문을 두드린다든가 하는. 그때까지만 해도 그렇게 두려운 분위기는 아니었다. 산 위의 공사 현장에 수시로 사람들이 드나들고 화염목이 사람을 홀릴 만큼 아름답게 꽃을 피웠다. 멀리서 보면 산 전체에 요염한 붉은 립스틱을 발라놓은 것 같았다.

4월에는 더욱 예상치 못한 일이 일어났다. 타이베이 허핑(和平) 병원에서 여러 건의 원내 감염이 발생한 뒤 병원이 즉시 폐쇄되고 감염 우려가 있는 주변 거리도 봉쇄되었다. 이 사건 이후 공포가 번지기 시작했다. 거리마다 사람들이 마스크를 쓰고 지나가고 심지어 집에서도 마스크를 벗지 않았다. 텔레비전을 켜면 바이러스 전파 상황이 시시각각 속보로 보도되고 병원 입구에서 방송국 중계차량이 진을 쳤다. 모든 카메라가 특별의료팀의 작은 창구로 쏠렸지만 볼 수 있는 건 방호복으로 가리지 못한 두 눈동자뿐이었다.

만개했던 목화가 시들어 떨어진 뒤 대지를 가득 채웠던 생기가 일시에 초여름의 소음에 파묻혔다. 식당, 영화관 등 공공장소에서 사람이 자취를 감추었다. 시내에 갔다 돌아오는 직원들은 도시 전체가 적막했다고 표현했다. 회장님은 엿새 동안 모습을 드러내지 않았다. 여비서가 지린 로의 별장에 찾아가 두 시간마다 체온을 쟀지만 사장님은 더 정상적일 수 없을 만큼 정상적이라고 했다. 유일한 문제는 걷지 못한다는 것이었다. 두 발에 계속 얼음찜질을 하는데도 몸을 조금이라도 뒤척일라치면 윽윽 대며 괴성을 지른다고 했다.

회장님은 통풍이 일시적으로 호전된 틈에 나를 불러 시장 상황을 물어보더니 갑자기 타이중으로 돌아가겠다고 했다.

"지금 또 어딜 갈 수 있겠어? 젠장. 밖에 나갔다가 에스컬레이터를 탔는데 한 놈이 내 얼굴에 대고 재채기를 하잖아. 빌어먹을. 마스크만 썼으면 오케이인 줄 알아. 자네도 나랑 같이 집에 가세. 저녁에 자네 마누라도 불러서 같이 밥 먹고. 어떻게 생겼는지 한 번 봐야 할 거 아냐? 싫어? 재채기가 금지된 식당을 찾아볼게."

고속도로에 차량 통행량도 현저히 줄어들어 차가 타오위안(桃園)을 지난 뒤부터 막힘없이 잘 달렸다. 평소에 시외버스를 타고 달리던 길이었다. 갑자기 집에 갈 수 있는 기회가 생기자 나도 모르게 마음이 설레어 속력을 냈다. 추쯔는 아직 모르고 있었다. 미리 알릴 필요가 없었다. 우리의 생활은 알람처럼 규칙적이고 정확했다. 오늘 같은 예외는 거의 없었다. 하늘이 우리에게 특별히 선사한 일탈일 것이다. 어수룩한 추쯔가 값비싼 수동 카메라에 당첨된 것처럼.

예고도 없이 갑자기 현관 초인종을 누른다면 추쯔가 얼마나 놀랄까? 이런 상상을 하다 보니 어느새 자동차가 허우리

(后里, 대만 타이중에 위치한 행정구역)를 알리는 표지판을 지나고 있었다.

회장님을 자택에 모셔다 드린 뒤 회장님 차를 몰고 2년여 전 오토바이로 누비던 골목을 따라 달렸다. 원신(文心) 로를 지나 구불구불한 길을 따라 집으로 향했다.

초인종을 누르고 마스크를 썼다. 추쯔를 조금 놀라게 해주고 싶었다. 낯선 남자의 방문에 놀랐다가 그 남자가 바로 자기 남편인 걸 알고 깜짝 놀라며 기뻐할 그녀를 상상했다.

초인종을 몇 번 눌렀지만 인기척이 없었다.

열쇠로 문을 열고 달려 들어가 거실을 두리번거렸다. 놀란 건 추쯔가 아니라 바로 나였다. 휑뎅그렁한 공간 속에서 우두커니 멈추어 섰다. 꽃집, 사진 교실, 추쯔가 자주 가는 사진관에 전화를 걸고 그녀의 친구들에게도 연락했지만 그녀를 찾을 수 없었다. 석양이 지고 구석구석 어둠이 스며든 뒤에도 불을 켤 용기가 없어 식탁에 엎드렸다. 어둠보다 더 어두운 빛이 두려워 필사적으로 얼굴을 파묻었다.

회장님과의 저녁 약속도 일단 취소했다. 하지만 밤이 지나고 새벽이 오고 창밖이 서서히 밝아올 때까지도 방에 들어갈 용기가 없어서 뻣뻣한 팔다리를 지탱하며 의자에 몸을 파묻었다.

이성적인 결론을 내릴 수밖에 없었다. 만약 추쯔에게 무슨 일이 생겼다면 그녀는 그걸 말하지 않을 수 없을 것이고 언제든 스스로 털어놓을 것이라고 말이다. 그녀를 난처하게 하고 싶지 않아 집 안에 남은 내 흔적을 없애고 의자를 식탁 깊숙이 집어넣은 뒤 현관문을 잠그고 조용히 집을 나왔다.

죄를 짓고 몰래 도망치는 사람처럼 차를 몰고 회장님 집 앞에 가서 회장님이 타이베이로 돌아가길 기다렸다.

공사 현장으로 돌아온 뒤 처음 한 일은 전화를 거는 것이었다. 추쯔가 집에 돌아와 있었다. 하지만 내가 집에 갔다고 말하지 않은 것처럼 그녀도 어젯밤 외박에 대해 말하지 않았다. 침묵의 의미를 이해하지 못한 채 수화기를 들고 서 있었지만 그녀는 아무 말도 하지 않았다. 마치 아무 상관도 없는 행인이 지나가다가 벨소리를 듣고 수화기를 들었다가 옆에 내려놓은 것처럼.

우리는 한 번도 그런 적이 없었지만 묻기가 두려웠다. 물어보았다가 상처를 입을 것만 같았다. 하지만 침묵할 용기도 없었다. 추쯔, 마스크 쓰고 다니는 거 잊지 마. 꽃집이 가깝긴 하지만 꽃가루에 바이러스가 묻어서 오기라도 하면…… 그 저께 오색조를 처음 봤어. 정말 예쁜 오색조가 나뭇가지 틈에서 날아왔어. 눈 깜짝 할 사이에 날아가 버렸지만.

그녀의 낯선 침묵 앞에서 나는 입만 벙긋거릴 뿐 말이 나오지 않았다…….

잠시 후 그녀가 사느란 목소리로 담담하게 말했다.

"대출 신청한 돈, 내일 나온대."

10

이틀 뒤 금요일 지방에서 보낸 매화나무가 도착했다. 구덩이를 파놓고 줄기가 굵은 나무들을 크레인으로 옮겨다 심었다. 나는 평소처럼 크레인에서 멀찌감치 떨어져 서서 나무 위치를 확인했다. 그런데 푸른 잎사귀 안에 감추어져 있던 마른 가지가 공중에서 부러지면서 부러진 가지 끝이 화살처럼 나를 향해 날아왔다.

꽃도 잎사귀도 달려 있지 않은 마른 가지가 흐릿한 환영처럼 날아와 피할 겨를도 없이 웃옷을 찢고 가슴팍에 시퍼런 멍을 남겼다. 오후에 출근한 회장님이 원예기사에게 그 일을 듣고 대수롭지 않은 듯 말했다.

"일찍 집에 가게. 일은 잘 처리해놓고."

산에서 내려와 시외버스에 올랐다. 멍이 들지 않은 가슴속 깊은 곳이 참기 힘들 만큼 욱신거렸다.

이렇게 이른 저녁에 집에 간 적이 없었다. 집 앞에 도착했지만 알 수 없는 두려움이 밀려왔다. 이틀 전 그 장면이 재연될 것 같았다. 한 치 앞을 알 수 없는 막막한 관문 앞에서 망설였다. 집에 들어가면 또다시 그 텅 빈 환영 속으로 내던져질 것만 같았다.

다행히 추쯔가 집에 있었다. 초인종 소리를 듣고 잰걸음으로 뛰어나온 그녀가 현관 앞에서 잠시 주춤거리며 슬리퍼를 신은 뒤 천장에 매달린 작은 등을 켜고 문 쪽으로 몸을 기울여 물었다.

"누구세요? 누구세요……?"

그녀의 목소리에 처량해졌다. 대답을 했지만 가슴속 극렬한 통증이 토해낸 소리였다. 그 소리가 나조차도 놀랄 만큼 낮고 침울했다. 이러면 안 된다고 나를 다잡으며 마른기침을 두 번 하고 문이 열리길 기다렸다.

추쯔는 명랑한 목소리로 돌아와 있었다. 그녀가 평소처럼 나를 끌어안았다. 전화기를 타고 흐르던 서먹함이 사라진 것 같았다. 그녀를 따라 집으로 들어갔다. 식탁 위에 밥공기 하나와 접시 하나, 그 위에 점심에 먹다 남은 음식이 있었다. 평소처럼 대충 저녁을 때우려던 참이었던 것이다. 하지만 그녀는 먹는 데 집중하지 못하고 식탁 위에 사진들을 나란히 늘어놓고 있었다. 좋아하는 텔레비전도 켜지 않은 채.

"씻고 나와. 금방 밥 차릴게."

추쯔가 잊어버린 일이 있었다. 아니, 그녀는 자기 자신을 버렸다.

그녀는 놀라며 기뻐하지 않았다.

내가 연락도 없이 평소보다 일찍 집에 왔는데도 밤늦게 집에 왔을 때처럼 아무렇지 않게 맞이했다.

그녀가 냉장고에서 식재료를 꺼내 수돗물을 틀고 씻기 시작했다. 급한 물소리가 유난히 크게 들렸다. 모든 더러움을 씻어내려는 듯. 뒤에서 보니 그녀의 단발머리가 헝클어져 있고 귀 밑으로 살짝 말려들어간 머리끝 중 한 가닥이 밖으로 삐쳐 있었다. 그녀가 채소를 보관해두는 귀퉁이를 보았지만 친정에 다녀온 흔적이 없었다. 그녀는 친정에 다녀올 때마다 무언가 가지고 왔다. 죽순 계절이 아닐 때는 채소나 콩이라도 가지고 왔다. 이틀 전 그녀가 친정에 다녀온 것은 아니라는 뜻이었다. 내가 간과했을 수 있는 가능성 하나가 닫혀버렸다.

그러면 추쯔가 갈 만한 곳이 어딜까?

냄비 속 음식이 절반쯤 익었을 때 그녀가 식탁 위 사진이 생각난 것 같았다. 무엇을 감추려는지 모르지만 손을 닦고 다가와 사진을 봉투에 넣으려고 했다. 보물을 구경시켜주듯 새로 찍은 사진을 내 앞으로 내밀 때마다 그녀의 두 볼에 떠오르던 홍조도 나타나지 않았다. 나는 사진을 흘긋 쳐다보았다. 외롭게 서 있는 산봉우리를 찍은 사진이었다. 암실에서 막 꺼낸 사진처럼 표면에 반사된 빛이 그녀가 사라진 날 밤 반짝이던 별빛처럼 내게로 달려들었다.

내가, 손을 뻗었다.

그녀가 주저하다가 어색하게 건네고는 얼른 내게서 멀찌감치 물러났다.

사진 뭉치가 두꺼웠다. 새도 날지 않고 구름이 잔뜩 낀 황량한 들판이었다. 우리가 꿈에서도 가본 적 없는 곳이었다. 매일 산에서 사는 나도 그렇게 고즈넉한 풍경은 본 적이 없었다. 해발고도가 높은 곳이었다. 전나무 숲이 짙은 한기 속에 울창하게 우거져 있고 절벽 위에 외롭게 서 있는 소나무를 직접 잡고 찍은 사진도 있었다. 구불구불한 나뭇가지가 구름 속으로 손을 뻗고 있었다.

폐쇄된 공간에서 벗어난 추쯔가 그렇게 멀리까지 갔던 것이다.

사실 그녀의 애기를 듣고 싶었다. 아무렇게나 말해도 상관없었다. 그녀가 다가와 내 어깨에 기대고 손가락으로 사진을 가리키며 기쁨과 불안이 섞인 예전 그 말투로 말해주길 기다렸다. 이 사진을 찍을 때 손가락이 미끄러졌어. 이 사진을 찍는데 갑자기 누가 지나갔어. 지나가려면 빨리 지나갈 것이지. 급하게 셔터를 눌러버렸잖아…….

물론 어떤 것들은 더 자세히 알고 싶었다. 솔직한 고백으로 내 의심을 걷어주길 바랐다. 어디에 있는 산인지, 누구와 출사여행을 갔는지, 하루에 다녀올 수 없을 만큼 먼 곳이었는지……, 또 그날 뤄이밍이 쉬는 날이었는지…….

내 앞에 서 있는 추쯔가 보이지 않았다. 그녀가 돌아오지 않은 것 같았다. 한참 뒤 욕실에서 나와 그녀를 침대에 쓰러 뜨렸을 때까지도 그녀를 찾을 수가 없었다. 그녀는 잠옷 위에 긴 가운을 걸치고 겨울 아침 운동하러 나갈 때 입는 솜바지를 껴입고 있었다. 얼굴을 제외한 몸 전체를 감싸고 있었다. 옷을 세게 잡아 내렸지만 내가 급할수록 그녀의 몸은 점점 더 경직되었다. 누군가에게 더럽혀진 뒤 끔찍한 기억에 피가 응고되어버린 사람처럼.

나는 추쯔의 온몸을 두르고 있는 옷을 거칠게 찢었다.

어깨끈을 끊어버렸다. 저항하는 그녀를 봐주고 싶지 않았다. 상반신이 벗겨지고 흉터가 있는 젖가슴이 몸서리치며 드러난 뒤에야 우뚝 멈춘 뒤 멍해졌다. 우린 정말 이런 적이 없었다. 나는 그녀의 흉터를 지켜주었다. 흉터가 보일 듯 말 듯 나와 숨바꼭질을 할 때도 그녀와 장난을 치긴 했지만 한 번도 냉대한 적은 없었다. 언제나 측은하고 안쓰러웠다. 그것은 사랑에서 나온 존경과 동정이었다.

그런데 내가 그걸 놀라게 하고 말았다.

오히려 추쯔가 더 이상 피하지 않았다. 그녀는 똑바로 누운 채 가만히 있었다. 형광등 불빛이 그녀의 나신 위로 쏟아져 내렸다. 감추는 걸 잊었을 수도 갑자기 감추고 싶지 않아졌을 수도 있다. 젖가슴 옆에 난 흉터가 가엾은 아이처럼 그녀에게 기대어 있었다. 난폭해진 내가 냉정을 되찾길 기다리는 엄마와 딸처럼.

그 후 우리는 아무것도 하지 않았다. 내가 잠옷을 입고 침대에 눕자 그녀가 얇은 이불을 조용히 끌어다가 입가까지 덮었다. 눈물이 크렁크렁 맺힌 두 눈만 남겨졌다.

이것만으로도 커다란 변화가 생겼다는 걸 나는 모르고 있었다. 시간이 얼마나 흘렀을까. 수없이 조각난 꿈속을 헤매다 눈을 떴으므로 새벽이 지난 때였을 것이다. 추쯔가 어둠 속을 천천히 더듬었다. 10초에 톱니 하나씩 지퍼를 올리는 것처럼 조심스러웠고, 솜 한 줌이 날아왔다가 날아가는 것처럼 소리가 거의 나지 않았다. 새벽에 더우장(豆漿, 콩국)을 사러 나가는 사람처럼 차분하게 방에서 나간 그녀가 현관문을 열었다.

잠시 후 살며시 닫히는 현관 문 소리가 눈가에 눈물이 가득 고인 나를 혼란스러운 지각 속에 가두어버렸다.

11

내가 본 추쯔의 마지막 모습이 바로 그날 새벽의 뒷모습이었다.

그녀가 공원을 산책하고 아침 먹을 젠빙(煎餅, 반죽에 소를 넣고 납작하게 부친 음식)을 사오거나 편의점 앞 테이블에 앉아 편지를 쓸 거라고 생각했다. 그녀가 내게 전하려는 것이 수치스러움이든 반박이든 아침이 지난 뒤에, 낮이 지난 뒤에, 아니면 저녁이 지나갈 무렵에 조용히 내게 건네거나, 달콤한 식탁 위에 올려놓거나, 내가 들고 다니는 책 속에 끼워놓거나, 아니면 내가 무심코 몸을 돌리다가 발견할 수 있도록 침대 머리맡에 놓아둘 것이라고 생각했다.

타이베이 행 버스를 타러 가야 할 시간이 되어 하는 수 없이 식탁 위에 메모를 남겼다. 임시사무소에 도착한 뒤 전화를 걸었지만 밤을 지새우고 새벽이 되도록 아무도 받지 않았다. 끊임없이 울려대는 벨소리가 환청이 되어 심장을 찔러댔다. 전화 벨소리가 집 안팎을 울리는 소리가 들렸다. 다급한 발소리처럼 멈추지 않고 울려댔다.

다음날 내게 남은 건 두 곳뿐이었다. 하나는 꽃집이었다. 하지만 추쯔는 출근하지 않았다. 마지막 남은 곳은 추쯔의 친정이었다. 거기에 있을 것이라고 생각했다. 처가에서 그녀를 찾을 수 있을 줄 알았다. 그녀의 아버지가 전화를 받았다. 처음에는 내 목소리를 알아듣지 못했고, 내가 누군지 알고 난 뒤에는 왜 뜬금없이 전화를 걸었는지 당혹스러워 하며 "잘 지내지? 우리 집에 오려고?"라고 묻기만 했다. 어떻게 대답해야 할지 말문이 막혀 더듬거리며 안부만 전했다. 끝까지 추쯔에 대한 얘기는 하지 않았다. 추쯔가, 우리의 추쯔가 사라졌다는 걸 말할 용기가 없었다.

닷새를 가까스로 버틴 후 늘 타던 버스를 타고 집으로 향했다. 문 앞에서 벨을 누르고 딴 세상에 온 것 같은 기분으로 기적이 일어나길 기다렸다. 아주 오랫동안 서 있었다. 그녀에게 충분한 시간을 주었다. 그녀가 욕실에서 나오거나 방에서 자고 있다가 주섬주섬 옷을 걸치며 나오는 상상을 했다. 한참 뒤 열쇠를 꺼내며 내게는 그저 까마득한 어둠밖에 없다는 걸, 이 세상이 더 이상 나를 위해 불을 켜주지 않는다는 걸 알았다. 소리 없는 어둠이 밀물처럼, 조용하지만 세차게 나를 덮쳤다. 울고 싶었지만 콧구멍 위까지 차오른 어둠에 제대로 된 소리가 나오지 않았다.

시간이 갈수록 점점 더 짙은 우울함이 나를 감쌌다. 하루 또 하루가 빠르고도 느리게 흘렀다. 빠를 때는 악몽처럼 눈 깜빡 하는 사이에 지나가버리고, 느려지면 내 생명을 송두리째 앗아가는 것 같았다. 나를 일에 파묻는 수밖에 없었다. 어차피 공사 현장은 한시도 쉬지 않고 돌아갔다. 수시로 소나기가 쏟아지고, 소나기가 지나가면 토사가 흘러내렸다. 배수로 속 토사를 다 긁어내기도 전에 또다시 토사가 쏟아져 내려 조경공사를 막 끝내놓은 곳이 금세 물에 잠겼다.

여름의 끝자락이 가까워질 무렵 모터 그룹 가족이 그늘 밑에서 피크닉을 즐겼다. 어른들은 테이블에 둘러앉아 식사를 하고 아이들을 여기저기 뛰어다니며 매미를 잡았다. 매미 소리가 산을 가득 채웠다. 잡아온 매미를 한 마리씩 유리병에 넣으면 울음을 멈추었다. 막내 회장님은 가족들에게 연락하고 피크닉을 준비하는 일을 도맡아 했다. 직원들을 시켜 음식을 가져오게 하고 커다란 꼬치를 직접 구워 가족들에게 일일이 나누어 주었다. 멀리 살고 있는 가족이 오랜만에 돌아온 것처럼 가족들의 이름을 살갑게 부르기도 했다.

나는 술병 따는 일을 맡았다. 모두 첫 잔을 단숨에 비운 뒤 화기애애한 대화가 시작되었다.

"이번 사스의 충격이 대지진에 못지않다던데? 공사가 중단된 건설현장이 많아."

"민심이 흉흉하잖아요. 마스크를 쓰고 와서 분양 계약을 했다는 얘기 들어봤어요?"

"그럼 우리도 잠잠해질 때까지 기다릴까? 아니면 계획한 대로 분양할까?"

"이번에도 실패하면 개발은 물 건너가는 거야."

"막내, 네가 말해봐라. 어째서 네가 맡은 일은 번번이 천재지변을 만나는지."

회장님이 자기 술잔에 술을 가득 채워 한 입에 털어 넣고는 혀를 두 번 차고 입술을 깨물었다. 술잔 위에 시선을 멈춘 그의 동공이 점점 커졌다. 그의 의식 속에서 분노가 차오르고 있을 때 나오는 표정이라는 걸 나는 알고 있었다. 다행히 그는 잘 참았다. 꾹 다물었던 입술이 느슨하게 벌어졌다. 잇새에 물려 있던 입술 안쪽 살이 유난히 희었다. 남모르게 힘을 주고 있었던 것이다. 가족 간의 정을 나누는 것이 허공에서 새를 잡는 것보다 더 어렵다는 걸 새삼 실감했을 것이다. 그렇다고 어렵게 불러 모은 가족들을 쫓아낼 수도 없었다.

잠시 후 회장님이 나를 숲 밖으로 불러냈다. 먼 산을 향해 바지춤을 내리는 그의 어깨가 평소보다 힘이 없었다. 그가 콧

방귀를 뀌며 뇌까렸다.

"흥, 사당지기를 잘 감시해. 저놈이 성질머리가 급해서 요즘 또 이 땅을 팔자고 형제들을 부추기고 있대. 한두 명이라도 저놈 말에 넘어가면 끝장나는 거야. 슬쩍 가서 떠보면서 얘기 좀 해봐. 도대체 무슨 꿍꿍인지. 사스를 내가 퍼뜨렸어? 자기 사당은 왜 안 팔아? 명색이 사당지기가 머리에 그저 돈 생각뿐이지. 이런 시국에는 땅도 헐값에 팔아야 된다는 걸 왜 모르냔 말이야!"

"얘기해볼게요. 무슨 얘기를 꺼내야 될지 모르겠지만."

"자네가 기획안을 썼잖아. 최대한 자네 생각으로 설득해봐. 아니면 바다에 가서 물고기나 잡으라고 해. 청새치가 걸려들면 제일 좋고. 에잇, 낡아빠진 배보다 못한 놈."

회장님이 풀이 죽어 있는 나를 보고 바지를 올리며 말했다.

"어쨌거나 뭐든 서두르면 안 돼. 며칠 휴가 내고 찾으러 다녀 봐. 노상 전화통만 붙잡고 있어봤자 무슨 소용 있어? 실종 신고를 하지 않으려면 직접 찾으러 다니는 수밖에. 차를 빌려줄 테니까 아프리카까지라도 가서 데려와."

가족 식사가 계속되었다. 회장님이 자리로 돌아가 앉으며 우스운 이야기를 하자 사모님들이 깔깔대고 웃었다.

나는 1분 1초도 포기한 적이 없었다. 정말로 회장님의 지프차를 몰고 추쯔를 찾아 나섰다. 상상력을 발휘해 행선지를 정했다. 우선 북쪽 해안에서 출발해 진과스(金瓜石, 타이베이 외곽의 옛 탄광촌)까지 갔다. 추쯔가 해안가에 숨어 날마다 내가 있는 산을 바라보는 상상을 했다. 해안을 따라 차를 달리며 그녀가 제일 좋아하는 파도 소리를 찾아다녔다. 카메라를 목에 건 그녀를 뒤에 태우고 달리던 때를 떠올렸다. 그녀는 해변에 도착하기도 전에 렌즈를 이리저리 움직여가며 백사장을 찾곤 했다. 하지만 내가 데려간 곳은 진정한 백사장이 아니었다. 바닷가에는 커다란 테트라포드가 쌓여 있고 그녀가 찍고 싶어 하는 석양은 매번 희미한 여운만 남아 있었다.

내겐 그녀를 미워할 자격이 없었다.

계속 차를 달려 동해안으로 접어들자 파도가 치는 곳은 모두 사람의 발길이 닿기 힘든 험한 지형이었다. 노을 진 백사장이 눈앞에 있지만 추쯔가 볼 수 있는 장면이 아니었다. 추쯔가 볼 수 없는 바다는 바다가 아니었다. 해안도로를 빠르게 질주하다가 칭수이(清水) 절벽을 지나 차를 멈추었다. 내리꽂히듯 가파르게 이어진 길에서 속이 울렁거렸다. 차를 세우고 길가에 엎드려 토했다. 계획을 바꾸어 화롄(花蓮)에서부터는 해안도로가 아니라 바다가 보이지 않는 마을을 돌며 찾아보기로 했다. 추쯔와 약속한 숨바꼭질 놀이라고 상상했다. 구석구석 찾아다니다 보면 언젠가는 나를 놀라게 해주려고 숨어 있는 그녀를 만날 수 있을 것이라고 생각했다. 내가 발견하지 못하고 지나치면 그녀가 참지 못하고 뛰어나올 것이라고 믿었다.

"에이, 지나쳤잖아."

갈림길에서 멍하니 서 있을 때마다 추쯔의 목소리가 들렸다.

하지만 모든 게 헛수고였다. 집에 도착해서야 내가 일주일을 꼬박 찾아다녔다는 것을 알았다. 아파트 입구 편지함에 은행에서 온 통지서가 끼워져 있었다. 그걸 발견한 순간 뭔가 머릿속을 휘젓고 지나간 것처럼 얼떨떨했다. 열어볼 용기가 없어 식탁 위에 올려놓고 불빛에 비추어보았다. 평범한 인쇄지였지만 머릿속에 떠오르는 사람이 있었다. 뤄이밍. 밑바닥부터 치받쳐 오른 통증이 온몸을 덮쳤다. 봉투를 뜯어보니 연체이자 독촉장이었다.

그것이 내게 또 한 번 일깨워주었다. 추쯔가 집을 나가기 며칠 전, 공교롭게도 신용대출 3백만 위안이 통장으로 입금되었다는 사실을……

추쯔의 그날 사진이 식탁 위에 그대로 놓여 있고 그녀가 제일 아끼는 카메라도 진열장 안에 있었다. 이 모든 것이 비극의 시초이기에 그렇게 단호하게 이것들을 두고 떠났을 것이다. 내게 계속 파헤쳐달라는 암시일까? 추쯔가 사라진 뒤 뤄이밍의 집에 세 번 찾아가 집 주위를 돌며 기다렸다. 쓰레기봉투를 들고 나오는 그를 보기도 하고, 또 한 번은 집에서 휴일을 보낸 그가 사택으로 떠날 준비를 하는 모습을 보기도 했다.

나를 불안하게 한 그 사진들을 가까이 들여다보았다. 그날 저녁 추쯔에게 해주지 못한 칭찬을 지금은 더더욱 전할 기회가 없었다. 사실 그녀의 사진 실력이 빠르게 늘고 있었다. 문외한인 내가 보기에도 흠잡을 데 없이 훌륭했다. 물론 뷰파인더 옆에 비밀이 숨어 있을 것이다. 그녀를 도와주었을 두 눈 말이다. 그는 선명한 대비를 이룬 구름과 산을 가리켜 알려주고, 당나리의 분위기를 어떻게 포착하는지 가르쳐주고, 고독한 봉우리 아래 기이한 형태로 자라난 소나무가 있다는 것도 찬찬히 알려주었을 것이다. 또 엉거주춤하게 무릎을 굽히고 서서 그녀의 귓가에 주의사항을 속삭여주었을 것이다.

추쯔가 그날 차에서 내린 곳을 찾아냈다. 사진 속에서 멀리 있는 입구를 찾을 수 있었다. 이정표가 나무 끝에 반쯤 가려져 있었다. 밖으로 달려 나가 돋보기를 사 가지고 들어왔다. 희미하게 흔들린 글씨체가 용기를 내어 내게 알려주었다.

타. 타. 카.

12

오후 3시쯤 타타카에 도착했다. 내가 도착하자마자 안개가 끼고 부슬비가 내리기 시작했다. 우산을 쓴 관광객들이 서서히 발길을 돌렸다. 추쯔가 타타카 안부(산의 능선이 말안장 모양으로 움푹 들어간 부분)에 도착한 것은 오전이었을 것이다. 그시간에만 구름이 잠깐 걷혀 사진 속에 있는 굽이굽이 이어진 산등성이를 찍을 수 있었다.

안개가 끼기 시작한 후에 추쯔는 무엇을 했을까? 외박을 해야 하는 특별한 이유가 있었을까? 누군가 붙잡았을까? 산에서 내려와 수이리(水里)로 가려면 둥푸(東埔)를 지나야 했다. 차를 몰고 지나가는 동안 그 길 위에서 호객꾼을 자주 만났다. 고즈넉하게 자리 잡은 이 온천 마을의 들길 양쪽으로 수많은 민박이 영업을 하고 있었다. 그 사람이 그 길에서 갑자기 핸들을 꺾어 온천 사이 오솔길에 차를 세우고는 재빨리 열쇠를 뽑아버렸을까? 의지할 데 없이 당황한 그녀를 집으로 돌아올 수 없는 안개 속으로 데리고 들어갔을까?

타타카에서 돌아온 뒤 내게 남은 건 아득한 죽음의 길뿐이었다.

사실 몇 번이나 그러려고 했다. 인부들이 점심을 먹고 쉬고 있는 사이에 혼자 칼을 들고 잡초를 헤치며 임시사무소 뒤쪽 비탈을 따라 내려갔다. 산 중턱에서 시내를 따라 상류까지 올라간 뒤 폭포에 몸을 던졌다. 물에 빠진 시체처럼 하류의 깊은 못까지 떠내려가려고 했다. 그렇게 하면 죽지 않기가 더 어려울 것 같았지만 번번이 바위에 몸이 걸려 낙엽처럼 물결에 휩쓸리지도 못하고 물에 빠진 개처럼 깊은 못 바닥에 가라앉지도 못했다. 고민 끝에 바위에 부딪힌 물살이 소용돌이를 이룬 곳으로 다가가 수영을 못한다고 상상하며 일부러 몸을 가라앉혔다. 익사 순간을 체험하고 싶었다.

하지만 익사에 성공하기 직전 나도 모르게 허우적거리며 물 위로 올라왔다. 시냇물로 배를 채운 것 외엔 달라진 게 없었다. 알 수 없는 기이한 힘이 나를 힘껏 밀쳐낸 뒤 내게 그 사람을 보여준 것 같았다. 물보라 사이로 홀연히 그가 나타났다. 그의 망령이 세상 모든 시내와 연못을 차지해버린 것 같았다. 그가 또 핏기 한 점 없이 불어터진 얼굴에 물고기 떼에 뜯겨 먹힌 눈으로 나를 쳐다보았다.

가을이 그렇게 지나갔다. 살아 돌아온 육신으로 영원히 끝나지 않는 밤을 죽은 듯 지새웠다.

경기는 계속 침체일로를 걸었다. 회장님 외에 그 누구도 노인과 바다에 대해 얘기하지 않았다. 나도 차라리 그 어부 노인이 바다에서 다시 돌아오지 않길 바랐다. 죽음을 무릅쓴 사투가 비극을 완성하기 위함이거나 또는 비극이 다 지나간 뒤 새롭게 살아가기 위함이라면, 지금의 나는 어디쯤에 있을까? 비극이 막 시작되었을까, 아니면 절반도 겪지 않은 걸까? 내게 비극을 끝까지 견뎌낼 능력이 있을까? 만약 추쯔의 소식을 다시는 들을 수 없다면 추쯔 없이 새롭게 사는 삶이 무슨 의미가 있을까?

과연 비극은 다 끝난 것이 아니었다. 하늘은 또다시 내게 장난을 걸었다. 게다가 이번에는 아주 구체적이고 사실적인 장난이었다.

어느 날 저녁이었다.

회장님의 차를 얻어 타고 산을 내려갔다. 겨울옷 몇 벌 가지러 집에 다녀올 생각이었다. 회장님은 저녁 모임에 가느라 급하게 몇 마디 지시한 뒤 나를 내려주고 떠났다. 터미널 쪽으로 걸어가고 있는데 택시 한 대가 내 옆으로 다가와 멈추더니 두 청년이 내려 불분명한 발음으로 택시를 탈 거냐고 물었다. 하지만 그들의 말이 다 끝나기도 전에 내 몸이 번쩍 들려 택시 뒷좌석에 처박혔다.

그들이 총 두 자루를 꺼내 각각 내 겨드랑이와 아랫배를 지그시 눌렀다. 얼굴은 자세히 볼 수 없고 저항하는 나를 위협하는 험악한 목소리만 들렸다.

"사람 잘못 골랐어요!"

내 외침과 거의 동시에 총자루 하나가 눈앞을 가로지르더니 둔탁한 소리와 함께 내 갈비뼈를 찍어 눌렀다.

둘 중 더 건장한 놈이 말했다.

"묻는 말에만 대답해."

둘이 내 주머니에 있는 것을 모두 꺼냈다. 옆에 있던 키 작은 놈이 내 지갑을 들여다보며 코웃음을 치자 운전석에 앉은 놈이 물었다.

"태워버릴까요? 아니면 지난번 그놈처럼……."

"기회를 한 번 주자." 건장한 놈이 목소리를 눌러 내게 말했다. "어딜 가던 길이야?"

대답할 틈도 없이 주먹이 내리꽂혔다. 주먹 하나가 폐 속으로 뚫고 들어온 것 같았다.

"신용카드도 한 장 없어? 어쩔 수 없지. 타이베이에 널 도와줄 사람이 있는지 생각해봐. 그 사람한테 전화해서 세 명한테 납치당했으니까 진정한 친구라면 돈을 갖고 오라고 해."

"집에 전화 걸어도 돼. 빨리 돈을 마련하라고 해."

"마누라도 없단 소린 지껄이지 마."

셋이 한마디씩 던지는 동안 나는 입을 다물고 침묵했다. 몇 차례 주먹이 날아왔다. 그중 한 번은 주먹이 목에서부터 위로 솟구쳐 치아가 입안의 살을 찢고 들어갔다. 커다란 손이 내 얼굴을 내 무릎에다 짓뭉갰다. 차 안이 조용해지더니 세 명이 흑사회 은어로 자기들끼리 두런거렸다. 얘기가 끝난 뒤 건장한 놈이 말했다.

"우리가 아무나 붙잡았다고 생각하면 오산이야. 우리도 상대를 고른다고. 정말 빈털터리면 볼 것도 없이 묻어버려. 그런데 형씨는 달라. 아까 벤츠에서 내렸잖아. 일진이 나빴던 거야. 돈 없는 척해도 소용없어. 우린 내일까지 시간이 아주 많거든."

말을 하고 싶어도 입술이 무릎에 눌리고 잇몸에서 피가 흘러 말을 할 수가 없었다. 피가 굳으려 할 때쯤 팔꿈치가 또 한 번 정확히 내 뺨으로 날아왔다. 물러진 잇몸에서 점액질 액체가 쏟아졌다.

자동차가 차츰 안정적인 속도로 달리며 천천히 땅거미 속으로 미끄러져 들어갔다. 시내를 크게 한 바퀴 돌고 있는 것 같았다.

알 수 없는 미래가 내 눈앞의 모습과 비슷할 것 같았다. 검은 신발에 신발 밑창도 검은색이었다. 어째서 나인지 알 수 없지만, 어째서 내가 아니어야 하는지도 알 수 없었다. 질식하지 않으려 무릎에 눌린 입가에 작은 틈을 벌려 숨을 쉬었다. 축축한 열기가 무릎에 들러붙었다. 밤이 깊었겠지만 해가 뜨기에는 아직 일렀다. 나는 그저 겨울옷 몇 벌 가지러 집에 다녀오려고 했을 뿐이다.

최대한 등을 일으켜 입을 무릎에서 떼어냈다.

"집으로 가주세요."

세 사람이 큰소리로 웃다가 뚝 멈추었다. 괴이하고 쓸쓸한 여운만 남았다.

오른쪽에 있는 키 작은 놈이 말했다.

"한번 가보죠."

"가보자고?"

"상황 파악을 못하는 사람은 아닌 거 같아요. 우릴 속이려는 건 아닐 거예요."

"그렇다면 잘 대우해드려야지. 물 한 모금 먹여. 형씨, 집이 어디야?"

주소를 말했다. 적어도 1백 킬로미터는 가야 했지만 그들은 별로 놀라지 않다. 자동차가 속도를 올려 달리기 시작했다. 신주(新竹) 구간을 지나는데 교통사고 현장을 처리하고 있었다.

키 작은 놈이 물었다.

"집에 뭐가 있어?"

"서랍 속에 돈이 좀 있을 거고 카메라도 있어요."

"마누라가 진짜 집에 없어?"

"막내야, 누구든 눈에 띄면 다 죽여버린다고 말씀드려라. 다른 건 묻지 말고. 난 눈 좀 붙이련다."

그렇게 달려 타이중에 도착했다.

그들은 키 작은 놈을 나와 함께 집으로 올려 보냈다. 거실 벽에 걸린 시계가 3시 5분을 가리키고 있었다. 나는 우선 세수를 했다. 총구가 계속 내 등에 닿아 있고 추쯔의 카메라는 이미 그의 어깨에 걸려 있었다.

"빈손으로 돌아갔다가 큰형님한테 마대자루에 담겨 닷새 동안 굶은 적이 있어. 빨리 말해. 서랍에 왜 오천밖에 없는지. 거짓말 하면 재미없어."

키 작은 놈이 옷장 속에서 나도 모르는 통장과 도장을 찾아냈다. 현관을 나서며 놈이 내게 천으로 된 단화로 갈아 신게 하고는 어깨에 메고 있던 카메라를 식탁 위에 툭 던졌다.

"아무 일 없는 것처럼 걸어. 안 그러면 쏴버릴 테니까. 통장을 찾았으니 카메라는 두고 갈게. 큰형님은 사진 같은 증거를 남기는 걸 질색하니까."

내가 말했다.

"부탁이 있어요."

"걱정 마. 풀어줄 거야. 큰형님이 의리는 지켜. 거짓말은 안 해."

"미안하지만 뒤돌아 있을 테니까 내 등에 총을 쏴줘요."

그의 얼굴이 굳어지며 나를 똑바로 쳐다보지도 못했다.

"그건 내가 결정할 게 아니야⋯⋯."

자동차로 돌아오자 건장한 큰형님이 통장에 찍힌 숫자를 보며 말했다.

"내가 사람을 잘못 골랐다고? 이거 봐. 삼백만이라니. 재물신이 복을 내렸네. 형씨, 이제 좀 자요. 안 깨울 테니까. 9시에 은행 문이 열리면 9시 10분에 들어갑시다. 막내가 같이 가라. 이렇게 잘해낼 줄 몰랐네. 제법이야."

키 작은 놈이 음료수병에 꽂은 빨대를 내 입에 물려주고 금세 코를 골며 곯아떨어졌다. 큰형님도 한쪽으로 비스듬히 기댄 채 잠이 들었다. 자동차가 천천히 어두운 나무 아래로 가서 멈추었다. 나를 감시하는 일은 운전을 맡은 놈에게로 돌아갔다. 시동을 끄고 팔꿈치를 콘솔박스 위에 받치고는 총을 쥐고 나를 쳐다보았다.

1분의 오차도 없이 은행 앞 계단에 섰다. 키 작은 놈이 재킷 안에 숨긴 총구를 내 옆구리에 대고 다른 두 명은 차 안에서 총을 쥐고 대기했다. 통장과 도장을 은행 창구로 내밀자 여직원이 대조하기 시작했다. 그런데 그때 은행 창구 너머 가장 안쪽에 있는 책상에서 누가 몸을 일으켰다.

드디어 그를 만났다.

그가 나를 향해 손을 흔들었다. 그의 옆에 응접용 소파가 있었다. 내가 기우뚱하게 한 걸음 내딛자 옆에 있던 놈이 내게 더 바짝 붙었다. 나는 걸음을 늦추며 그의 품에 감춘 총부리가 등을 미는 속도에 맞추어 앞으로 걸었다.

오랜만이었다. 한때 자상했던 뤄이밍은 여전히 사람 좋은 인상에 흰 셔츠와 푸른 넥타이 차림이었다. 한눈에도 말쑥한 신사였다. 상대적으로 그의 눈에 비친 나는 밤새 시달린 초췌한 얼굴에 셔츠 깃은 피범벅이고 얇은 외투자락에 오래 눌려 생긴 주름이 지저분했다. 게다가 검은 바지에 괴이하다 싶은 하얀색 단화를 신고 수염도 까칠하게 자라 있었으며 눈동자는 흐릿하게 풀려 있었다.

그가 이 예사롭지 않은 상황을 놓칠 리 없었다. 의아한 표정으로 나를 쳐다보던 그가 금세 침착함을 되찾았다. 나는 그가 나를 구하기 위해 기회를 엿보고 있다고 생각했다. 그가 눈짓만 하면 그리 멀지 않은 곳에 있는 보안요원이 수상한 낌새를 채고 행동을 개시할 수도 있고, 키 작은 놈에게 가볍게 말을 걸어 상대의 말에서 미심쩍은 점을 발견해낸다면 적어도 나를 구할 시간을 벌 수는 있었다.

하지만 그는 그러지 않았다. 이상하다는 걸 눈치챘지만 아무것도 하지 않기로 결정한 것 같았다. 그가 꼿꼿한 상체를 의자 등받이 깊숙이 기대는 순간 눈동자에 퍼지는 느긋함을 보았다. 내게 차 한잔하고 가라면서 손끝으로 자기 턱을 만지작거렸다. 잠시 후 여직원이 지폐 뭉치를 들고 왔다. 내가 일어날 시간이었다. 그가 가벼운 눈길로 내 얼굴을 흘긋 훑고는 몸을 일으켰다.

13

돈을 손에 넣은 놈들은 남쪽으로 도망치다가 인적 드문 황량한 공동묘지에 나를 내려놓고 가버렸다.

사방이 대나무 숲이었다. 무덤이 줄지어 서 있는 공동묘지를 지나 비틀거리며 산비탈을 내려가 보니 산업도로가 뻗어 있었다. 전봇대 아래까지 가서 지나가는 차를 세워보려고 했다. 시린 바람이 얼굴을 휘갈기고 지나갔지만 도와달라는 나의 외침은 그 어느 때보다도 높고 우렁찼다. 나와 추쯔의 외침이 합쳐진 것처럼. 두 사람의 목구멍에서 동시에 터져 나온 외침처럼. 그 외침은 뤄이밍을 제외한 모든 사람을 향한 것이었다.

나를 훑던 그의 가뿐한 시선을 잊을 수가 없었다. 한때 내가 동경했지만 마지막 순간에 나를 버린 사람, 뤄이밍이 정말로 나쁜 짓을 한 것이다. 그래서 내가 계속 살아 있는 걸 바라지 않았던 것이다.

내가 어떻게 죽을 수 있을까.

임시사무소로 돌아왔을 때 이미 해가 지기 시작하고 있었다. 하루 휴가를 신청했다. 버스에 두고 내린 가방을 찾으러 가야 한다고 했다. 추쯔가 정말로 일을 당했다고, 뤄이밍의 사느란 눈빛이 내게 자백했다. 강도 세 명을 찾고 싶지도 않았다. 내가 얼마나 말하고 싶었는지 모른다. 누구라도 붙잡고 말하고 싶었다. 내가 돌아왔다고. 죽으려던 생각을 떨쳐버렸을 뿐 아니라 암흑의 터널에서도 빠져나왔다는 걸 누구에게든 알리고 싶었다.

다시 일어나고 싶었다. 내게 본능 같았던 일이 사라졌다는 걸 깨달았다. 예전에는 추쯔를 생각하면 곧바로 그녀의 얼굴이 떠올랐지만 이제는 그녀에 관한 기억을 떠올려야 한참 만에 그녀의 형체를 그려낼 수 있었다. 그녀의 이름, 보조개로 얼굴을 기억해내고, 침대에서 뒤엉켜 있던 몸이나 젖가슴 옆에 감춘 흉터로 그녀를 기억했다…….

그녀에게 속한 것은 기억하지만 그녀를 잊은 것이다.

그녀를 직접 떠올리기 위해 다른 사람 앞에서 말도 할 수 없었다. 일에 집중하지 못하고 한편으로 계속 그녀를 생각했다. 무엇을 하든 머릿속에 난 문을 주시하고 있는 것 같았다. 그녀가 문을 열고 들어오는데도 내가 그걸 모르거나, 그녀가 들어올 수 없는데도 계속 기다려야 할까 봐 두려웠다.

얼마 후 내가 이상한 걸 눈치챈 회장님이 너무 고민하지 말라고 충고했다.

"자연스러운 거야. 새집으로 이사했는데 옛날 집 욕조를 기억해서 뭣 해?"

추쯔의 사진을 가지고 다니며 수시로 꺼내보면 기억할 수 있을 것 같았지만, 사랑하는 사람을 주머니에 넣어 가지고 다녀야만 한다면 그건 이미 그녀를 잃었다는 뜻이 아닐까?

계절이 바뀌고 겨울이 되었지만 나의 괴로움은 조금도 사라지지 않았다. 밤마다 일에 몰두했다. 지연된 기획안을 편집해 책자로 만들고 생태 복원에 관한 초보적인 검토 결과와 사스가 훑고 지나간 후의 시장 상황을 추가했다. 그리고 그날을 선택했다. 연말회의가 열린 그날 오후, 갑자기 나를 당황하게 만든 그날 오후, 회장님에게 보고서를 제출하며 얘기를 꺼냈다.

"지난번에 갔던 그 가전매장 위층 클럽 말입니다…….

"음, 기억하지. 거길 어떻게 잊겠어? 모든 여자를 다 기억할 수 없는 게 안타깝지."

"오늘 저랑 저녁 드시고 거기 갈까요?"

"내가 뭐랬어? 남자는 안 해본 건 언제라도 후회한다니까."

"그냥 때가 된 것 같아서. 오늘 밤에……."

우리는 조금 이른 시간에 클럽에 도착했다. 아직 손님이 많지 않고 여자 몇 명이 유리룸 안에 앉아 있었다. 무료하게 머리칼을 손가락에 말고 있는 여자, 매니큐어 바른 손톱을 불고 있는 여자, 고개를 비뚜름하게 비틀어 비둘기처럼 창밖 처마를 쳐다보고 있는 여자. 여러 여자가 있었지만 내가 찾는 그녀는 없었다. 웨이터를 불러 그녀의 특징을 설명했다. 대략적인 키와 희고 갸름한 얼굴, 왼쪽 어깨로 모아서 내린 긴 머리 등등.

웨이터가 나지막이 속삭였다.

"아, 걔 알아요. 찾는 손님이 없어서 여기 온 지 한참 됐어요. 정말이에요. 블랙 트렌치코트 입은 저 아가씨가 괜찮아요. 지금 일어나는 쟤 말이에요. 못 믿겠으면 바깥 계단에 가서 기다리세요. 트렌치코트를 열어서 보여드리라고 할게요. 안에 아무것도 안 입었어요."

"난 그러려고 온 게 아니에요."

"설마 맞선을 보러 오신 건 아니겠죠?"

자기 성의를 무시했다고 생각했는지 그의 말투가 냉랭해졌다. 그가 짜증이 역력한 표정으로 카운터로 가서 어디론가 전화를 걸었다. 30분 후 홀의 제일 안쪽 작은 문이 조용히 열리고 그녀가 나타났다. 급하게 달려왔는지 수수한 옷차림이었지만 역시 긴 머리를 오른쪽 어깨로 모아 늘어뜨리고 있었다. 그녀가 약간 주저하는 표정을 지으며 웨이터가 가리키는 방향으로 시선을 옮겼다. 어떤 손님이 자신을 지목했는지 궁금해하는 듯했다. 정말로 오랫동안 그녀를 찾는 손님이 없었던 모양이었다.

"쟨 비싸요."

웨이터가 불안한 기색으로 내 귓가에 가격을 속삭이는 바람에 나도 귓속말로 대답할 수밖에 없었다. 다음 달부터 매일 만터우로 하루 세 끼를 때워도 괜찮다고 했다. 그의 냉랭함이 누그러진 뒤 알 수 없는 걱정 같은 것이 눈동자를 스쳤다. 그가 그녀에게 가서 가방을 챙겨 외출할 준비를 하라고 했다.

그녀와 클럽을 나와 골목으로 들어섰다. 그녀가 앞장섰다. 두 종아리가 비 온 뒤 고인 물웅덩이를 피해 깡충거렸다. 손을 잡아주어야 할 것 같았지만 그녀가 불결하게 느낄까 봐 그만두었다. 이름을 묻고 싶었지만 역시 단념했다. 이상하게도 클럽에서는 나를 향해 미소 짓던 그녀가 밖에 나온 뒤로 얼굴빛이 조금씩 차가워졌다. 몸은 팔지만 마음까지 팔지는 않겠다고 분명히 선을 그으려는 것일까. 그녀는 길을 걸으며 한마디도 하지 않았다.

물론 그녀는 오해하고 있을 것이었다. 나는 카페에 들어가 그녀와 마주 앉아 있으려 했다. 두 시간이면 충분했다. 추쯔가 곁에 없어서 이렇게 돈을 주고라도 추쯔 대신 그녀를 내 앞에 앉혀놓을 수밖에 없었다. 그녀는 가끔 어색한 미소로 응대할 뿐 줄곧 차가운 표정이었지만 그래서 더 추쯔와 비슷했다. 가면을 쓴 얼굴은 오히려 추쯔와 달랐다.

왜 갑자기 비가 오기 시작했는지 궁금했다. 나와 추쯔의 기억 속에는 늘 비가 내렸고, 또 그건 언제나 가장 중요한 순간이었다. 그녀는 비가 내리는 것까지도 추쯔를 닮았다. 이 여자에게 추쯔와 닮은 점이 얼마나 더 있을지 기대했다.

그녀도 추쯔처럼 야위고 가녀린 몸매에 돈 들여 치장하지 않았지만 뒤에서 보면 귀티가 흘렀다. 가방도 노점에서 산 것 같고 물웅덩이를 딛는 것을 보면 신발은 더욱 싸구려인 듯했다. 하지만 그녀와 모텔 입구에 도착하자 나도 모르게 가슴에 열기가 차올랐다. 아, 꼭 커피를 마시러 가야 하는 건 아니잖아? 그녀의 몸에는 추쯔와 비슷한 점이 더 많을 수도 있어. 왜 이 여자가 비싸다고 했을까? 그녀에게서 추쯔와 닮은 점을 조금이라도 찾을 수 있다면 충분히 가치 있는 일이라고 생각했다.

14

회장님이라면 방에 들어가자 마자 샤워를 할 것이다. 수도꼭지를 제일 세게 틀어놓고 쏟아지는 물살을 맞으며 파바로티의 '위 아더 월드'를 목청껏 부른 뒤에 실오라기 하나 걸치지 않은 몸으로 나와 아기 새를 잡듯 여자를 침대 위로 쓰러뜨릴 것이다.

내겐 이런 방이 처음이었다.

처음인 걸 감추려고 그녀의 손을 잡아 내 무릎에 올려놓고 가볍게 두 번 쓸었다. 소맷부리를 꼭 쥐고 있는 길고 가는 손가락에 나도 모르게 그녀의 소매단추를 풀고 싶은 충동이 들었다.

하지만 그녀는 그런 걸 좋아하지 않는지 재빨리 손을 움츠리고는 차라리 부츠를 벗고 몸을 돌려 짧은 외투를 벗었다. 내가 말리지 않으면 옷을 다 벗어버릴 것 같았지만 나는 아직 준비가 안 되어 있었다. 나는 정말로 그러려고 간 게 아니었다.

하는 수 없이 그녀에게 말했다. 그녀만 괜찮다면 불을 모두 끄고 완전한 어둠을 느껴보고 싶다고.

"무서워요."

"오해하지 말아요. 그러면 더 좋을 것 같아서 그래요."

그녀가 내 표정을 자세히 살폈다. 이상하게 생각하면서도 왠지 기뻐하는 것 같았다. 심지어 내 마음이 바뀔까 봐 겁이 난 사람처럼 힘주어 고개를 끄덕였다. 두 눈동자에 희열의 빛이 물결쳤다.

"지금요?"

그녀가 물으며 몸을 일으켜 스탠드 앞으로 가더니 다시 나를 한 번 쳐다보고는 장난스럽게 웃었다. 그녀의 걸음을 따라 불이 하나씩 꺼지고 다시 내가 앉아 있는 소파로 돌아왔을 때는 내가 마지막 스탠드를 껐다. 두 사람이 완벽한 어둠에 파묻혔다.

그녀가 나직이 물었다.

"샤워할 때는 불을 켜도 돼요?"

나는 고개를 끄덕였지만 서로의 모습이 보이지 않는다는 걸 알고 짧게 대답했다.

그녀가 손으로 더듬어 의자 위 가방을 집어들고 일어나서는 내 무릎을 천천히 스치고 지나가며 손가락으로 침대를 살짝 건드렸다. 욕실까지 걸어간 그녀가 문고리를 잡고 더듬어 욕실등을 켰다.

"왜 이렇게 하는 거예요? 시간 낭비잖아요."

그녀는 대답도 듣지 않고 욕실로 들어갔다. 다시 어둠이 방을 삼켰다. 샤워기에서 쏟아진 물방울이 간간히 유리에 튀었다. 한밤중 남의 집 수도관에 물이 흐르는 소리 같았다.

물소리 사이로 그녀의 콧노래가 들렸다. 경쾌한 리듬이었다. 앞부분은 완전했지만 뒷부분은 떠다니는 거품처럼 남실거렸다. 그녀가 왜 갑자기 노래를 흥얼거리는지 알 수가 없었다. 얼굴이 차갑게 굳어 있던 그녀가 무슨 생각을 한 걸까? 그녀도 불을 모두 꺼버린 것이 재미있다고 생각했을 수도 있다.

연말이었다. 창밖에서 거리의 소리가 들렸다. 군고구마 장수가 지나간 지 얼마 되지 않아서 광고판으로 장식한 차가 뒤에서 금속성을 내며 지나갔다. 방 안에서도 기척이 들렸다. 욕실 문이 조용히 열리며 부직포 슬리퍼를 신은 그녀가 걸어 나왔다. 느린 배의 노를 젓듯 작은 소리로 투덜거리다가 또 술래잡기를 하는 아이처럼 장난스럽고 천진하게 어둠 속을 더듬어 다가와서는 내 허벅지에 손이 닿자 짧은 숨을 내쉬며 몸을 기댔다.

그녀가 내 허벅지 위에 앉았다. 욕실 가운만 걸친 그녀의 육체를 느낄 수 있었다. 김이 모락모락 피어오르는 찜통 뚜껑을 막 연 것 같았다. 그녀가 내 손을 잡아 안으로 끌어당겼다. 젖가슴 아래 다 닦이지 않은 물기가 기름처럼 매끄러웠다. 어둠 속 길 잃은 항해로 나를 끌어당기는 것 같았다. 그녀를 꼭 안았다. 부끄러움이 사라져 대담하게 애무하기 시작했다. 그녀의 젖무덤 사이에 얼굴을 파묻었다. 추쯔는 아니지만 추쯔와 너무 닮은 여자였다.

"씻어요."

그녀가 추쯔처럼 짧게 말했다. 나는 그녀의 드러난 목을 쓸고 올라갔다. 그녀를 송두리째 품에 넣고 싶었다. 하지만 이 동작이 그녀를 놀라게 한 것 같았다. 그녀가 다급히 저항하며 얼굴을 뒤로 젖혀 내 손이 그녀의 긴 머리칼 속으로 파고들지 못하게 했다.

나는 감전된 듯 손을 움츠렸지만 이미 늦은 후였다.

그녀의 머리 한 쪽이 납작했다. 풀숲에 가려져 있는 온전하지 못한 돌멩이처럼.

나는 팔을 빼냈지만 얼굴은 계속 그녀 가슴에 파묻고 있었다. 사방의 어둠이 갑자기 괴롭고 답답했다. 움직일 수 없을 만큼 몸이 얼어붙었다. 뭐라고 말해야 할지 생각나지 않았다. 두 육체 사이에 낀 내 심장의 요동밖에 느껴지지 않았다.

"불을 끄자고 해서 오늘은 고비를 넘길 수 있을 줄 알았어요."

그녀가 처연한 미소를 지었다.

"역시 안 되네요. 먼저 갈게요."

머리를 얼마나 오래 길러야 그 불행의 그림자를 온전히 가릴 수 있을까?

나는 아무 대답도 하지 않았다. 어둠 속에서 울컥 울음이 터졌다.

적은 꿈속에서 파멸시키고

벚꽃은 침대 옆에 흐드러지게 피었네

"아직 준비가 되지 않았으면 기다릴게요."

바이슈가 내 대답을 기다리고 있었다. 앞으로 기울인 그녀의 상체가 내 호흡을 가로막았다. 몸을 뒤로 빼 등받이에 기대며 그녀에게 통제당하고 있는 것 같다고 생각했다. 그녀는 입가에 야릇한 미소를 걸치고 두 손은 감색 빈티지 천 가운데 놓고 있었다. 나를 기다리는 동안 양옆의 프릴을 두 손으로 만지작거리다가 다시 또 손을 모아 절을 하듯 중간에서 맞잡았다.

"준비할 게 뭐가 있어요? 시작하세요."

"아직 정신이 딴 데 가 있잖아요. 잡념이 너무 많아요."

잠시 후 그녀가 말했다.

"이제 됐나요?"

그녀는 더 이상 나를 기다리지 않고 테이블 밑에 있던 바구니를 집어 올려 대나무로 엮은 뚜껑을 열었다. 그 안에서 각기 다른 모양의 병이 열 개 정도 나왔다. 그녀가 두 팔 사이에 병을 나란히 놓기 시작했다. 무엇에 쓰려는지 모르지만 알록달록 색이 제각각이었다. 솔직히 말하면 하나같이 모두 우아하고 아름다웠다. 천천히 그것들을 순서대로 세워놓은 뒤 그녀가 나를 향해 기도하듯 손을 모았다.

"변변찮은 솜씨지만 봐주세요."

그녀가 촛대를 테이블에 올려놓고 작은 숯 조각을 올려놓은 다음 촛대 아래 불을 붙였다.

숯이 천천히 붉게 타오르자 은색 집게로 집어 작은 화로 속에 파묻었다.

"누구에게나 말할 수 없는 고통이 있어요. 이 재 속에 파묻힌 불덩이처럼."

그녀가 깃털 하나를 꺼냈다. 청회색 깃털의 가장자리에 예쁜 수술이 달려 있었다.

그녀는 깃털을 빗자루 삼아 화로 안에 있는 흰 재를 가운데로 쓸어 모아 작은 무더기를 만든 뒤 가로로 긁어 무늬를 냈다. 화로 가운데 작은 산과 시내가 생긴 것 같았다.

뒤이어 작은 은색 접시를 꺼냈다. 운모편(얇은 운모석 조각)이라고 했다. 은색 접시를 잿더미 바로 위에 걸쳐놓고 병에 담긴 갈색 가루를 쏟자 숨어 있는 숯 조각이 묻혀 있는 화산에서 서서히 연기가 피어오르기 시작했다.

바이슈가 말했다.

"소원을 빌어요. 원하는 걸 말하세요."

1

'내게 또 무슨 소원이 있을 수 있을까요? 생각해볼게요.'

창밖으로 보이는 갈대가 하얗게 변해 있었다. 무언가를 더 바랄 수 있다면 사람들이 다 떠나길 바랄 것이다. 나 말고 다른 누군가와 함께 추쯔를 보고 싶지 않다. 어쨌든 이렇게 오랫동안 그녀 때문에 슬픔에 잠겨 있는 건 나밖에 없다.

내게 남은 바람은 이것뿐이고, 그녀도 곧 내 앞에 나타날 것이다.

아마 갈대 파도 속에 숨어 있을 것이다. 거기서 망설이고 있다가 불이 켜진 카페를 보고 그녀의 얼굴에 기쁨이 번졌을 것이다.

"작년엔 없었는데!"

그렇다. 작년에는 카페가 없었다. 황량하게 버려진 집과 임시로 깔아놓은 자갈길. 전등불은 고사하고 고개를 들어도 처량한 달조차 보이지 않았다.

떠난 지 4년이 흘렀는데 여자 혼자 그렇게 오래 떠돌 수 있을까? 매년 음력설에는 그녀 집에 가서 하룻밤 자고 왔다. 추쯔의 어머니는 산자락을 바라보며 눈물을 흘렸다. 희미한 자동차 소리에도 누굴 기다리는 듯 고개를 기웃거렸다. 화로 앞에 둘러 앉아 말없이 녠예판(年夜飯, 섣달그믐 밤에 먹는 음식) 을 먹을 때 벽시계가 똑딱거리며 다그쳐 물었지만 누구도 대답하지 못했다. 해마다 그랬다. 새해를 여는 폭죽도 터뜨리지 않았다.

바이슈는 이렇게 비루한 영혼을 어떻게 불러내겠다는 걸까? 자책하고 추쯔를 찾아 헤매다 어찌할 바를 모르고 실의에 빠진 내게 살아갈 용기를 준 건 바로 그녀 아버지의 비정함이었다. 하지만 내가 모든 것을 무릅쓰고 여기까지 오게 만든 건 아무도 모르는 어떤 낯선 여자였다.

'바이슈 씨, 믿을 수 있어요? 내가 그 깜깜한 방에서 울어버렸다는 걸.'

내 울음소리에 놀란 여자가 물었다.

"이러지 말아요. 내게 실망했어요?"

그녀의 낙남한 표정은 볼 수 없었지만 내가 추한 꼴을 보였다는 건 알았다. 소매로 눈물을 훔쳤지만 그다음엔 뭘 해야할지 몰랐다. 곧바로 일어나면 그녀에게 더 상처를 줄 것 같아 계속 그녀를 안고 있었다. 그런데 그녀의 몸이 내 울음소리와 함께 차갑게 식었다.

그녀가 말했다.

"내 생각 해줄 필요 없어요. 싫으면 안 해도 돼요."

나는 그녀를 놓아주지 않고 고개만 저었다. 그녀를 붙잡고
싶었다.

"정말 괜찮아요? 나 때문에 흥이 식었잖아요."

웅크리고 있던 열정을 불러내 그녀의 입을 막았다. 그녀는
더 이상 저항하지 않았지만 입가를 비껴 벌리며 계속 물었
다. 방금 전에 왜 울었느냐고. 왜 그렇게 서럽게 울었느냐고
⋯⋯. 나는 그녀의 말을 가로막으며 다시 그녀의 목을 감아
쥐었다. 그녀의 젖가슴에서 추쯔의 환영이 보였다. 그녀도 조
금 마음이 놓였는지 손으로 내 머리를 젖히며 교통사고로 두
개골을 다친 이야기를 들려주었다. 그 후 애인도 떠나고 곁에
남은 건 엄마뿐이라고 했다.

그녀가 물었다.

"당신은요?"

"내 얘기요? 말하지 않는 게 나아요. 당신도 모르는 게 낫고."

얼굴형과 이목구비 외에 추쯔에게 닥친 불행까지도 그녀
와 비슷했다. 그 고통이 가슴을 후비듯 파고들었기에 날도 채
밝지 않은 새벽에 자기 몸에 남겨진 불행을 안고 내 곁을 떠

났을 것이다.

우리는 그 어두운 방에서 한참 머물렀다. 데스크에서 방을 뺄 시간이라고 전화가 온 뒤에야 깜깜한 영화가 천천히 막을 내리고 사방에 불이 켜졌다. 나는 빛에 적응하지 못한 눈을 가늘게 뜨고 침대 발치에서 흩어진 옷을 주워 올리는 그녀를 보았다. 그녀가 옷을 입기 시작했다. 어둠에 익숙해졌는지 팬티만 입은 채 벗은 몸을 돌려 느긋하게 브래지어를 입은 뒤 창가에 가서 커튼을 열고 밤하늘을 쳐다보았다.

"내가 밥 살게요. 이렇게 순결하게 돈을 번 적이 없거든요."

길 어귀에서 그녀가 떠나는 뒷모습을 보며 그제야 회장님에게 연락하지 않았다는 것이 생각났다. 회장님은 일찌감치 호텔을 나와 지린 로의 별장에서 친구들과 술을 마시며 노래를 부르고 있었다. 이미 분위기가 한창 달아오른 듯 했다. 그가 전화기 저편에서 목청 높여 말했다.

"어땠어? 속이 시원하지?"

나는 일 년짜리 긴 휴가를 내고 싶다고 용기를 내어 말했다. 회사 규정을 어기고 특혜를 줄 수 없다면 사표를 내도 괜찮다고 했다. 회장님은 고래고래 소리치고 옆에서는 노랫소리가 시끄러웠다. 배경음악에 섞인 기차 기적 소리가 회장님의 목소리를 삼켜버렸다.

두 달 뒤 내가 이곳에 왔을 때는 초여름이 막 시작되고 있었다. 강 저편 기슭의 매미 소리가 이쪽 기슭의 매미 소리보다 더 우렁차고, 버려진 단층집에 남아 있는 건 전기계량기 하나뿐이었다. 집주인은 부모로부터 집을 상속받은 청년이었다. 청년은 내가 유명한 화가인 줄 알고 싼 월세로 집을 빌려주고 날마다 찾아와 잡동사니 치우는 것을 도와주었다. 목수인 자기 삼촌을 졸라 천장에 다락방도 만들어주었다.

카페 문을 연 첫날, 카페 앞을 지나간 건 소시지 파는 노점상뿐이었다. 바퀴가 자갈 위를 덜컹덜컹 구르고 포장마차에 매달린 소시지가 흔들렸다. 그는 사당에서 장사를 마치고 돌아오다가 이곳에 갑자기 불이 켜진 것을 보고 호기심에 와보았다고 했다. 드디어 귀신을 볼 수 있겠구나 생각했다며 웃었다. 그의 화로에 아직 온김이 남아 있어 부채질 몇 번에 금세 숯이 빨갛게 타올랐다. 길가에서 그와 함께 소시지를 구웠다. 누르지 못한 증오가 가슴속에서 꿈틀거리고 있었을 때였다. 뤄이밍이 어떻게 살고 있는지 묻고 싶었지만 소문이 퍼질까 봐 꾹 참으며 목구멍까지 나왔던 말을 소시지와 함께 삼켰다.

그날부터 지금까지 그에 대해 한 번도 얘기하지 않고 철저히 함구하고 있었다. 바이슈가 끈질기게 찾아와 설득하지 않았더라면, 그의 아버지가 찾아와 커피를 마시지 않았더라면 뤼이밍의 이름 석 자는 이미 내게 존재하지 않았을 것이다.

내가 찾으려는 것은 추쯔와 그녀의 순결이었다.

다른 건 중요하지 않았다.

그래서 바이슈가 진지하게 내게 소원을 빌라고 했을 때, 솔직히 말하면 우습기도 하고 얼떨떨하기도 해서 그녀를 따라 눈을 감고 심령술사 놀이에 맞춰주었다.

바이슈가 본격적으로 시작했다.

그녀는 우선 호흡의 속도, 향로를 감싸 쥐는 법, 향기를 맡는 표정을 시범 보인 뒤 내게 그대로 따라하게 했다. 그녀가 시키는 대로 작은 향로를 들어 올렸다. 아무것도 묻지 못하고 아무 말도 하지 못했다. 요정의 집에 잘못 들어간 바보처럼 향로 속 재가 내 웃음소리에 날아갈까 봐 웃지도 못했다.

바이슈는 네 가지 향료를 차례로 피웠다. 춘하추동을 의미한다고 했다. 각각의 향기를 세 번씩 맡은 뒤 다른 향료로 바꾸었다. 그녀는 향료를 바꾸는 사이마다 약간 허스키한 목소리로 물었다. 신들의 나들이에 갔다가 인간 세상으로 돌아온 것처럼 나 같은 평범한 사람의 느낌을 궁금해했다. 무슨 냄새가 나나요? 무슨 생각이 났어요? 구름바다를 봤어요? 숲을 지났나요? 심신이 가벼워졌나요? 아니라고요? 정말 아직 못 느꼈어요?

그녀가 고귀한 사명을 완수할 수 있도록 그녀를 향해 힘껏 고개를 끄덕이며 정말로 구름바다를 보았다고 거짓말을 했다. 구름바다 속에 보잉 여객기가 날아간 뒤 갑자기 깃털 하나가 나타났는데 황금빛 노을을 받으며 가볍게 날아다니던 그 검은 깃털이 바로 나인 것 같다고 했다……

"지어내지 말아요. 보잉 여객기가 있을 리 없잖아요."

"아니면 정찰기인가 봐요. 바이슈 씨처럼 내 영혼을 찾으러 다니고 있는지도 몰라요."

나는 웃음을 참으며 그녀를 놀리지 않으려고 노력했다. 아버지를 구하기 위해, 또는 내 마음을 돌리기 위해 그녀는 최선을 다하고 있었다. 이런 마술도구를 준비해올 만큼 그녀는 진지했다.

바이슈 씨, 수고했어요.

2

며칠 뒤 카페에 귀한 손님이 왔다.

검은 차가 자갈길 바깥 황톳길에 멈추었다. 창유리도 검은 색이었다. 긴 경적 소리가 카페 안을 요란하게 울린 뒤 운전석 문이 열리고 운전기사 궈(郭)씨가 내리며 손을 흔들었다. 밖으로 나가 차를 향해 걸어가고 있는 동안 뒷좌석 창문이 천천히 내려갔다. 커다란 선글라스를 쓴 사람이 앉아 있었다. 사실 나를 놀라게 하려고 찾아온 것이었다.

그가 말했다.

"자넬 보러 왔네."

회장님은 어딘가 달라진 것 같았다. 빈랑도 씹지 않고 코를 찌르는 술 냄새가 풍기도 않았다. 걸음걸이도 제법 자연스러운데다가 평범한 구두를 제대로 신고 있었다. 발이 아픈 사람처럼 보이지 않았다. 그를 창가 자리로 안내했다. 바이슈가 그날 피운 향냄새의 어운이 아직 남아 있었다. 회장님이 코를 킁킁거리며 아로마오일을 뿌렸느냐고 물었다. 담배를 끊은 뒤로 작은 먼지 냄새까지 맡을 수 있게 되었다면서.

"어때? 자네 카페가 언제 망할지 맞혀볼까?"

"아직 멀었어요. 휴가는 내년 봄까지니까."

"자네가 100년짜리 휴가를 내고 여기서 혼자 커피를 판다는 데 돈을 걸지."

그가 사방을 둘러보다가 창밖으로 고개를 내밀어 운전기사 궈 씨에게 들어와서 쉬라고 소리쳤다. 그런 다음 초보 경찰이 그랬던 것처럼 머리 위에 매달린 다락방을 뚫어져라 쳐다보다가 내 옆으로 돌아왔다.

"바보같이 굴지 마. 안 돌아와."

"기억한다면 돌아올 거예요."

"영화 같은 소리. 얼마나 더 기다릴 거야? 여자를 굳이 기다릴 필요가 있어?"

그가 고개를 돌려 창 너머 강둑을 쳐다보았다.

"나도 마누라를 찾아볼까 생각한 적이 있어. 얼마 전에 식당에 쳐들어온 백인 놈한테 곤죽이 되게 두들겨 맞았다더군. 직원들한테는 나한테 알릴 필요 없다고 했대. 얼마나 비참해? 내가 속상할까 봐 그런 게 아니라 속상해하지 않을까 봐 그런 거야."

만델링 한 잔을 그에게 만들어주었다. 나는 어떤 사물에 대한 그의 애정이 커피 한 잔 분량을 넘지 않는다고 생각했다. 그런데 이제 보니 그 위에 쓸쓸한 감정도 실오라기처럼 얹혀 있었다.

귀씨는 홍차를 마시겠다고 했다. 오후 4시 초겨울 바람에 떠밀린 낙엽이 검은 자동차 밑으로 굴러 들어갔다. 회장님과 함께 커피를 마시며 지난 반년간의 프로젝트 진척 상황에 대해 들었다.

"며칠 전에 작업 인부가 대만문착(몸집이 작은 사슴과 동물) 두 마리를 봤대. 시냇가로 살며시 나와서 과일을 먹었는데 어미와 새끼 같다고 하더군. 생태 복원의 효과가 점점 나타나고 있는 게지. 하지만 좀도둑도 있어. 지지리 운도 없는 놈이지. 자네가 쓰던 방을 보고 실망했는지 똥을 한 무더기 싸놓고 갔어."

"형제분들은요?"

"자네가 물어볼 줄 알았지. 형제들과 관계가 복잡한 걸 잘 아니까. 자넬 찾아온 것도 그것 때문이야. 그 일곱 명이 이제는 나를 아주 살갑게 대해. 아무렇게나 부르지도 않아. 내가 자기들 대신 산에 처박혀서 뼈 빠지게 일하고 있다는 걸 아니까. 조경 공사가 안정 단계로 들어섰어. 최근에 거의 죽어가는 자바니카비스코피아를 가져다 심었는데 다른 나무들이 살아 있는 걸 보고 억지로 버티고 있어. 자네, 내가 무슨 말을 하려는지 알지? 거의 때가 됐어. 자네가 돌아오기만 기다리고 있어. 분양을 시작해야지. 훌훌 털고 일어나."

커피를 한 잔 더 만들어주려고 그라인더를 돌리다가 창밖 나무 아래 서 있는 낯익은 자동차를 보았다. 그녀가 또 와서 기다리고 있었다. 추쯔의 일을 묻는 회장님의 목소리가 궈씨의 졸음을 깨우지 않을 만큼 나직했다.

"자네가 처음에 면접 보러 왔을 때 가족이 하나도 없다고 했잖아. 그 불쌍한 얼굴에 깜짝 놀랐어. 그때 나를 가장 힘들게 하는 건 너무 많은 가족들이었으니까."

내가 힘없이 웃었다. 정말 불쌍한 얼굴이었을 것이다.

"빌어먹을. 자네한테 속았어. 자네가 그날 세상에서 제일 위대한 개소리를 했지."

그때 무슨 말을 했는지 나조차 기억하지 못하고 있었다. 의아한 표정으로 그를 보았다.

"자네가 그랬어. 작은 성과라도 거두어야 그녀를 가질 자격이 있을 것 같다고. 그 말이 마음에 들었어."

궈씨에게 차를 더 만들어주려고 했지만 회장님에게 가로막혔다. 갑자기 마음이 움츠러들었다. 그때 나는 정말로 그런 말을 했다.

"그런데 지금 자네는 어떤가? 생각해봐. 허구한 날 우거지상을 하고 있잖아. 마누라가 돌아왔다가도 도망치겠군. 이 모든 게 자기 때문이라고 생각할 게 아니겠어? 훌훌 털어버릴 방법을 생각해. 나도 일곱 명에게 죽도록 시달린 뒤에 깨달은 거야."

날이 어둑어둑해지기 시작했지만 그는 서둘러 돌아갈 생각이 없었다. 그가 궈씨에게 차를 몰고 오라고 했다.

"같이 한잔한 지도 오래 됐군. 근처에 주터우피(豬頭皮, 삶은 돼지머리고기) 잘하는 집이 있다던데. 어때? 먹으면서 분양 계획에 대해 얘기할까? 요즘 건설 경기가 조금 나아져서 가격은 조금 올리겠지만 자네 기획안은 바꾸지 않을 거야. 다들 자네의 활약을 기대하고 있어. 노인과 바다 말이야. 인생의 투쟁 정신을 건축에 접목시킨 사례가 없잖아. 끝내주는 아이디어야. 어서 털고 일어나. 노인보다 못해서야 되겠어?"

카페를 나설 때 보니 나무 밑에 아직도 차가 서 있었다. 카페 셔터를 내리려다가 마음이 약해져 유리문을 잠그지 않고 닫기만 했다.

회장님의 검은 자동차가 도로로 올라섰다. 날이 더 어두워져 있었다. 길을 한참 헤매고 사장님이 그 식당에 두 번이나 전화를 걸어 길을 물었다. 예전처럼 눈에 띄는 식당에 아무렇게나 들어가지 않았다.

"왜 그렇게 폐쇄적으로 살아? 돼지머리고기는 관두고 돼지고기를 어디서 파는지도 모르지?"

우리는 마조묘(媽祖廟, 바다를 지켜주는 마조신을 모신 사당) 뒤편 골목에서 술을 마시기 시작했다. 그는 맥주 대신 귀씨를 시켜 차 트렁크에서 가져온 고급 고량주를 연거푸 두 잔 들이켰다. 하지만 첫 화제는 요즘 그의 건강관리법이었다. 색소폰에 매료되어 이틀에 한 번씩 친구들과 레슨을 받으러 다닌다고 했다.

"색소폰 선생이 내 폐활량이 개구리 같다는 거야. 젠장. 재채기만 해도 옆구리가 당길 만큼 연습했는데. 그래도 단전이 죽었다가 되살아난 것 같아. 색소폰을 불 때 단전과 싸움을 벌이는 것 같아."

나는 산에서 맥주를 마시던 그 여름밤을 떠올렸다. 그는 파바로티의 하이 C 얘기를 하며 그 세계적인 남자 테너가 고음을 부르지 못할까 봐 걱정했지만 사실 그가 걱정하는 건 그 자신이었다. 갑자기 딴사람이 된 것 같았다. 예전에는 차를 세 대씩 거느리고 다녀야 자신감이 생겼지만 이제는 그럴 필요가 없어 보였다. 색소폰이 그에게 생기를 불어넣은 것 같았다.

진한 술기운을 머리에 이고 카페로 돌아와 보니 바이슈의 차가 보이지 않았다.

하지만 바테이블 위에 그녀가 남기고 간 작은 봉투가 놓여 있었다. 편지가 아니라 사진 두 장이었다. 한 장은 그녀 집 마당에 있는 커다란 벚나무 사진이었다. 하지만 다른 한 장을 본 순간 눈앞이 아득해져 한동안 아무 말도 할 수가 없었다.

3

내 얼굴도 보지 못하고 돌아간 바이슈는 잃어버린 물건을 찾는 사람처럼 초조한 것 같았다. 술기운이 채 가시기도 전에 그녀의 전화를 받았다. 계절이 바뀌며 아버지의 약 복용량이 늘어났다며 아버지가 잠든 뒤에야 전화할 수 있었다고 했다. 그녀는 내가 언제 돌아왔는지, 술 취했는지, 아까 그 차는 누구 차인지 물었다. 그녀는 내가 누군가의 차를 타고 가는 걸 똑바로 쳐다볼 수 없었다고 했다.

"나쁜 사람들에게 납치당한 줄 알았어요."

"사진은 모두 대문 밖에서 찍은 건가요?"

"네. 같은 집이에요. 한눈에 알아봤겠지만 벚꽃이 피어 있는 사진은 아빠가 작년에 찍은 거예요. 매년 3월에 몇 장씩 찍어서 보관해두셨어요."

"내가 궁금한 건 다른 한 장이에요."

"벚꽃이 안 보이죠?"

"무슨 일이에요?"

"지난번에 집에 왔다가 나도 깜짝 놀랐어요. 다른 집에 잘못 들어간 줄 알았어요. 바닥이 말끔하게 치워지고 후크시아가 새로 심어져 있었어요. 아빠는 나무가 없으니 마당도 더 넓어지고 앞으로 매일 꽃을 볼 수 있다고 자랑스럽게 말씀하셨어요. 일꾼들에게 물어보니 땅속에서 벚나무의 잔뿌리가 모두 썩어 있었대요. 오랫동안 소금물을 부은 것 같다고……."

"마음이 무겁군요."

그녀가 침묵하다가 갑자기 울먹이기 시작했다.

"아빠의 일생을 그 사진 두 장으로 요약할 수 있어요. 벚꽃이 있던 때와 벚꽃이 사라진 뒤. 사진을 두고 온 건 그걸 대조적으로 보여주고 싶어서지 동정을 바라서가 아니에요."

울먹임이 가라앉은 뒤 그녀는 지난달 아버지에게 온 연합사진전 초청 제의를 거절했다고 했다.

"급하게 선생님을 찾아간 건 이 일 때문이었어요. 아빠에게 평생의 자랑이었던 벚나무까지 잃었는데 어떻게 사진전을 포기할 수 있겠어요? 급하게 초청을 수락하고 아버지 대신 사진을 고르고 있다가 문득 선생님이 도와주면 좋겠다는 생각이 들었어요. 선생님이 작품 제목을 붙여주세요. 아주 의미 깊은 일이 될 거예요. 아빠에겐 가장 큰 치유법일 수 있고요."

전화를 끊은 뒤 속으로 대답했다.

'물론 아주 의미 깊은 일이 되겠죠.'

사진 속 뤄이밍의 집은 텅 빈 마당 뒤로 나무에 가려 보이지 않던 검은 기와와 흰 벽이 선명하게 드러나 있었다. 마치 그 벚나무에 대한 내 기억을 시험하려는 듯이. 추쯔가 자기 인생의 첫 셔터를 누른 그 붉디붉은 순간, 찬연하게 피어난 벚꽃이 그녀의 미소를 붉게 물들이고 있었다. 그녀가 그 마당에 서서 사진을 찍던 순간 담장 너머로 뻗어 있던 그 창연한 가지들을 나는 아직도 기억하고 있다.

매일 벚나무에 소금물을 부을 때 뤄이밍의 머릿속은 또렷했을 것이다. 벚꽃이 그를 병들게 한 것은 아니지만 위험한 아름다움을 상징하고 있었다. 이 모든 일이 흐드러지게 피었다가 시드는 벚꽃에서 시작되었다고 생각했을 것이다. 뤄이밍 자신이 가장 잘 알고 있었다. 욕망의 부추김에 사로잡혀 스스로 자신을 심연 속으로 밀어 넣었다는 것을.

어쨌든 이 사진은 애도의 메시지였으며 비극의 씨앗이 소멸되었음을 의미했다. 하지만 설령 내가 그의 작품에 제목을 짓기로 한다 해도 그의 모든 작품을 똑바로 쳐다볼 용기가 있을지 장담할 수 없었다. 뤄이밍이 갔던 곳마다 추쯔가 잘못 내딛은 발자국의 흔적이 있을 것이다. 그녀는 렌즈 뒤에 몸을 숨기고 선생님이 창조해낼 비경을 숨죽여 기다렸을 것이다. 예전의 나처럼 그에 대한 충만한 동경과 천진함을 품은 채로 말이다. 그의 외로움이 타인의 청춘을 참아줄 수 없을 만큼 창연하다는 걸 그녀도 알지 못했을 것이다.

얼마나 애석한가. 그토록 찬란했던 벚꽃이, 내 인생 속 적의 벚꽃이…….

술이 깨고 난 뒤 가슴속에 웅크리고 있던 고통이 온몸을 휘젓고 다니기 시작했다. 벚꽃은 사라졌지만 더 많은 슬픔이 차올랐다. 바이슈의 바람은 실현되지 못할 것이다. 내게 너그럽게 그를 용서하라는 건 사랑을 증오 속에 쓰라는 것과 같다는 사실을, 그녀가 어떻게 알 수 있을까?

벚꽃이 없는 사진을 뒤집어 깊은 밤 독백 한 줄을 남겼다.

적은 꿈속에서 파멸시키고 벚꽃은 침대 옆에 흐드러지게 피었네.

마침내 과거에서 벗어나게 되었다고 생각했다. 털끝 하나 다치지 않고 적을 파멸시키고 마침내 벚꽃이 나만을 위해 피도록 만들었다고 생각했다. 이것이 내게 얼마나 위안이 되었는지 모른다.

하지만 다락방으로 올라가 누웠을 때 내 머릿속을 가득 채운 것은 그 동이 트지 않은 새벽이었다. 추쯔가 또다시 어둠을 더듬어 나가고 있었다. 그녀의 가방은 가벼웠다. 옷가지 몇 벌로 어떻게 평생을 살까? 눈가에 눈물이 가득 고였다. 다시 내려가 테이블에 앉아 그 사진을 앞에 놓고 멍한 시선으로 응시했다. 그리고 몇 시 몇 분인지 알 수 없는 슬픔 속에서 사진을 갈기갈기 찢어버렸다.

4

이튿날 점심 무렵까지 눈을 뜬 채 누워 있었다. 카페 문을 열고 싶지 않아 유리문을 잠그고 셔터 밑으로 빠져나왔다. 여행객들이 속속 거리로 나오고 고요하게 밤을 보낸 마조묘에 다시 향 연기가 피어올랐다. 마조묘 뒷골목의 술집은 쇠사슬로 굳게 닫혀 있었다. 골목을 빠져나와 간단히 점심을 먹고 돌아왔다. 어젯밤 술을 마시고 잃어버린 휴대폰을 되찾았다.

갑자기 할 일이 없어진 오후, 사라진 벚나무가 내 머릿속을 채웠다. 내 나약함에 대한 뤄이밍의 복수일까? 어쩌면 그는 일부러 나를 초점 잃은 고통 속으로 밀어 넣었을 수도 있다.

택시를 잡아타고 마을 주변을 천천히 돌아달라고 했다. 택시기사가 행선지가 정확하지 않으면 미터기로 계산해도 되겠느냐고 물었다. 이 마을에서는 보통 미터기 대신 거리에 따라 가격을 부른다고 했다. 원하는 대로 요금을 주겠다고 했지만 나중에는 정말로 어디로 가야할지 몰라서 하는 수 없이 미터기를 켜달라고 했다.

어디서 오셨우? 타이베이요. 처음 오셨나? 택시는 처음 탔어요.

관광지 옆을 지날 때는 속도를 늦추어 천천히 달렸다. 택시 안에 그의 사투리만 들렸다. 역사적인 유래부터 유적 보존까지 그는 낮게 깔리는 자신의 사투리 억양이 얼마나 사람을 졸리게 하는지 모르는 것 같았다. 마을을 한 바퀴 돌고 났을쯤엔 정말로 잠들 뻔했다.

"해변으로 갑시다."

"바닷가 풍경을 보려면 외곽순환도로를 타야 해요."

"괜찮아요. 이곳 바다를 보고 싶어요."

"여기 해변에는 백사장이 없는데······."

차가 방향을 돌려 직진했다. 창밖으로 추쯔와 달렸던 길이 나타났다. 바다로 나가는 강어귀의 둑 아래 세워달라고 했다.

택시 문을 세게 열어 바람을 맞았다. 뒤에 서 있는 카수아리나 나무가 머리를 어지럽게 흩날리고 해변의 겨울이 헛헛한 휘파람을 불고 있었다.

"습지에 가보시겠수? 거긴 사람이 많지. 대나무 뗏목 체험도 할 수 있고."

나는 계속 앞으로 가달라고 했다. 초등학교 하나를 지난 뒤 오르락내리락 언덕길이 나타났다. 그는 더 가봤자 군부대만 하나 있을 뿐 볼 게 없다고 했다. 차가 동쪽으로 방향을 틀었다. 창밖 풍경이 점점 황량해졌다. 바로 옆 진으로 이어진 길이라고 했다.

"사람을 찾아오셨나? 워낙 좁아서 이름만 대면 찾을 수 있는데."

"이름을 모르면요?"

"그럼 성씨를 말해보우. 어떤 손님이 열 번을 시험해보고는 나더러 여기 진장(鎭長)도 될 수 있겠다고 합디다."

뭐. 속으로 말했다.

택시가 순환도로를 빠져나가 돌아온 곳은 바로 익숙한 거리와 마조묘의 처마 밑이었다. 작은 여관 앞을 지나다가 갑자기 목욕을 하고 싶어 후진해서 세워달라고 했다.

"아까 손님을 태운 곳이 바로 이 여관 뒤예요."

여관 문을 열고 들어가자 긴 복도가 이어지고 복도 맨 끝에 계단이 있었다. 계단을 올라가 보니 중정에 목련나무가 심어져 있었다. 방은 단출했다. 벽에 붙어 있는 좁은 침대가 내게는 아주 안락했다. 침대에 누워 두 번 몸을 굴리고 싶었지만 너무 피곤해 정신없이 잠이 들었다. 눈을 떠보니 이미 깜깜해져 있었다.

그렇게 하루의 절반을 보낸 뒤 길을 따라 천천히 걸어 카페로 돌아왔다. 카페 앞 자갈길에 거의 다다랐을 때쯤 카페 안에 불이 켜져 있는 것을 보았다. 불 켜진 카페 때문에 사방이 더 어두워 보였다. 허둥지둥 뛰기 시작했다. 카페에 가까워질수록 빛이 점점 또렷해졌다. 문 옆 대나무 사이로 어른거리는 그림자까지 보였다.

추쯔. 추쯔일 거라 직감했다. 추쯔가 카페에 들어간 것이다.

그런데 유리문이 부서져 있었다. 추쯔가 아닌 것 같았다. 그녀라면 문 앞에 기대어 나를 기다렸을 것이다. 나를 놀라게 해주려고 쏸메이를 먹으며 기다렸던 그때처럼. 고개를 들이밀어 카페 안을 둘러보았다. 누굴까? 구석진 자리에 추쯔처럼 단발머리를 한 여자가 앉아 있었다. 연회색 정장 위로 드러난 뒷목에서 가느다란 은목걸이가 반짝였다.

등 뒤로 가까이 다가간 후에야 그녀가 누구인지 알았다. 당혹스러웠다.

바이슈가 어디든 다 갈 수 있다 해도 적어도 지금은 그녀가 갑자기 찾아올 시간이 아니었다. 나를 난처한 착각에 빠뜨리려는 그녀의 장난일 것이라고 생각했다. 그녀가 고개도 돌리지 않고 앞에 놓여 있는 도시락을 열어 먹기 시작했다. 맞은편 빈자리에도 도시락이 놓여 있고 젓가락까지 가지런히 옆에 있었다. 7시가 가까운 시간이었다. 그녀는 마치 약속 시간에 늦은 손님이 앞에 와서 앉기를 기다리는 사람 같았다.

"타이베이로 돌아갔잖아요. 여긴 웬일이에요?"

"선생님은 한 사람을 기다리고 있고, 나는 한 사람을 피하고 있어요."

"그래도 문을 부수고 들어오면 곤란해요⋯⋯."

"그깟 유리 한 장을 벚나무와 비교할 수 있어요?"

그녀가 냉랭하게 말하고는 한 젓가락 입에 넣고 천천히 먹는 데 집중했다. 그녀가 음식을 씹을 때마다 단발머리 아래 경맥이 미세하게 달싹였다. 그녀는 벽을 바라보고 있었다. 하얀 벽을 보아야만 오늘의 저녁을 씹어 넘길 수 있다는 듯이.

그녀가 앞에 있는 도시락을 밀며 말했다.

"내가 만든 거예요. 다 식겠어요."

좁은 공간에서 그녀와 다투듯 오랫동안 뒤에 서 있을 수가 없었다. 하릴없이 그녀 앞에 앉아 도시락을 열고 고개를 숙인 채 밥을 먹었다. 하지만 단발머리 아래 두 눈이 나를 응시하고 있는 걸 느낄 수 있었다. 더우피(豆皮, 두부가 익어서 엉길 때 겉을 긁어낸 것) 한 조각을 집어 올리자 그 눈빛도 더우피를 따라왔다. 더우피를 입에 밀어 넣고 일부러 고개를 들자 나를 빤히 쳐다보고 있는 시선과 마주쳤다. 그녀는 예전처럼 눈을 피하지도 않고 씹기를 멈추지도 않고 비장한 표정으로 계속 먹었다. 전쟁터로 나가기 전날 마지막 한 끼를 먹는 사람처럼.

작품 제목을 지어달라는 부탁을 거절한 후 지금의 이런 거리감이 생겼다.

어스름한 카페 문 밖에서 갑자기 자동차 문이 쿵 닫히는 소리가 들리고 잠시 후 남자의 쉰 목소리가 새어 들어왔다. 바이슈, 바이슈 하고 불렀다. 손을 입가에 모으고 외치는 것 같았다. 한참 외치다가 문 옆에 와서는 깨진 유리문 밖에서 또 두 번을 불렀다.

"어쩐지 춥더라. 깨진 틈으로 바람이 들어오잖아요. 셔터 닫아주세요."

"그러면 안 돼요. 바이슈 씨를 찾아왔으니 들어오라고 해요."

"안 돼요. 셔터를 닫아야 내 뜻을 알 거예요."

한참 망설이다가 문 앞으로 다가갔지만 사람이 보이지 않았다. 셔터를 끝까지 내리자 그와 동시에 외침이 멈추더니 곧바로 자동차 시동 소리가 들렸다. 액셀러레이터가 사납게 으르렁거리는 소리가 들릴 때까지도 나는 자동차가 카페를 향해 돌진하려는 줄 알았다. 하지만 곧장 핸들을 꺾어 튕겨나가듯 밖으로 나간 뒤 헤드라이트도 켜지 않은 채 어두운 거리로 사라졌다.

"피하고 있다는 사람이 저 사람이군요."

"남자의 사랑이 형편없어서 더 이상 괴로워하지 않기로 결심하고 나니까 이제야 찾으러 왔어요. 200킬로미터를 달려오고선 몇 분도 안 돼서 가버리네요."

"여기까지 오긴 했잖아요."

"셔터를 닫자마자 포기했잖아요. 속마음이 빤히 들여다보여요. 세상에 선생님 같은 남자는 없어요. 날마다 추쯔, 추쯔, 하루 종일 추쯔 생각뿐이죠."

바이슈는 자신이 한 약속을 어겼다. 오늘 그녀는 말이 많았다.

차가 떠나고 난 뒤 그녀의 얼굴에 어렸던 수심이 가시고 얼굴이 밝아졌다. 다 먹지 않은 도시락을 덮고 바테이블로 가서 직접 커피를 만들었다. 능숙하지는 않지만 무엇을 경축하려는 것처럼 커피를 들고 오며 "아, 뜨거. 아, 뜨거" 하고 경쾌하게 중얼거렸다. 두 종아리가 구름 위를 걷는 것 같았다.

직접 음악까지 틀어놓고 내 앞으로 왔다. 그녀는 한 번도 들려준 적 없는 말투로 나무라듯 말했다.

"어디 기다려보세요. 하지만 내가 어디선가 추쯔와 마주친다면 그녀를 숨겨줄 거예요."

"오늘따라 왜 자꾸 추쯔 얘기를 하죠?"

"내가 무슨 말을 하겠어요? 아빠에게 재앙을 안겨준 선생님이 이번엔 또 내게 재앙을 안겨주고 있는걸."

"무슨 말인지 모르겠군요. 바이슈 씨……."

"안아줘요."

그녀가 와락 내게 안겼다.

"추쯔에게 했던 것과 똑같이 내게 해줘요."

정장을 입은 몸이 한사코 내 가슴에 매달려왔다. 미끄러질까 봐 두려운 것처럼 애처롭게 떨면서.

5

아, 바이슈 씨, 정말 울고 싶어요.

각자 완전히 다른 불행을 짊어진 우리가 이렇게 간절하게 끌어안을 수 있다니.

정상적인 남자가 어떻게 이런 격정을 억누를 수 있겠어요? 또렷한 이성을 붙잡고 있는 건 더 이상 불가능해요. 하지만 나는 정상이 아닐 만큼 나약해요. 당신을 끌어안는 것 말고 무의미한 흐느낌도 당신에 대한 대답이라고 할 수 있을지 모르겠어요. 날 이해해줘요. 내가 할 수 있는 말은 이것뿐이에요. 내 나약함은 사랑과 무관해요. 오히려 내가 사랑을 알기 때문에 당신 앞에서 급하게 멈춘 거예요.

어떤 사랑에든 임계점이 있어요. 함부로 임계점을 넘었다가는 더 많은 걸 잃게 되죠.

바이슈 씨, 당신의 아버지가 바로 함부로 임계점을 넘은 사람이에요. 원래 선량했지만 한순간의 외로움과 욕망 때문에 깊은 골짜기를 넘은 뒤에야 인생이 그리 쉽지 않다는 걸 알았죠. 추쯔도 넘었어요. 불행하게도 그녀는 나를 위해서 넘었어요. 그녀가 나를 위해 급하게 돈을 마련할 필요가 없었더라면, 설령 당신 아버지가 천만 개의 함정을 놓았다 해도, 추쯔가 아무리 순진한 여자라도, 그 임계점에서 눈을 가린 채 뛰어내리지는 않았을 거예요.

그 함정은 너무 정교했어요. 꽃을 깔아놓은 검은 동굴, 신뢰로 가득 찬 심연이었어요. 겁 많은 추쯔가 뛰어내리는 순간 얼마나 무서웠을지 상상도 할 수 없어요. 몸부림쳤을 그녀를 생각하면 가슴이 미어져요. 그녀와 함께 꽁꽁 묶여버린 것 같아요.

아무것도 할 수 없었던 그 순간에 유감스럽게도 나도 임계점 위에 있었어요. 나도 한순간의 실수로 그 선을 넘었죠. 그녀가 잃어버린 것이 모두 내 것이라고 생각했어요. 그래서 그녀가 그날 새벽 방에서 나갈 때 눈물을 흘리면서도 붙잡지 못했어요. 결국 더 많은 걸 잃고 말았죠.

내 앞에 있는 건 모두 잃었어요. 아마 당신은 모르고 있을 신용대출까지도. 그 돈을 강도에게 빼앗긴 후 내겐 은행에 차압당할 것조차 없었어요. 그 돈은 만져보지도 못하고 사라졌죠. 이 우스운 인생 속 농담 같은 일이죠. 망연하게 깨져버린 내 어릴 적 꿈처럼.

하지만 이 우스운 상황에서 바이슈 씨 당신은 나를 전율하게 했어요. 당신의 포옹은 따뜻했고 내겐 주체하기 힘들 만큼 행복한 슬픔이었어요. 그때 나는 생각했어요. '내가 이래도 될까?' 나는 당신을 피하지 않았을 뿐 아니라 행복한 상상마저 떠오를 만큼 세게 끌어안았어요. 당신을 놓아주기 싫었어요. 당신은 아버지의 고통을 무릅쓰고 내게 기댔어요. 세상에 이런 사랑이 있다는 사실이 놀라워요. 어릴 적부터 이런 포옹을 할 수 있었더라면 얼마나 좋았을까요. 그러면 추쯔가 없어도 똑같이 행복한 인생을 살 수 있을 텐데.

아쉽지만 모든 게 늦었어요.

나는 앞으로 어디에서든 추쯔를 기다릴 거예요. 그녀에게 아직 들려주지 못한 얘기가 있어요. 염소 이야기요. 그 염소를 내가 미워하는 아버지에게 드릴 생각이었어요. 하지만 도둑맞았죠. 결론은 이렇게 간단해요. 한마디로 하면, 내 이야기는 염소 한 마리의 이야기예요. 남자의 슬픔은 그렇게 작아서는 안 돼요. 너무 작으면 인생에 파고들어왔을 때 영원히 뽑아낼 수 없으니까요.

바이슈 씨, 추쯔는 내 인생의 염소예요.

하지만 그녀가 돌아오지 않을 거라는 걸 나도 알아요. 지금 나는 초겨울의 강둑 위를 걷고 있어요. 하얗게 핀 갈대가 해변처럼 아득하게 물결치고 있어요. 나는 바다를 보러 온 게 아니에요. 파도 소리가 요란하고 물이 굽이치는 곳에 다다르면 강둑을 내려가 다리를 건널 거예요. 거기서 계속 아래로 내려가 마을 가운데 있는 성당에 갈 거예요. 그 근처에 공원이 있어요. 그날 당신 아버지의 자전거가 거기서 출발했어요. 당신 집은 공원 뒤편의 길모퉁이에 있죠.

바이슈 씨, 마지막으로 벚나무를 보러 왔어요.

당신 집엔 이미 벚나무가 없고 내게도 추쯔가 없지만.

몇 분 뒤 당신 집에 도착할 거예요. 문을 두드리진 않을 거예요. 마지막으로 한 번 보고 이 졸렬한 고통이 묻힐 곳을 찾을 거예요. 사실 조금 긴장돼요. 인생의 고비를 넘는 것이 왜 이렇게 힘든지 모르겠어요. 만약 이 순간 당신 아버지와 마주친다면 그가 놀라지 않게 숨어야 할까요, 아니면 그가 슬픔에 몸서리치도록 내버려두어야 할까요.

지금 강둑에서 내려왔어요. 강물이 사납게 뒤채는 소리가 들려요. 당신 아버지도 그날 파도 소리를 들으며 다리를 건너 왔겠죠. 카페 앞에서 멈추었을 때 그는 우아하게 웃고 있었어요. 물론 그는 웃을 수 있지만, 정말로 그렇게 아름다운 파도 소리를 들었을까요? 백사장도 찾지 못한 파도였는데.

바이슈 씨, 오늘 낮에 카페 임대계약을 정리했어요. 모든 걸 집주인에게 넘겼어요. 저녁에 여길 떠날 거예요. 그 벚꽃이 당신 집 마당을 떠난 것처럼.

난 바다가 싫어요.

사랑의 만가(輓歌)

천팡밍(陳芳明, 대만 국립정치대학 대만문학대학원 교수)

　　왕딩궈의 소설은 매우 고전적이다. 그가 그려낸 인간의 감정은 언제나 무언가에 집착하고 탐닉하며 애상에 젖어 있다. 사랑을 고집스럽게 믿으며, 결핍되고 불완전한 인생 앞에서도 사랑은 사라지지 않고 계속 맴돈다. 세상의 사랑을 이렇게 믿음의 경지, 심지어 미신처럼 써낸 작품은 대만 문단에서 그리 흔치 않다. 왕딩궈는 다양한 방법으로 사랑을 아끼고 표현했다. 다양한 이야기로 묘사하고 정의하고 심지어 다시 명명했다. 그가 발표한 단편소설집 《그렇게 뜨겁게, 그렇게 차갑게(那麼熱, 那麼冷)》와 《누가 어둠 속에서 눈을 깜박이는가(誰在暗中眨眼睛)》는 이 시대의 우리에게 적잖은 울림을 안겨주었다. 대만 사회가 포스트모더니즘 시대로 들어선 뒤 사랑도 변하기 시작하더니 이제는 인터넷의 사이버 세상에서 흘러다니고 있다. 하지만 그는 단편소설 속에서 사랑을 장엄하고 숭고하게 그려냈다. 그가 굳게 지키는 사랑의 가치는 속물적인 세상과 완전히 배치된다.

그의 소설은 한 번도 머리, 허리, 꼬리의 황금구조를 가진 적이 없다. 소설 전체에 걸쳐 그의 서술에는 여백이 너무 많고, 인물의 감정을 묘사할 때도 언제나 반백체(反白體)를 사용한다. 반백체란 직접적으로 이야기의 핵심을 파고드는 것이 아니라 인물의 주변 묘사를 통해 분위기를 만드는 것이다. 때로는 아무 관련도 없는 플롯을 넣어 출구를 찾을 수 없는 미로 속으로 독자들을 빠뜨리는 것 같지만 종점에 다다르고 나면 그제야 눈앞에 탁 트이는 듯한 기분이 든다. 여백을 남기는 것과 반백체를 사용하는 것은 독자에게 넓은 상상의 여지를 만들어줌으로써 독자가 어떤 생각이나 욕망을 갖도록 유도한다. 독자들은 끝까지 호기심을 유지하며 읽어 내려가다가 마지막에 무릎을 치며 경탄하게 된다. 그는 글을 황금처럼 아낀다. 마침표 하나, 쉼표 하나에도 미묘한 의미가 담겨 있다. 이야기가 절정에 도달했을 때 과감하게 끊어버리기도 한다. 이렇게 단호한 필치로 독자를 그 자리에 내버려둔 채 독자 스스로 과잉된 감정을 해소하게 만든다. 만신창이가 된 인생에서 가장 이성적으로 깨닫기 힘든 것이 바로 사랑이다. 왕딩궈의 예리함은 우리에게 익숙한 사랑과 미움을 처리하는 데서 빛을 발한다. 그는 사랑과 미움을 낯선 모습으로 만들어 진부한 이야기를 재탄생시킨다.

단편소설집 두 권을 발표한 후 드디어 그가 장편소설《적의 벚꽃》을 우리 앞에 내놓았다. 사랑과 돈은 케케묵은 주제이므로 자칫 잘못하면 진부한 로맨스소설로 전락할 수 있다. 똑같이 속된 사랑이지만 그의 펜을 거치면 돌을 황금으로 만드는 위력을 발휘한다. 그는 신중하고 조심스러우며 시적인 언어를 고집한다. 조심스럽기 때문에 사랑에 대해 명확한 정의를 내리지도 않는다. 단어를 선택하고 구사할 때 마치 시를 쓰듯 한 줄 한 줄 나열하며 너무 많은 연상을 투사시킨다. 이것은 아내를 잃은 한 남자의 이야기 또는 순결을 빼앗긴 한 여자의 이야기다. 더 이상 새로운 것을 발굴해낼 수 없을 만큼 숱하게 많이 등장한 소재다. 하지만 왕딩궈는 이 진부한 소재를 새로운 차원으로 승화시켰다. 소설의 시작이 바로 결말이고 그 뒤에 이어진 모든 서술은 인생의 슬픔이 어떻게 만들어지는지에 대한 해석이다.

　나, 추쯔, 뤄이밍, 뤄바이슈 이 네 명의 인물은 둘씩 나뉘어 적대적인 관계를 유지하며 탄력성 있는 사랑의 대결구도를 이루고 있다. 나와 추쯔는 신혼부부이고, 나이 많은 부자 뤄이밍은 남의 아내를 빼앗았으며 뤄이밍의 딸 뤄바이슈는 속죄의 역할을 한다. 젊은 부부에겐 밝은 앞날이 있었다. 그들에게는 확실한 목표가 있었다. 언젠가는 편히 살 집 한 채를 마련하겠다는 꿈을 꾸었다. 하지만 인생이라는 도로는 종종 가장 미세한 곳에서 오차가 생기고 그때부터 사랑이 변질되곤 한다. 가장 작은 일이 운명을 송두리째 바꿔놓기도 한다. 나와 추쯔는 작은 전기주전자를 산 뒤 이벤트에 당첨되어 수동 카메라를 받게 된다. 그 일을 계기로 추쯔가 사진 촬영에 매료되면서 그들 앞에 다른 길이 펼쳐진다. 추쯔는 사진반에서 자원봉사로 사진을 가르치는 뤄이밍을 알게 된다. 그는 부자였고 이 지역에서 존경받는 어른이었지만 결국에는 돈을 무기로 사랑을 빼앗음으로써 하룻밤 사이 소설 속 나의 인생을 산산조각 내버린다.

소설 속 나는 건설회사에서 마케팅 기획을 맡고 있으며 누구보다 열심히 사는 청년이다. 건설업에 오랫동안 종사했던 왕딩궈에게는 아주 익숙한 소재다. 그는 부지 선정과 건설, 분양까지 건설업에 대해 훤히 알고 있다. 이야기의 배경은 9·21 대지진과 사스의 잇따른 충격으로 건설업 전체가 물갈이되었던 1990년대 후반부터 2000년대 초반 사이다. 가장 멋진 세기의 교체가 이루어지던 그때, 대만 사람들은 가장 잔인한 시련을 겪고 있었다. 선량한 추쯔는 더 행복한 생활을 위해 꽃집에서 일하며 틈틈이 사진을 배운다. 남편인 '나'가 건설회사에서 신임을 얻고 지분을 인수할 기회가 찾아오자 그녀는 돈을 마련하기 위해 백방으로 뛰어다닌다. 그리고 가장 절박한 순간에 그녀는 뤄이밍에게 돈을 빌린다. 남편의 근심을 해결해주겠다는 선량한 동기였지만 뤄이밍에게 파고들 기회를 주고 말았고 결국 추쯔는 말없이 집을 나간 뒤 행방불명된다.

왕딩궈는 이 이야기를 들려주며 한 번도 자세히 알려주지 않는다. 그 특유의 도약식 서술은 독자들에게 넓은 공간을 내어주고 각자의 상상으로 그 공간을 채워 넣게 한다. 바닷가 작은 마을에서 많은 선행으로 존경받고 있는 뤄이밍이지만 그의 마음속에는 비열한 면이 있었다. 그의 선행에 찬사가 쏟아질수록 양심의 가책은 더 깊어만 갔다. 왕딩궈는 이런 이중적인 인격을 아주 조금 간접적으로 서술했다. 찬사를 받을수록 뤄이밍의 마음은 점점 무거워지고 구원받을 수 없는 괴로움에 남몰래 몸부림친다. 한편 추쯔를 잃은 나는 회사에서 계속 일하지 못하고 이 마을의 바닷가에 카페를 연다. 운명의 신은 뤄이밍이 우연히 카페에 들어가 카페 주인인 '나'와 만나게 한다. 사랑 앞에서 서로 대립 관계에 있는 두 사람이었다. 증오를 품은 '나'는 악담을 퍼붓지 않았지만 뤄이밍은 카페에서 돌아온 후 시름시름 앓기 시작하더니 결국 자살을 시도한다.

얼마 후 뤄이밍의 딸 뤄바이슈가 카페에 찾아온다. 아빠에게 무슨 일이 있었는지 실마리를 찾고 용서를 구하기 위해 온 것 같았다. 그 후 기억을 회상하는 방식으로 추쯔의 일이 점점 밝혀지고 바이슈는 자기 집 마당을 찍은 사진 두 장을 가지고 온다. 한 장은 벚꽃이 만개한 사진이고, 다른 한 장은 벚나무를 베어낸 뒤의 을씨년스런 마당 사진이었다. 소설 전체를 관통하는 상징이 벚꽃의 만개와 사라짐 사이에서 해석된다. 찬란하게 핀 꽃은 뤄이밍의 왕성한 생명을 암시하고 추쯔가 사진을 배울 때의 중요한 피사체다. 벚나무를 베어낸 것은 추쯔의 실종과 뤄이밍의 생명이 끝남을 상징한다. 소설 속 나는 그 사진에 이렇게 쓴다. '적은 꿈속에서 파멸시키고 벚꽃은 침대 옆에 흐드러지게 피었네.' 아내를 잃은 남자의 이야기이자 복수한 이야기다. 사랑 앞에서는 누구도 승리자가 될 수 없다.

이야기의 가장 큰 매력은 뤄이밍와 아내 추쯔가 한 번도 실제로 등장한 적이 없고 주인공 나와 뤄바이슈의 대화를 통해서만 나온다는 점이다. 왕딩궈는 이런 방식으로 이야기를 천천히 풀어나갔다. 그는 인물의 심리를 직접적으로 묘사하지 않고 다른 사물이나 묘사에 스며내는 방식으로 묘사했다. '나'는 바이슈에게 "비극이 희열 속에서 만들어졌다"고 말한다. 이 말은 사람의 운명은 피할 수 없는 것이고, 어떤 슬픔이든 비극이든 일어날 일은 반드시 일어나며 누구도 쉽게 보호받을 수 없다는 사실을 암시한다. 맑게 갠 하늘도 언젠가는 구름이 끼고 흐드러지게 핀 벚꽃도 시드는 운명을 피할 수는 없다. 왕딩궈가 구사한 서정적인 언어에는 닦아내기 힘든 슬픔이 끈끈하게 들러붙어 있다. 그가 사용한 단어들은 독자의 마음을 곤경에 빠뜨리듯 구석으로 밀어 넣고 헤어나지 못하게 한다.

왕딩궈는 반백체 속에 너무 많은 의문을 깔아놓았다. 그는 완전한 이야기를 들려주지 않고 언제나 중요한 지점에서 흔적만 남겨놓은 채 독자들 스스로 더듬어 찾도록 했다. 1장에서 이미 이런 암시가 등장한다. "물론 우리가 처음 뤼이밍의 집과 해변으로 가던 길에는 아무 일도 일어나지 않았다. 그곳으로 향하는 길이 갈림길이었다면 그건 그저 예상치 못하게 불쑥 나타난 갈림길이었다. 그 길이 어두운 숲으로 향하고 있다는 사실은 아무도 알지 못했다. 게다가 그 길을 따라 눈부시게 아름다운 경치가 펼쳐졌고, 우리는 그 길을 달리며 충만한 희열을 느꼈다." 행운과 불행은 이처럼 함께 찾아오고 운명은 이처럼 예측할 수 없는 것이다. 왕딩궈의 글을 읽다보면 그 서정적이고 매력적인 리듬에 빠져들지 않을 수가 없다. 하지만 그것은 끝없는 슬픔 속으로 우리를 내팽개치는 사랑의 만가다.

'리얼리즘'과 '비정'의 누명을 벗기다

양자오(楊照, 문학평론가)

1

왕딩궈의 장편소설 《적의 벚꽃》을 읽으며 그의 오래전 걸작 〈낭독의 날(宣讀之日)〉이 떠올랐다. 그 소설에도 스스로 물에 몸을 던진 아버지와 아버지의 자살 결정에 어쩔 줄 모르고 상처받은 아들이 등장한다. 다시 생각해보면 〈낭독의 날〉뿐만 아니라 비슷한 시기에 그가 쓴 〈군부의 하루(君父的一日)〉에도 손님이 잃어버린 10만 위안을 갖기로 결심하는 아버지와 이를 지켜보는 아들이 등장한다.

모두 아버지이고, 아들 앞에서 좌절하는 아버지다.

이 주제는 왕딩궈에게 특별한 무게를 가지고 있으며, 왕딩궈의 소설을 이해하는 중요한 실마리다. 만약 우리가 이해하려는 것이 그의 소설 창작 기법이 아니라 그의 소설을 지탱하는, 특히 오랜 세월이 흐른 뒤 소설 창작으로 돌아올 수 있도록 그를 지탱해준 근본적인 천착점이라면 말이다.

프로이드의 통찰을 통해 왕딩궈의 소설 속에 등장하는 아버지와 아들의 주제를 분석한다면 우리가 발견할 수 있는 것은 오이디푸스 콤플렉스다. 아버지의 권위를 숭배하고 두려워하는 아들의 인격 속에는 아직 '아버지를 죽일' 용기와 능력이 자라나지 못했다. 아들은 예상치도 못하고 준비도 없는 상황에서 숭배와 두려움의 대상인 아버지의 이미지가 갑자기 무너져버리는 경험을 한다. 아버지가 아들의 눈앞에서 비정하게 짓뭉개진다.

아들이 아버지를 극복할 때까지 버티지 못하는, 좌절하고 실패한 아버지의 이미지다. 물론 그 뒤에 더 직접적이고 표면적인 대가가 찾아온다. 아버지의 보호와 지원을 받지 못하는 아들은 너무 일찍 홀로 바깥세상과 외부의 현실적인 압력으로 떠밀린다.

프로이드가 필연적인 것으로 여겼던 아버지의 권위가 사라지고 아버지를 잃은 소년은 어떻게 해야 할까? 죽일 아버지조차 없고 오히려 아버지의 좌절과 실패를 목도해야 하며 극도의 나약함에 도피를 결정한 아버지를 감당해야 하는 소년은 어떻게 해야 할까? 무너진 아버지의 권위 옆에서 소년은 선택의 여지없이 아버지를 무너뜨린, 아버지보다 백 배 천 배 강한 힘을 인식할 수밖에 없다.

그 힘은 한마디로 사회의 현실이자 현실의 사회다. 계층

구분이 명확한 사회가 한 아버지를 짓누르고 그 아들도 고개를 들지 못하게 한다. 더 심각하고 무서운 것은 돈과 부, 그리고 이 둘에 대한 갈망이 한 아버지로 하여금 모든 자존심과 자신감, 심지어 자기 생명을 내놓게 하기에 충분하다는 사실이다.

왕딩궈의 소설 속 서술자는 진즉부터 적의 그늘 아래에서 살고 있다. 그가 좋든 싫든, 원하든 원치 않, 아버지를 무너뜨린 힘 앞에서 그가 어떻게 해야 할까?

분연히 일어나 저항해야 할까? 하지만 그의 아버지조차 저항하지 못하고 잔혹하게 짓뭉개졌다. 아버지의 보호조차 받지 못하는 소년이 무엇으로 저항할 수 있을까? 그 전쟁에서 무언가 얻기를 기대할 수 있을까? 아니면 순순히 투항해야 할까? 하지만 그는 자존심과 자신감을 잃은 아버지의 참혹한 모습을 똑똑히 목도하고 그 굴욕의 고통을 잊지 못하고 있다. 이 모든 것을 잊어버리고 적의 편에 기꺼이 서도록 자신을 어떻게 설득해야 할까?

2

왕딩궈는 장편소설 《적의 벚꽃》에서 이 인생의 난제를 더 세밀하고 폭넓게 응시하고 그려내고 있다.

소설 속 '나'는 자신이 저항과 투항 중 하나를 결정하지 않아도 되는 길을 찾았다고 생각했다. 회장님을 따라 이 돈과 부가 창출되고 이동하는 시스템의 핵심부로 들어가 그들이 돈을 움직이는 것을 지켜보았으며 더 이상 아버지가 내던져졌던 변두리로 똑같이 내던져져 속절없이 죽지 않을 수 있었다. 외출할 때 자가용을 세 대씩 앞세우고 다니는 불안정한 회장님은 이 시스템 내부의 취약성을 보여주고, '나'와 이 방대한 시스템 사이의 거대하고 절대적인 불평등의 차이를 줄여준다.

더 중요한 것은 그가 추쯔를 찾고, 사랑을 찾고, 이 현실의 시스템에 통제받지 않는 것처럼 보이는 요소를 찾아냈다는 사실이다. 사랑의 가장 귀한 가치는 현실적인 이유가 배제된 사람과 사람 간의 연결이라는 점에 있다. 갑자기 폭우가 쏟아질 때 옹기종기 몸을 붙이고 비를 피하는 사람들 사이에는 아무런 이유도 없고, 현실적인 이유가 존재할 가능성도 없다. "한 여자가 캐노피 밑에서 손을 불쑥 뻗더니 손가락을 구부렸다. 마치 밖에서 비를 맞고 있는 가족을 보고 어떻게 해서든 안으로 들어오게 하려는 것처럼."

그 순간 가족이 없는 '나'는 비록 그녀에게 바짝 다가서지는 않았지만 그의 마음과 영혼은 그 작은 손가락 쪽으로 바짝 기댔다. "그 작은 동작이 나를 당황하게 했어요. 캐노피 안으로 비집고 들어갈 수는 없었지만 그녀에 대해 더 알고 싶다는 충동이 들었죠. 그녀 생각도 나와 같은지는 알 수 없지만. 그녀에게서 느끼는 낯설지만 선량한 느낌이 오랫동안 외로웠던 내 영혼을 단단히 사로잡았어요."

하지만 그가 찾은 그 길은 그가 알고 상상한 것보다 훨씬 험하고 좁고 어두웠으며, 눈에 보이는, 또는 눈에 보이지 않는 모퉁이마다 언제든 사람을 삼켜버릴 수 있는 깊은 함정이 감추어져 있었다.

그는 그중 한 모퉁이에서 돈과 부의 시스템 속 기회를 찾았고 그것이 그의 사랑과 엇갈리고 말았다. 순수하고 무해하게 보였던 소소한 생활 – 차주전자, 수동 카메라, 죽순 가격, 무료 사진 수업, 담장 너머 줄기를 뻗은 벚나무가 뜻밖에도 그의 인생을 완전히 파묻어버리는 함정이 되었다.

당시 그의 아버지를 물속에 가라앉힌 힘이, 어디에든 있는 현실의 힘이, 되돌아온 것이다. 그 힘은 그의 노력과 신중함과 무관하게 다른 아버지의 얼굴로 나타났다. 자애롭고 따뜻하며 모든 현실적이고 계산적인 이미지와 반대되는 대리 아버지가 그와 추쯔의 의지가 되어주고 그들이 파묻힐 숙명 같은 함정으로 한 걸음 한 걸음 다가가게 했다……

《적의 벚꽃》은 오랜만에 돌아온 왕딩궈의 색채를 더 분명하게 보여준다. 왕딩궈의 펜 끝에서 오랫동안 대만소설이 조롱받던 두 가지 요소가 누명을 벗었다. 하나는 '리얼리즘'이고 다른 하나는 '비정(悲情)'이다.

왕딩궈의 글은 사실적이다. 판타지도 없고 메타픽션도 없으며, 심지어 작가의 애매한 평론도 복잡하고 화려한 시공의 교차도 없다. 리얼리즘은 여전히 그 무엇도 대신할 수 없는 지위를 가지고 있으며, 많은 이들이 믿는 것과 달리, 리얼리즘의 서술적 기능이 가진 여러 가지 가능성이 아직 바닥나지 않았고 아마도 영원히 그 가능성이 마르지 않을 것임을 왕딩궈의 소설들은 증명하고 있다.

《적의 벚꽃》은 리얼리즘의 질박한 기법을 점진적으로 확장시킴으로써 고도의 긴장감을 만들어내고 여러 가지 시공의 이야기를 몇 가지 선으로 연결했다. 하지만 이 선들이 교차하는 곳이 혼란스럽지 않고 차례로 독자들 앞에 나타난다. 현재, 과거, 회상의 이야기가 서로 교차되고 영향을 미치지만 결코 곤혹스럽거나 독자의 독서 상식에 도전하지 않는다.

또 왕딩궈는 리얼리즘 기법을 통해 사람들이 이해할 수 있고 공감할 수 있는 캐릭터를 만들어냈다. 서술자와 그가 사랑하는 추쯔뿐만이 아니라 가족코미디에 휩쓸려 있는 회장님도 독자의 관심을 상당 부분 끌어당긴다. 심지어 영매처럼 등장하는 바이슈에게도 우리는 그녀가 우리를 대신해 서술자에게 질문해주는 것을 고마워하며 소설의 결말에 나타날 그의 붕괴를 받아들이기 위한 준비를 한다. 또 가해자인 뤄이밍은 처음부터 끝까지 그 어떤 비열한 모습도 보이지 않고 오히려 황망히 패퇴한 채 강자의 지위와 힘을 상실한 모습으로 그려져 있다.

왕딩궈는 우리에게 그를 미워하라고 하지 않았다. 요즘의 대만 문단에서 무척 드물고 특별한 것이다. 왕딩궈의 소설에는 분노도 없고 폭주하는 감정 배출도 없다. 그가 쓰려고 한 것, 그가 우리에게 보여주려 한 것은 뤄이밍이 아니라 그보다 더 광대한 현실과 모든 사람을 혼란에 빠뜨리는 돈과 권력의 시스템이다. 하지만 현실과 시스템 앞에서 왕딩궈가 보여준 건 뜨거운 호소와 열렬한 비판이 아니라 파도처럼 넘실대는 비정과 애상이었다.

이것은 한 푼어치의 에누리도 없는 '비정'이며 '대만의 비정'이다. 사람들이 '비정'을 통해 속물적으로 변해버린 대만의 현실을 보여주고 있을 때, 왕딩궈는 비정을 붙들고 우리가 항거할 수 없고 부인할 수도 없는 비정의 문학을 찾아내고 지켰다. '사실'을 직시했을 때와 마찬가지로 왕딩궈는 이번에도 차분했으며 요란스럽지 않았다. 그저 문단으로 되돌아온 뒤 발표한 소설 세 권을 통해 아직 '비정'을 다 쓰지 못했으며 현실에 떠밀려 숨 막히는 가장자리로 내던져진 사람에 대해 우리가 아는 것이 너무 적다는 것을 증명했다.

사실적이고 비정에 찬 왕딩궈는 대만에서 유행했던 '향토문학'의 전통을 이어받았다. 그는 사람과 생활, 역사도 모두 농촌을 떠나고 토지의 용도가 농업생산에서 건설개발로 전환되고 있을 때 사실적인 눈과 비정에 찬 마음으로 도시와 돈에 주목했다. 물론 더 이상 향토문학이라고 할 수 없지만 부와 권력에 상처받은 사람들에 대한 관심, 사실로 비정을 전달하고 현실이 주는 상처와 붕괴를 더 많은 사람들에게 보여주겠다는 그의 결심이 30년의 시공을 뛰어넘어 왕딩궈의 새 작품 속에 오롯이 담겨 있다. 그의 이런 고집 덕분에 독자들은 리얼리즘에 대한 신념을 되찾고 고귀한 비정의 빛을 되찾았다.

염소와 청새치

라이샹인(賴香吟, 작가)

아직 준비가 되지 않았으면 기다릴게요.

하지만 인생의 수많은 일들은 늘 준비할 겨를도 없이 찾아오고 준비한다 해도 완벽할 수 없다. 심지어 인간은 준비해야 한다는 걸 모를 만큼 어리석다. 일은 언제나 아주 작은 것에서부터 시작되고 갑작스럽게 예상치 못한 전환이 닥친다. 우리는 그것을 '운명'이라고 부를 수밖에 없다.

왕딩궈의 단편소설 〈나의 톨스토이(我的杜思妥)〉 속 어느 등장인물은 "운명을 바꾸려면 도박을 해야 해!"라고 외친다. 하지만 단편소설에서 도박을 했던 왕딩궈가 장편소설 《적의 벚꽃》에서는 도박을 하지 않은 것 같다. 몸을 낮추고 소설 속 인물과 함께 운명이 시키는 대로 전진하거나 후퇴하며 운명이 어떤 길을 따라 움직이는지 지켜보려고 했던 걸까? 한 사람의 운명이 바뀔 때 그가 어떤 노력을 할 수 있고 또 무엇이 남는지 보려고 했던 걸까?

《적의 벚꽃》 속 등장인물들은 기시감을 준다. 그들은 〈나

의 톨스토이〉와 〈모모(某某)〉의 결합체다. 아니면 그의 단편
〈모래놀이(沙戲)〉의 속편이라고도 할 수 있다. 건설회사와 광
고회사에서 일한 경험, 사장의 이미지를 포장하는 특별비서
의 역할, 드라마틱한 입찰 투표, 납치 사건이 배경이다. 하지
만 단편소설의 속도감과 정교함과 비교하면 이 작품은 맨얼
굴로 편하게 만나는 느낌이다. 어느 오후 집으로 초대해 긴
대화를 나누며 청춘의 사랑과 운명의 바다에서 겪는 부침에
대해 이야기하는 것 같다. 심지어 "인간은 파괴될 수는 있지
만 패배하지는 않는다"는 《노인과 바다》에 나오는 헤밍웨이
의 명언도 등장한다.

　이 작품을 단순히 어떤 주의로 정의하고 싶지는 않다. 왕
딩궈 소설의 핵심과 즐거움은 거기에 있지 않다. 하지만 왕딩
궈의 소설이 파멸에 대해 잘 쓴다고 말할 수는 있다. 특히 그
의 소설에서 파멸에 저항하는 강인함은 주로 기억의 밑바닥
에 있는 적대감과 격정에서 나온다. 그러나 또 다른 각도에서
보면 진정으로 자아를 무너뜨리는 것 역시 기억 속에 가라앉
아 있는 굴욕과 공포다.

　적대감, 격정, 굴욕, 공포가 '적'의 주위를 맴돈다. 사람의
일생은 잊을 수 없는 몇 사람, 잊히지 않는 악몽, 아무리 발버
둥 쳐도 벗어날 수 없는 굴레에 묶여 있다. 더욱이 문학작품

에는 이런 것들이 몇 가지 겹쳐서 등장한다. 현실생활에서는 좋은 일이 아니지만, 예술에서는 이것이 분위기를 만든다. 작가의 일생이 안개 속을 헤매고 싸우고 승부를 내고 완성되며, 그 적막함과 잔인함이 탄생시킨 소설을 우리가 읽게 된다. 독자로서 작가에게 벗어날 수 없는 응어리가 있기를 바라는 이 기적인 바람이 있다. 그들이 시시포스처럼 생명의 바윗덩이를 반복해서 밀어 올리는 벌을 받으며 불가사의한 색채와 무늬를 만들어내길 기대한다.

마술 공연 같은 단편과 비교하면 이 작품은 그 무늬가 더 구체적이고 직접적이며 서사적이다. 사실을 서술하고 인물을 묘사할 때도 조금 더 여지를 두었다. 이 여지가 한편으로는 장편이라는 분량에서 기인한 것이겠지만 또 한편으로는 두 편의 소설을 내놓기 전 오랫동안 휴면 상태였던 화산이 여러 번 폭발하면서 만들어진 더 깊고 광범위한 여열 때문일 수도 있다. 과거에는 수많은 감정의 실타래에 얽혀 있었다면 이 작품에서는 그 감정의 원인을 찾고 청산하고자 했다. 여주인공이 자주 등장하고 비교적 또렷한 모습이 묘사되어 있지만 갑자기 사라져버리고, 청자의 역할을 하는 바이슈가 등장한다. 그녀는 신비한 마술을 부리듯 아름다운 천을 펄럭이며 "당신의 영혼을 불러내겠어요"라고 말한다.

영혼은 무엇일까? 대답하기 힘든 문제다. 우리가 언제부터 영혼을 버렸는지 돌이켜보자. 바이슈의 마술천은 왕딩궈의 소설 속에서 익숙하게 등장하는, 비슷한 처지에 있는 사람이 주는 따뜻함이다. 꼭 사랑이 아닐 수도 있다. 이 마법을 통해 주인공의 어릴 적 기억부터 이야기가 시작된다. "그날 아침 신발을 신고 있던 나를 불러내봐요. 나는 집을 나서려고 하고 있었어요." 그는 희비가 교차하는 인생길에 올랐다. 그것은 염소 한 마리에서부터 시작된 소망이었다. 아니, 소망이라고 하면 너무 아름답게 들린다. 불행하고 적대감을 품고 있었기에 그는 악착같이 노력해 행복한 인생을 거머쥐어야만 했다. 염소가 자라기를 기대하며 매일 염소에게 풀을 먹이고 밤마다 염소에게 말을 건넨 것처럼 염소가 자라면 행복도 올 거라 생각했다. 자신도 행복을 가질 수 있을 거라 생각했다.

"그 염소를 내가 미워하는 아버지에게 드릴 생각이었어요. 하지만 도둑맞았죠."

성공하지 못했고 번듯하지도 못했으며 또 그리 비참하지도 않았다. 유치한 열정은 강렬했지만 도중에 도둑맞았고 그 후의 인생은 또 그렇게 길었다. 슬픔은 작아도 역시 슬픔이다. 가끔은 너무 작아서 더 뽑아내기가 어렵다.

주인공은 말한다.

"바이슈 씨, 추쯔는 내 인생의 염소예요."

추쯔는 이 이야기의 여주인공이다. 〈모모〉에서 그는 첫사랑 연인이었고, 〈나의 톨스토이〉에서는 징쯔(靜子)였으며 〈어리석은 사람들(世人皆蠢)〉에서는 샤오만(小曼)이었다. 왕딩궈의 소설에는 언제나 천진무구한 여자가 등장해 주인공의 인생에 도움의 손길을 내민다. 추쯔는 천사처럼 순수하고 착했으며 말할 때 '참새같은 단음'을 냈다. 복잡한 세상은 그녀의 두 뺨조차 더럽히지 못한 것 같다. 이런 여성의 원형이 왕딩궈의 소설에 반복적으로 등장해 봄비처럼 생명을 촉촉이 적셔준다. 하지만 인생과 사랑도 역시 대자연의 일부다. 폭염이 작렬하는 여름도 있고 을씨년스러운 가을도 있으며 언제 끝날지 모르는 겨울도 있다.

제일 깊은 사랑 속에 가장 깊은 공포가 숨어 있다.

왕딩궈의 소설에서는 가장 충만한 감정을 묘사할 때도 덧없고 배반적인 그늘이 반복적으로 등장한다. 계층의 격차가 뒤섞이며 순수하고 아름답지만 행복한 결말을 이루지 못한 첫사랑은 늘 잊히지 않고 현재의 일상 속에 위험한 씨앗을 심는다.

왕딩궈의 소설에서 가장 많이 나타나는 것이 무심하고 부드럽지만 굴욕을 당하는 순간이다. 그런 순간들이 우리를 무률 꿇게 하고 소리 없는 천둥을 울린다. 인물들이 아무리 고통받고도 상처받지 않은 척 위장하고 속을 꿰뚫어 보기 힘든 사회의 성인이라도 내면에는 여전히 가난하고 고독하고 밀어내려 해도 밀어낼 수 없는 어린 소년이 웅크리고 있다. 그를 쓰러뜨리고 싶으면 작은 기억의 조각을 없애야 한다. 한순간의 선하고 순수한 사랑만으로도 그는 기꺼이 그 관계 속의 인질이 되어 언제까지나 변함없이 이 관계를 지키려 한다. 하지만 그 때문에 인생에 약하고 무른 부분이 생겨나게 된다. 이 작품 속 서술자는 아무리 가난하고 힘들게 일해도 견딜 수 있었지만 추쯔가 사라지자 끈이 끊어진 인형처럼 아무것도 하지 못하고 소극적으로 기다리기만 하는 사람이 된다.

적이 없었다면 그의 생명은 그대로 풀어진 채 다시 응집되지 않았을 것이다. 비루한 사람들은 종종 상대를 적으로 삼을 용기조차 없다. 계층과 권세가 등을 짓눌러 굴욕을 느껴도 그는 그걸 당연하게 여겼다. 계층과 권세가 도덕을 감싼 당의가 되어 사람들에게 남보다 못한 자신에 대한 자괴감을 불러일으킨다. 중요한 순간에 상대의 겁약함과 위선을 보지 못했더라면 그는 살겠다는 의지를 되찾지 못했을 것이다.

나중에 누가 누구를 버린다면 여기서 기다리겠다는 어제의 농담이 남아 있는 그 자리에서 무료한 카페를 연 채 그가 기다린 것은 무엇일까? 추쯔를 기다리고, 고백을 기다리고, 사과를 기다린 걸까? 그렇다면 너무 허망하다.

바이슈는 농담처럼 이렇게 말한다.

"당신 같은 남자는 없어요. 날마다 추쯔, 추쯔. 하루 종일 추쯔 생각뿐이죠."

하지만 왕딩궈는 그렇다. 이 '추쯔'는 그의 다른 소설 속 어느 여주인공과도 바꿀 수 있고 심지어 '문학'과도 바꿀 수 있다.

우스운 비유를 하자면 추쯔는 어쩌면 청새치일 것이다. '누구도 먹을 자격이 없는' 청새치 말이다.

적도 그 청새치일 것이다. 《노인과 바다》에서 아픔에 관해 이런 말이 나온다.

"내 고통은 아무 상관없어. 내가 충분히 통제할 수 있으니까. 하지만 놈의 고통은 놈을 미쳐 날뛰게 할 수도 있어."

어쩌면 가장 근본적인 말은 문학평론가가 진즉에 간파해냈는지도 모른다. 청새치가 바로 우리 인생이라는 사실 말이다.

물고기는 아주 컸다. 돌아오는 길에 물고기의 머리뼈는 험난했던 사투를 증명해주었지만 누가 진정한 승리자인지는 판단하기가 어렵다.

추쯔, 우리의 영원한 여주인공은 듣기 좋게 말하면 도둑맞은 염소이고, 비장하게 말하면 상어에게 뜯어 먹힌 청새치다. 과거의 모든 이야기가 추쯔의 끝나지 않은 이야기를 친친 휘감고 있는 것 같다. 이제 이야기가 끝난 걸까? 이 소설의 후반부에서 나는 조금 서운했다. 적과 아름다움이 모두 사라졌는데 저항(설령 허망하다 해도)의 의의가 계속 유지될 수 있을까? 우리의 소설가는 여주인공 없이도 행복한(창작의) 인생을 살 수 있을까?

작가의 집착은 시시포스의 바위처럼 허망하다. 작가가 펜을 놓기로 결심했는데 독자인 우리가 그가 계속 노고를 무릅써주길 이기적으로 바랄 수 있을까? 이 작품을 다 읽고 난 뒤 왕딩궈가 또 우리를 몇 년 동안 기다리게 만들 것 같아 우울했다.(내 예감이 틀리길 간절하게 바란다.) 왕딩궈가 다음에 오를 경지는 어디일까? 화산이 폭발하면 마그마로 인해 발생한 지열이 지질을 바꾸고 새로운 토양을 만들어낸다. 왕딩궈의 새로운 토양에서 어떤 싹이 새로 돋아날 것인가?

《적의 벚꽃》에는 소녀에서 성인이 된 바이슈가 있고,《노인과 바다》에는 노인의 고통에 진심으로 눈물을 흘리는 소년이 있다. 노인이 더 이상 불행할 수 없을 만큼 불행하더라도 그는 결코 자신을 버리지 않을 것이다. 작가가 바이슈를 등장시킨 것은 일부러 웃음을 주기 위한, 심지어 놀리기 위한 것이었다. 하지만 독자가 이 소년이 되어준다면 그의 글쓰기에 대한 최고의 보상일 것이다.

그러므로 나는 기다릴 것이다. 소년은 사투 끝에 돌아온 노인 곁을 지키며 그에게 커피와 음식을 만들어주고 편히 잠들어 사자꿈을 꾸게 해준 뒤에 이렇게 말한다.

"할아버지가 물고기에게 지신 게 아니에요."

"우리 함께 낚시하러 가요."

"제겐 아직 배워야 할 게 많아요……."

공백을 메우다

추안민(初安民 시인 겸 편집인)

1

전 직장을 떠나 다른 회사로 옮긴 지 얼마 안 된 때였다. 새로 창업한 회사로 회계직원까지 합쳐 총 네 명밖에 없었다. 초창기의 어려움과 상대에 따라 변하는 세속의 인심은 내가 상상했던 것보다 훨씬 혹독했다.

그는 일부러 나를 보러 왔다. 햇볕 좋은 오후 황혼에 조금 더 가까운 시간에 커피를 한 잔 비운 뒤 우리는 정치계에 있는 친구 한 명과 중산베이(中山北)로의 한 일식집에서 만나 청주와 맥주를 가볍게 마셨다. 담배 연기가 자욱해지고 술기운과 쓸쓸한 감정이 자연스럽게 차올랐지만 그는 민감한 화제를 세심하게 피하며 내 근황을 묻고 이야기를 들어주었다.

술자리가 늦은 시간까지 이어졌다. 그는 그날 타이베이에서 하루 묵고 가려는 것 같았다. 그를 방까지 바래다준 뒤 못다 나눈 화제를 가지고 계속 이야기했다. 그가 갑자기 가방에서 원고 뭉치를 꺼냈다.

"소설이야. 맞아."

그의 전작 소설이 완성된 후 몇 년 만에 쓴 신작이었다.

이튿날 감격스러운 심정으로 원고를 세심하게 읽었다. 글과 이미지 속에 섬세하게 직조되어 있는 간결함과 차분함이 예전 그대로였다. 그의 '후퇴'식 감정 묘사가 마음을 흔들었다. 줄거리가 반전되는 곳에서는 그가 나를 지지하기 위해 '앞당겨' 이 소설을 완성했다고 느낄 정도였다. 하지만 나는 그를 잘 아는 친구라는 자격을 내세워 그에게 전화를 걸어 그중 몇 곳을 디테일하게 지적했다. 그는 "음, 음" 하고 대답할 뿐이었다. 약 반년이 흐른 뒤 그 단편소설이 세상에 나왔다. 내가 그의 《아름다운 창망(美麗蒼茫)》을 편집했던 출판사에서 3년 만에 출간되었다.

그를 생각할 때마다 우울했다.

그 책이 나온 것을 보고 나서야 내 경솔한 '지적'이 그를 불쾌하게 했거나 그가 도무지 동의할 수 없는 것이었음을 깨달았다. 하지만 그는 내게 한 번도 불쾌한 내색을 하지 않고 그저 묵묵히 자신의 미학을 지켜냈다.

그와 나의 관계는 그 후로도 오랫동안 이어졌고 끊긴 적도 없지만 그가 타이베이에서 자고 가는 일은 거의 없었고 그 후로 신작을 볼 수도 없었다.

2

무라카미 하루키가 〈유연한 영혼〉이라는 짧은 글에서 이렇게 말했다.

"다무라 카프카는 어디에서도 도움받지 못한 외로운 상태에서 집을 나와 거칠고 황량한 어른들의 세계로 들어간다. 그리고 거기에는 그에게 상처를 입히려는 힘이 있다. 그것은 어떤 경우에는 현실 속의 힘이며 어떤 경우에는 현실을 넘어선 곳에서 밀려오는 힘이다. 하지만 그와 동시에 많은 사람들이 그의 영혼을 구하려고 애쓰거나, 결과적으로 그를 구제한다. 그는 세계의 끝까지 휩쓸려 갔다가 제 힘으로 되돌아온다. 돌아왔을 때는 이미 예전의 그가 아니다. 그는 다음 단계로 나아가 있다."

●

내가 그에게서 받은 인상도 그랬다.

나는 줄곧 그가 떠돌아다닌다는 느낌을 받았다. 유년기를 떠돌아다니고, 사람들 사이를 떠돌아다니고, 우뚝 솟은 시멘트 숲 사이를 떠돌아다니고, 마지막에는 세월 위를 떠돌아다녔다. 그러다가 깊은 밤 이름 없는 역에 도착하면 그는 늘 남

다른 의지력으로 서광이 비추는 출구를 찾아낸 다음 목 놓아 울었다. 그가 "다음 단계로 나아가고 있었기" 때문이다.

현실의 힘과 현실을 뛰어넘는 힘은 존재하지만 또 아무 기척도 없다. 그의 플라스틱 영혼은 보통 사람을 차갑게 멀리 하고, 녹아버리지 않고 남아 있는 육신은 구원받지 못하고 이리저리 전전한다. 그 후 몸을 뒤척이며 일어나 이미 정해진 자신의 항로를 계속 간다. 궤도는 필요치 않다. 그가 가끔 점점 추워지는 계절에 양복 같은 레인코트와 레인코트 같은 양복을 입는 것처럼.

하루키는 계속 말했다.

"사람들은 살면서 한 가지 소중한 것을 찾아 헤매지만 그것을 찾아낼 수 있는 사람은 많지 않다. 그리고 혹시 운 좋게 찾았다 해도 실제로 찾아낸 것 중 대부분이 치명적으로 손상되어 있다. 그럼에도 우리는 계속해서 그것을 찾고 추구해야만 한다. 그렇지 않으면 살아가는 의미 자체가 사라져버리므로."(《멀리까지 여행하는 방》)

오랜 세월이 흐른 뒤 그는 찾아냈을까? 그가 벌떡 일어나 화살 같은 펜으로 정확한 검의 흔적을 만들어냈다.

모든 곳이 고통이고 끔찍한 고통이었다.

3

두 사각형을 이어붙이면 직사각형이 된다.

그는 두 집을 연결한(설계 당시부터 양쪽이 대칭이 되는 직사각형 구조일 수도 있다) 펜트하우스에 살고 있다. 어두운 색조 속에 은은하게 켜진 할로겐램프는 통유리창으로 비껴 들어오는 찬연한 햇빛을 이기지 못한다. 엷지만 달짝지근한 우롱차 향기가 빠르게 퍼지고 다갈색과 청회색이 그의 익숙한 옷차림처럼 화려하지 않게 조화를 이룬다. 움직이지 않고 정지해 있다면 벽이나 가구에 자연스럽게 스며들 것 같다.

통유리창으로 밖을 바라보면 길 위에 사람과 차가 분주하게 지나가지만 쓸쓸하고 흐릿하기만 하다. 날마다 이렇게 밖을 바라보면 "높은 누각에 손님이 떠나고 작은 동산에 꽃이 어지러이 날리네"라던 이상은(李商隱, 중국 당대의 시인)의 시 구절이 떠오르지 않을까?

어떤 방문을 열고 구경해야 할지 모를 만큼 방이 많았다. 예의상 먼 곳을 바라보듯 몸을 한 바퀴 돌려 구경했다. 잠시 후 주인이 나를 서재로 안내했다. 그의 서재에도 많지 않은 책들이 드문드문 놓여 있고 그리 넓지 않은 책상은 혼자 쓰기에 적당했다. 그의 서재에서 내가 말했다.

"글을 다시 쓰지 못할 것 같군."

"자네가 소설을 한 편 쓰면 내가 밥 한 끼 사지."

"소설을 쓸 때마다 밥을 살게."

그는 아무 말도 하지 않았다.

시간이 오래 걸리지 않았다.

그는 곧 소설을 쓰기 시작했다. 불과 반년 만에 소설 다섯 편을 완성했다. 이번에도 나는 그의 작품을 곱씹어가며 읽었고 그 속에 흘러넘치는 인생의 맛에 적잖이 놀랐다. 요즘은 이런 소설을 쓰는 사람이 거의 없다. 그의 원숙미가 시끌벅적한 유행을 초월했다. 유행에 뒤처진 옷차림으로 급류가 흐르는 골짜기를 단정하고 깔끔하고 진솔하게 뛰어넘어 여전히 소란스러운 화단 위에 태연하게 내려앉았다.

그의 말이 들리는 것 같았다.

"어이, 이게 나야. 이게 바로 내 고집대로 재단한 옷이야."

180도가 두 번이면 원형이 되는지는 잘 모르겠다.

하지만 360도인 것은 분명하다.

4

아마 우리 모두가 행복하지 못한 유년기를 보냈을 것이다. 심지어 그는 나보다 더 불행했다. 이것은 내가 그와 친구가 된 후에 발견한 유일한 공통점이다. 이 점을 제외하면 우리의 운명은 완전히 다른 항로를 따라 포복하고 있다.

우리가 어둠을 볼 수 없는 것은 어둠 속에 있기 때문이다.

우리는 각자 등불 하나씩 들고 있다. 이 등불로는 바로 앞을 어스름하게 밝힐 수 있을 뿐이다. 조금만 더 멀어져도 아득히 멀어져 찾을 수가 없다. 들판을 가득 채운 벚꽃은 모두 적의 것이다. 봄이 되면 이 모든 벚꽃이 더 이상 슬프지 않아도 된다는 걸, 우리가 허락할 수 있을까?

적의 벚꽃

2018년 12월 26일 초판 1쇄 발행

지은이 왕딩궈
옮긴이 허유영

펴낸이 김상현, 최세현
마케팅 양봉호, 김명래, 권금숙, 심규완, 임지윤,
　　　　최의범, 조히라, 유미정

펴낸곳 박하
주소 경기도 파주시 회동길 174 파주출판도시
팩스 031-960-4806

책임편집 이기웅, 김새미나, 김사라
경영지원 김현우, 강신우
해외기획 우정민

출판신고 2006년 9월 25일 제406-2006-000210호
전화 031-960-4800
이메일 info@smpk.kr

ⓒ 왕딩궈
(저작권자와 맺은 특약에 따라 검인을 생략합니다)

ISBN 979-89-6570-730-1 (03820)

박하는 (주)쌤앤파커스의 브랜드입니다.

· 이 책은 저작권법에 따라 보호받는 저작물이므로
　무단전재와 무단복제를 금지하며,
　이 책 내용의 전부 또는 일부를 이용하려면
　반드시 저작권자와 박하의 서면 동의를 받아야 합니다.
· 잘못된 책은 구입하신 서점에서 바꿔드립니다.

· 이 책의 국립중앙도서관 출판시도서목록은 서지정보유
　통지원시스템 홈페이지(http://seoji.nl.go.kr)와 국가자
　료공동목록시스템(http://www.nl.go.kr/kolisnet)에서
　이용하실 수 있습니다.(CIP제어번호: CIP2018040083)
· 책값은 뒤표지에 있습니다.